18°C
DE AI

18°C的爱

时代出版传媒股份有限公司
安徽文艺出版社

风萧蓝黛 ◎ 著

风萧蓝黛，80后的云南姑娘，原期刊写手，专栏作家。向往更自由的生活，2017年辞去警察公职，全职写作。擅写短篇爱情小说，文字发表于《爱人》《知音女孩》《恋爱·婚姻·家庭》等各类期刊，出版小说集《长相知，不相疑》。原创微信公众号拥有三十万粉丝，笃信爱情，笃信活得更像自己。

18°C 的爱

风萧蓝黛 ◎ 著

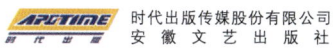

时代出版传媒股份有限公司
安徽文艺出版社

图书在版编目（CIP）数据

18℃的爱/风萧蓝黛著.—合肥：安徽文艺出版社,2019.3
ISBN 978-7-5396-6414-9

Ⅰ.①1… Ⅱ.①风… Ⅲ.①小小说－小说集－中国－当代 Ⅳ.①I247.82

中国版本图书馆 CIP 数据核字(2018)第 150066 号

出 版 人：朱寒冬
责任编辑：张妍妍　　　　　　　　　装帧设计：张诚鑫

出版发行：时代出版传媒股份有限公司　www.press-mart.com
　　　　　安徽文艺出版社　　www.awpub.com
地　　址：合肥市翡翠路 1118 号　邮政编码：230071
营 销 部：(0551)63533889
印　　制：安徽新华印刷股份有限公司　(0551)65859551

开本：880×1230　1/32　印张：10.375　字数：220 千字
版次：2019 年 3 月第 1 版　2019 年 3 月第 1 次印刷
定价：40.00 元

（如发现印装质量问题，影响阅读，请与出版社联系调换）

版权所有，侵权必究

目录

当年的媳妇熬成婆　　001

你很有潜质成为花圈店老板娘　　013

如果爱情连探监都没有资格　　025

请你记住三月的第一天我爱你　　036

如果你说三个字，我就做你女朋友　　050

北海有墓碑　　061

你怎会和我浪迹天涯　　073

一夜情缘　　086

官厢街的鬼哥喜欢你　　097

傻瓜，别找了	109
你相信对的时间遇到对的人吗	122
有短暂的缘，却无长久的分	135
从此萧郎是路人	149
有几个灰姑娘可以欢天喜地嫁豪门	159
18℃的爱	174
这是你想要的爱情吗	186
如果你愿意一层一层地剥开我的心	196
前女友存在的意义	207
泥巴与爱情	218
翠喜的爱情尊严	231
"废柴"不适合出轨	246
婚姻里的生死相斗	257

奸情　■　267

和气的婚姻才能生财　■　278

我站在爱情的孤岛上等你离婚　■　292

何必惹风尘　■　304

如果婚姻要靠孩子的性别来检验　■　315

当年的媳妇熬成婆

1

凌晨五点你就睡不着了。

五十五岁,对你来说,这是一个有些荒芜的年纪。规律的睡眠和健康的饮食是生活的必须要求,喧闹和富有刺激感的生活早就离你远去。

在家文欢喜的请求下,你一大早去了菜市。一个磨得很旧的竹篮子,是你每天买菜的好帮手。

买了家文喜欢吃的蒜薹和牛肉,还有你喜欢的青菜和萝卜。逛到家禽市场的时候,想起家文说,他女朋友喜欢喝鸡汤,你又挑了一只瘦瘦的土鸡,深褐色的爪子被看不出颜色的细绳子捆起来,斤两正合适。小贩克扣了二两秤,你看穿了,让他多找补了五块钱。

回来时家文正要出门上班,他搂住你的脖子在你脸上亲了一口,撒着娇说:"谢谢老妈!"

■ 18℃的爱

■ 002

你戳了他的脑门:"都有女朋友了,以后还要老妈吗?"

"要啊,谁舍得不要?"他顽皮地笑,面孔跟小时候并无二致。

富有活力的脚步声消失在楼梯口。你放下菜,把鸡拎到卫生间,拿出锋利的刀,开始宰鸡拔毛。

它的喉咙很快被割破,被捆住的翅膀和脚死命扑腾挣扎了几下,血醒目地溅了出来,但这并没有什么关系,它很快就会失去知觉,变成美味。

鸡汤熬了起来,去除了汤面的浮沫后,你把火转到最小。身体已经有些乏了。

2

暮色将近的时候,你从窗口看到了家文和他女朋友。

女孩子真年轻啊,纯白的上衣、翠绿色的裙子,细长的腿像新鲜的藕。

家文的手里拎着三四盒广告打得很频繁的保健品,快到楼下的时候,他递到她手里。他们相视而笑,看起来情投意合。

你开始点火炒菜,作料和食材早已备好,按部就班地放进油锅里,美味和油烟一起溢出来。

门响了,他们走进来,一声"阿姨"一声"妈",喊得你全身酥麻。你跟他们打了声招呼,又蹿进厨房挥动锅铲。

"阿姨,我来帮你吧。"小荷满脸笑意地走进厨房里。你说:"不用不用,马上就好了。"

"呀,是西芹炒牛肉,我特喜欢。"她讨好地笑,红润的皮肤闪耀着年轻的光泽。

她看了看又说:"阿姨,西芹多炒一下,不然不好嚼。"

"好啊。"你笑着回她,心想,毕竟年轻,懂什么呀,会做饭吗?炒菜火候最关键,火候掌握得好,菜色才会漂亮。

家文摆好碗筷,菜肴一一上桌。三人坐下来,家文拿了汤勺给小荷盛鸡汤,小心翼翼地撇去了黄色的油光。小荷娇嗔地接过碗,喝得呼呼响。

"真好喝!"她赞叹。

"那当然,咱妈的手艺。"

家文拍马屁,顺便用了一个"咱"字,对小荷说不出地宠爱。

你心里微微发酸,然后询问了小荷的工作和家庭情况。

她一一回答,眼神与家文悄悄对视。你坐在他们中间,看着二十七岁英俊儒雅的家文,突然觉得他像一只飞向高空的鸟,离你越来越远。

饭毕,两人抢着洗碗。

爱情真的可以改变一个人啊,家文上一次洗碗是什么时候?你想了想,那得追溯到高中了。自从他爸在他上高中时去世以后,只有你们两个相依为命。你爱家文,什么都舍不得让他干,你觉得学业、事业、荣耀与成功,才是一个男人应该追求的。

■ 18℃的爱

■ 004

说是洗碗,只不过多一个机会打闹罢了。满池的泡沫,两双皮肤年轻的手,小厨房里传来了嬉笑嗔骂,你偷偷张望,家文正把洗洁精泡沫抹到小荷的脸上。

叹了一口气,你走进卧室里,往窗外望去,满城霓虹和灯火,你突然感到了巨大的孤独。

3

半年后,家文和小荷商量着要结婚。

这些年你也攒了一些积蓄,足够支付一套房子的首期和装修。家文很孝顺,上班以后工资卡交给了你。

可你不想把这笔钱拿出来,那将意味着家文会离你而去。

于是你把你住的大卧室重新布置了一番,买了新床和新衣柜。你搬到了小卧室,把工资卡还给家文,你说:"妈妈真无能。"

家文笑:"妈,你已经很厉害啦,老爸走后你一个人把我抚养长大。再说了,跟你住挺好的,每天回家就能吃现成的。"

你放下心来,你想你虽然老了,但还是有存在的价值。

婚礼热火朝天地举行完。小荷的父母很朴实,房子和彩礼并未计较太多。他们不是本地人,远在海滨小城,临走时泪眼汪汪地把女儿托付给了家文,也托付给了你。

"小荷有什么做得不好的地方,你尽管骂,你就把她当亲生闺女,别见外啊。"小荷的母亲说。

你笑笑:"亲家母啊,你放心吧,小荷这么招人喜欢,谁舍得骂?如果家文敢对她不好,我会骂家文的。"

一家三口的新生活就此开始了。

每天起床你不能再肆无忌惮地闯进家文的房间。你起得很早,怕影响他们的睡眠,在屋子里更加蹑手蹑脚,看早间新闻时也把电视音量调到了最小。

小荷昨晚说想吃牛奶、煎蛋,你热了牛奶,小火煎着鸡蛋,看着升腾的热气,你有些不适应这样有束缚感的生活,但没有什么比和家文在一起更重要了。

可时间飞速流逝,你觉得小荷的存在渐渐让你透不过气来。

她像一个客人,讲话客客气气的,吃饭客客气气的,见面也总是客客气气的,像戴着一个冰冷的面具。

她经常买衣服给你,色调总是暗淡,款式太过新潮,你收下了,却从来不穿。

那天你夹了一块回锅肉给她,她笑着说谢谢妈,可转眼,就偷偷放进了家文的碗里。

吃完饭她还是抢着洗碗,你坐在沙发上看电视,总觉得她洗得不干净。你看到家文走了进去,她跟家文小声说话,之后家文接着洗碗,她躲进了卧室里。

后来你才知道,原来她来了例假。你想这怎么能当成自己的亲闺女呢?亲闺女要什么不要什么,都会一五一十地跟亲妈说啊。

■ 18℃的爱

■ 006

你们中间有一条巨大的河,家文与小荷亲密无间地站在对岸。你站在这边,眺望、招手,却总是等不到一艘渡河的船。

每个晚上都很乏味,你一个人窝在沙发里,电视让人昏昏欲睡。小两口在卧室里叽叽喳喳,房门关得很严,但阻隔不了他们刺耳的笑声。

4

第二年,小荷怀孕了。

你欣喜若狂。

从此有一个新的生命来陪伴你,你将不再寂寞。

你每天变着花样做营养丰富的饭菜,可她还是吃得很少,跟孕前一样,像小猫吃食一般。你担心孩子的营养不够,你总是夹很多菜给她,可她表面上应着,趁你不注意倒进了垃圾桶。

那天你出门的时候,小荷的母亲来了,大包小包带了很多海产品。她猫进厨房煎炒烹炸,一股浓烈的腥味灌满了整个屋子。

你回来的时候小荷吃得正欢,添了一碗又一碗饭,你这才发现,原来不是她的胃小,而是她不喜欢你做的菜。

你觉得很伤心,躲进卧室沉默了很久。

你听见家文的丈母娘在客厅里笑得很粗犷,她说:"包被和孩子的尿布我都准备好啦,小毛衣打了好几件,擦红屁屁的紫草油也泡好了。一想起要当外婆,我太开心了,以后总算有事做啦,你不知道我一天多无聊。"

小荷开心地说:"嗯呀,妈,我坐月子就得辛苦你了。宝宝生出来我可不想喂奶。家文,我们给宝宝喝奶粉好不好?"

你听见脑残的家文回答:"好啊,不想喂就别喂,女人生孩子本来就辛苦。"

你心里堵得慌,霍地站起来,却没法走出去。

丈母娘走后,家文考虑着把书房改成另一间卧室,你质问家文:"你妈是手残还是脚残?能把你带这么大,就不能带你的孩子?"

家文愣了愣说:"妈,多一个人照顾孩子,为你减轻负担,这不是挺好吗?"

"有什么好的?我的孙子我自己能带!你们就是嫌弃我!"你觉得委屈,家里多了另一个女人,已经很不自在了,如果再来一个,你会疯的。

你终于忍不住,眼泪流出来。

那一周你没做家务没做饭,最终他们妥协了。你看见小荷哭过的红眼圈,心想,年轻人啊,真是什么都不懂,能有婆婆帮着带孩子,这是几辈子才烧来的高香。

5

孙子暖暖半岁的时候,你越发觉得自己老了,抱上他不过十多分钟,就累得直喘气。

■ 18℃的爱

■ 008

　　自从暖暖降生,你跟小荷之间的争执就多得像蜂巢上的眼,数不清了。

　　你觉得女人怎能这样?当一个女人成为母亲,不是应该为了孩子义无反顾吗?还谈什么独立,谈什么自我?小荷为了身材,为了保养早早断了奶水,一罐又一罐的奶粉往家里搬,死贵的价格,在你眼里,那些仿若猪饲料。

　　一断了奶,她急不可待地约上朋友吃辛辣的火锅,逛街买新衣服,嚷嚷着要减肥,说从怀孕之后就没好好生活过了。

　　你无法理解她,就像她无法理解你。

　　家文不再像很久以前那样,依偎在你身旁,抱着你撒娇逗笑,他越来越焦虑,像一只被关住的老鼠。

　　你和小荷吵得面红耳赤,之后小荷和家文也吵得面红耳赤。相吵无好言,一次次口舌之战后,硝烟总会弥漫好几天。而家文终于在你和小荷之间选择了小荷,他耷拉着头对你说:"妈,我想搬出去住。买不了房子,我们租。"

　　事已至此,你不得不放手。

　　你看着那个可爱的暖暖,心如刀绞。

　　他们搬走了。屋子冷清下来,如果不开电视,便是死一般的寂静。

　　你觉得作为一个女人你怎会如此失败呢?你总在与人争,年轻时与其他女人争抢老公,年老时与其他女人争夺儿子,还要跟其他女人争带孙子。

其实你根本不想这样,但不争不抢,只能像被宰的鸡,任人割喉。你更不想成为那样。

你在暮色里披了外衣,看着桌上快凉的两盘菜,心也凉透了。你想不明白一个女人生儿育女,到底是为了什么。

6

僵持了一段时间,你还是忍不住,隔三岔五跑过去看暖暖。

家文的丈母娘来帮他们带孩子,见了你一脸讪讪的表情,你想,当初不让她来带孩子,肯定记恨了吧?小荷也肯定在她面前没少说你的是非。可他们再怎么着,你也是暖暖的奶奶,谁也不能改变!

暖暖长得很快,几天不见就变了个样。你抱着他,心都快暖化了。

那天家文留你吃饭,你本来不想留下的,但又想和暖暖多待一会儿。你坐在饭桌上,品尝着丈母娘咸腥的手艺,觉得真是难以下咽。

小荷夹了菜给你,说:"多吃点,妈。"

丈母娘也夹给你:"亲家母,来来,多吃点。"

她们面露讨好之色,你心里微涩,那些吵过的架仿佛还在昨天,你想,如果不是为了家义,谁又能向谁低头呢?

你磨磨蹭蹭地吃饭,趁大家不注意,把吃不完的倒进了垃圾桶,你在那一刻忽然明白了小荷。

你离开的时候走得很缓慢,下了楼你又折回去,听见了简陋的出租屋里传出和睦的笑声,伴随着暖暖的牙牙学语。

你站在门外,听见丈母娘说:"家文啊,你妈一个人也不容易,有空带着小荷和暖暖多回去陪陪她。"

小荷说:"妈,还用你说啊,这周末我们就去。其实也没啥矛盾,不就是生活习惯和思想观念的问题?对吧,家文?"

家文说:"老婆说得对极了。养儿方知父母恩哪,暖暖,周末带你去看奶奶咯。跟我学,奶——奶——"

哈哈哈,又是一阵欢笑。你悄悄下楼,脸像火烧一样,发了烫。

7

周末你拎着菜篮子出了门。

你特意买了一斤扇贝,以前你觉得腥,从来不吃,现在你想,小荷会喜欢的。

拎着大家爱吃的菜,你喜气洋洋地走在路上,想着他们要回来,顿觉容光焕发。

到家了,把菜搁在地上,你气喘吁吁,忽然想起小荷跟家文说过交林路那家老字号的辣螃蟹,经常说得眉飞色舞口水直流,你便出门去买。

挤上公交车七拐八绕到了地方,那个店果然很挤,一份一份等着现炒。你排在人群里,缓慢地向前挪动。

以前你总觉得螃蟹有啥可吃的,一进嘴全是壳,现在你看到这么多人排队,你想每个人都有喜欢一种食物的坚不可摧的理由吧。

有两个年轻女孩子排在你前面,一边玩手机一边聊天。

黄衣女孩说:"刘安昨天向我求婚啦。"

红衣女孩说:"恭喜啊,你答应了吗?"

"喊,答应什么?为什么要答应?"

"他不是爱你爱得死去活来的?"

"爱有个屁用,房子都没有,结了婚我就得住他家里,我可不想跟他妈住,一天没事瞎叨叨。"

"也是。婚姻还是想清楚的好。"

"你也是哦!记住了,没房的男人不能嫁!你妈辛辛苦苦把你养得如花似玉的,可不是为了送进虎口任人宰割。"

"哈,就你精明!"

两人嘀嘀咕咕地笑,你站在那里,身体突然僵作一团。

你买了一桶辣螃蟹回来,一路上你好像想了很多,又好像什么都没想。公交车的玻璃窗上,映出了你的影像,尽管模糊,还是能看到深深的皱纹。

你想你也曾如花似玉啊,你也曾是你母亲手里最珍视的一块宝,你也曾厌恶婚姻,你也曾与家文的奶奶日夜争吵,到头来,却还是学不会将心比心啊。

到家的时候门是开着的,你推门进去,一家三口已经站在了厨房里。

扇贝已经蒸上了锅,小荷正在清洗你买来的蔬菜,家文抱着暖暖

18℃的爱

站在旁边和她聊天,太阳顺着窗子爬到他们身上,像刷上了一层温暖的蜜糖。你的眼睛突然有些湿,你慌忙擦掉了。

你高高兴兴地把小荷推出厨房,你说:"交给我就好,你们等着吃就行。"

煎炒水煮,你熟练地掌锅颠勺,各色美味都在手中,顷刻间鲜香扑鼻。

佳肴上桌,辣螃蟹打开来,还在冒着热气,一切都刚刚好。你看到了家文和小荷眼里的惊喜与感激,你想还是给孩子们锦上添花吧。

于是你进屋把那张银行卡找了出来,你递给小荷说:"现在不像我们那个时代啦,以前委屈你了,以后妈会尊重你们的意见,只要你们和和美美的,经常回来吃饭就行!拿着,这是妈的一点心意,你们去付个首期买套房子吧。"

你看到小两口的脸,又像在笑又像在哭。暖暖坐在小餐椅里,望着桌上的食物不停地喊:"吃——吃——"

你顾不上研究他们了,都晚年了,还是多为自己想一想。忙活了一上午,肚子早饿了,你夹起一块螃蟹,打算好好品一品,这到底有啥好吃的?值得排那么长的队吗?

你很有潜质成为花圈店老板娘

1

陈先生宣布劈腿的时候,新女友已经怀孕。

二十九岁的赵小姐跟陈先生分了手,在家哭了三天。至此她有了一个伟大的理想,要在陈先生结婚时奉上最美的花圈。

从不喝酒的女人喝上了最烈的酒,几杯下去就睡得昏天暗地。

赵小姐醒来的时候是闷热的黄昏,有几个死小孩在楼下的花园里吵吵嚷嚷,赵小姐正愁没处发泄,抄起扫帚就下了楼。

一个穿白衬衫的男人在花园里给孩子们念故事书:"狐狸说,你只是一个小男孩,和其他成千上万的小男孩没有什么两样;我也只是一只狐狸,和成千上万的狐狸没有什么不同。但是,如果你驯养了我,我们就会彼此需要。对我来说,你就是我的世界里独一无二的了;我对你来说,也是你的世界里的唯一了。"

失恋的人就算听到馒头或鸡腿,都会心生悲凉。赵小姐听到这段话就急了,她冲那男人吼:"这是歪理!他是我的唯一,可为什么我不是他的独一无二?"

一帮孩子抬起头来看她。男人合上书,清逸的脸上目光如炬。

赵小姐并不知道,她那天跟欧巴桑并无太大区别,披头散发,面如白灰,瘦削的身体躲在穿了三年的碎花睡衣下,唯有一张厚厚的嘴唇,泛着微弱的红光。

男人的声音带着磁性:"这本书上说,悲伤的人会喜欢看日落。你应该看看。"

他抬起手来指了指天边,快落山的太阳挤在一堆火红的晚霞里,云朵层层叠叠,远山也被照得鲜亮斑斓。渐落的夕阳并无清苦之态,反而透出从容。

赵小姐不再说话,她失魂落魄地抄着扫帚慢慢踱回去,男人把书还给小孩子追上来说:"哎,你住几楼?我刚搬来的,我住二楼。"

2

二楼的男邻居是钱老板,在医院附近经营一家花圈店。

赵小姐一点不觉得晦气,她在悲伤之余很开心:瞌睡遇到枕头啊!看吧,我有了伟大的理想,楼下就搬来了花圈店老板。

钱老板有时会上楼来问她,煤气费怎么交,太阳能的水温怎么这么低,楼道怎么老是清扫得不干净,物管费包括哪些内容。

赵小姐最近休假,闲极无聊,很有耐心地一一解释。钱老板做了红烧肉的时候就会端一碗上来,赵小姐不好意思,说:"你有肉,那我管酒。"

两个人就坐在阳台上就着斜阳喝酒吃肉,吃得腻了,赵小姐就去厨房煮一锅青菜,再把自己腌的泡辣椒端出来。

但红酒也上头,喝着喝着赵小姐就会想起陈先生。他也喜欢吃红烧肉,一块方正的肉他总剖成两半,瘦的给她,肥的留给自己。

可为何在爱情的最初情意绵长的两个人,会走到而今的地步?

失恋的人要走出来,总得需要时间纠结消磨。

钱老板就说:"你别让脑袋放空,一放空就会想过去。"

"那怎么才能不放空?"

"得空去我店里,你看看我们的生,再看看别人的死,你会觉得你的世界无比美好。失个恋而已,难道要把自己活埋了?"

赵小姐觉得钱老板虽然才三十出头,但还是蛮有智慧的,她就经常跟他去花圈店。

后来她才知道,钱老板是个精明的商人,不会做亏钱的买卖:他有个小工请假回老家,她刚好帮得上忙。

3

失恋的赵小姐在花圈店忙得不亦乐乎。

一个人就算惨破天,看到了更惨的,立刻就会觉得自己太矫情。

来花圈店的人全都是惨淡的脸孔。朋友、至亲、爱人,有意外,有疾病,有寿终正寝,各种遭遇的结果,都是分离。

赵小姐觉得就算陈先生劈了腿,但他还没死,还能让她在同一个时空诅咒,而不是去墓地一边悼念一边诅咒他,其实也是一种圆满的别离了。

失恋的人很矛盾,一会儿钻牛角尖,一会儿又宽慰自己,赵小姐容易走神,也容易专注,她很快对扎鲜花花圈来了兴趣。

纸花变成鲜花,多了一丝活气,也让人不觉得惨淡。店里堆满了纯白的花束、白菊、白百合、白玫瑰,偶尔会搭配少许黄菊和粉色的小苍兰。

店里还有一个代写挽联的先生,他写得一手好字,闲时就在案几上摆放宣纸练笔。经常穿白衣的钱老板颇有仙风道骨,他偶尔兴起也会去写几个字,字迹平和畅达,笔锋遒劲。

赵小姐就觉着钱老板是个慈悲之人,满怀醒世的悲悯。

但钱老板说自己很矛盾,他父亲让他继承这门生意,他纠结了很多年。他盼望生意兴隆,可生意兴隆的背后却承载着活人的死。

"我是不是很无情?"他问赵小姐。

赵小姐一边摆弄着白玫瑰一边说:"那卖墓地、卖寿衣的各种殡丧服务岂不得关门了?你要换个角度想,你是为死者服务的,没有你的服务,死者如何安息?生者如何安心?"

钱老板看着赵小姐,眸子像星星一样亮了亮,笑了。

有时赵小姐想起陈先生,就会咬牙切齿地问钱老板:"哪种花圈适合送到婚礼上?"

钱老板不置可否,他指指满地的白花:"其实很多婚礼的摆花也是白色的。"

4

赵小姐没车,她平日里省吃俭用的钱全拿来供房子了。她对一份爱、一个家倾注了全部希望,却被陈先生摁灭了。

钱老板有车,赵小姐就经常"征用"。

钱老板不是小气之人,可赵小姐"征用"的目的是跟踪陈先生,钱老板就不太乐意了。

赵小姐威胁他:"你的店员一天多少工资?我在你花圈店帮了多少天的忙?"

做会计的赵小姐算盘打得很麻利,她噼里啪啦地拨珠算账,然后加加减减算出了钱老板欠她四千块。

"四千块够租车不?"

"够。"

"够租人不?"

"够。"

商人钱老板算了算收支,觉得租车租人比支付真金白银划算,只得乖乖地当赵小姐的司机。

每跟踪一次陈先生,对赵小姐都是刺激。可她总不明白这个道

18℃的爱

018

理,失恋之后忽然有了新的追求目标,她给自己打满了鸡血。

陈先生上班,陈先生下班。

陈先生在面馆吃牛肉面,牙口不好,经常剔牙。

陈先生在街上踩到一泡狗屎。陈先生去超市的时候忘了付钱,惹得报警器嘀嘀叫。

陈先生和准陈太去订婚宴。

陈先生和准陈太去医院做产检。

陈先生居然去菜市场买菜!赵小姐气得直跺脚:"他跟我这三年,啥时候去过菜市场?啥时候进过厨房?"

"呃,孕妇……的确……可能……需要被照顾……"钱老板小声地说。

"怀孕了不起啊,我也会怀啊!"赵小姐咆哮着,涂了口红的嘴唇气得直发抖,回来又是一场大醉。

陈先生去银行那天是他们最后一次跟踪,因为赵小姐在跟踪事业里太过于感情用事,他们暴露了。

陈先生走到车边,敲敲窗子,递了一口袋钱进来。

"那套房子我卖了,这些年你供的钱全在这,正好要拿给你。"

赵小姐接过沉甸甸的人民币,好像看到了这些年自己无比脆弱又无比珍贵的青春。

陈先生走了几步又折回来:"不用跟踪我啦,我真的自私又薄情,不值得你对我这样。"

陈先生推推眼镜,沉着脸在夏日的潮热里急速离开,像一缕烟一样消失不见。赵小姐再也忍不住,哭得天崩地裂。

钱老板拍拍她耸动的肩膀:"好啦好啦,要不,咱们先数数钱?可能数钱会比较开心一些。"

于是赵小姐从大哭收敛为啜泣,金钱的魅力远胜于劈腿男那稀薄的情意啊。

周末的下午,他们就坐在车里数钱。赵小姐一边数,一边抽抽噎噎,她的哭声像一片被遗忘的海水,听起来酸酸涩涩的,使钱老板那灰绿的心事长满了苔藓。

5

没过两个月赵小姐果然打听到陈先生的婚礼时间。

彼时她在钱老板的花圈店里拿着毛笔乱画,朋友给她发来时间,她扔了笔就跑到隔壁。

"帮我扎个花圈,快,最炸最醒目最艳压群芳的那种!"

钱老板站着想了半天说:"好好,等我设计一下。"

那晚赵小姐又拉着钱老板下馆子喝酒,她本不胜酒力,失恋后却酒量见长。

但喝酒的人从来都是酒不醉人人自醉。

钱老板把赵小姐从饭店拖出来,街上灯火摇动人影匆匆。赵小姐红着脸无法站稳,一双眼睛水汪汪的,像雨后的湖泊,钱老板只得背着

■ 18℃的爱

■ 020

她慢慢地走回去。

他一路走一路自言自语地劝她,也不管她听不听得到。到家的时候赵小姐还没醒,他只好把她放到自家床上。

喝醉的赵小姐很安静,一夜睡得悄无声息。钱老板却在沙发上翻来覆去,半夜还起来帮她掖掖被角。

月光明亮地抚着赵小姐的头发和脸庞,钱老板想起了第一次恋爱时喜欢过的女孩子,也如赵小姐这般不会掩饰任何忧伤。他的心动了动,俯下身亲了亲赵小姐的额头。

清醒的赵小姐依旧执拗地缠着钱老板做花圈,陈先生的婚礼一天天逼近,她剑拔弩张蓄势待发。

钱老板看不下去,某天黄昏就载了赵小姐去了一个小区,他们站在街边,暮色里人群神色匆忙。

有一对夫妇牵着两岁左右的小女孩回来,女孩要吃糖炒栗子,他们停下脚步等着栗子出炉。男人帮女人抚了抚被风吹乱的头发,又拿湿巾替孩子擦了擦手。

热乎乎的栗子甜香扑鼻,一家三口边吃边笑。钱老板说:"喏,你看,这就是我前女友。"

赵小姐张大了嘴巴,想说什么又没说出来。

"当初分手我也难过得天天醉生梦死,可那又如何?我没有伟大到喜欢成全别人,可痴情含恨就能让自己获得幸福吗?其实现在挺好的,我不是她想要的良人,她有了她的幸福,我得到我的从容。"

回来的时候赵小姐沉默地剥着栗子,这世上的情爱,谁敢保证我爱了你,我就能永远爱你呢?

6

陈先生结婚那天赵小姐和钱老板一起去了,赵小姐说需要一个男人撑撑门面壮壮胆。

钱老板用浅紫的苍兰、粉红的蔷薇、白玫瑰和白百合,设计了一大束优雅俏丽的摆花。

他把摆花推到赵小姐面前,低着头等待赵小姐骂她,可赵小姐什么都没说。

婚礼热闹举行,赵小姐化了得体的妆,穿了淡粉色的裙子,白色的高跟鞋套在好看的脚背上。她默许了钱老板这个新颖的"花圈",面对新郎也不再咬牙切齿。

热烈的掌声响起,陈先生和陈太太在追光下深情款款地走上台前,花童把玫瑰花瓣扔得潇潇洒洒。赵小姐觉得自己的伤痛铺满了台阶,被他们一步一步踩得灰飞烟灭。短短的一段路,走完了她乱糟糟的小半生,她突然无比清醒。

仪式完成,陈先生来敬酒,他说:"没想到你会来,对不起啊,招待不周。"

赵小姐不知道他是对劈腿事件致歉还是对招待不周致歉,不过这些已经不重要了,她笑了笑:"我不喝酒,喝可乐吧。"

■ 18℃的爱

■ 022

　　钱老板扶着她的腰一起回敬陈先生,刚开的可乐冒着呛喉的气泡,她咽了下去,甜蜜袭来,心里再无酸涩与不甘。
　　她调皮地跟陈先生介绍:"这是我男朋友,一个生意人,希望有机会你能多多照顾他的生意。"
　　陈先生忙不迭地点头:"好啊好啊,得空给下名片。"
　　赵小姐笑得喘不过气来。钱老板说:"太缺德了,你。"
　　"我不是缺德,我是缺心眼。"赵小姐举起可乐与钱老板干杯。
　　婚宴还未结束,他们就走了出来。外面下了大雨,空气里迅速飘来潮湿的腥味,赵小姐觉得自己好像脱胎换骨了。
　　她不顾钱老板的叫喊跑进雨里,笑着跳着,雨点坠落,伤口被冲洗,赵小姐像春日枯木上新发的芽苞,迫不及待地迎接新生。
　　当钱老板冲到她面前一起淋雨的时候,赵小姐重新审视了这个男人——他每天都穿白衣服,像一碗素面。他其实是一个救兵,他帮她实现了婚礼送花圈的伟大理想,拯救了一个在失恋里痛不欲生的女人。
　　她就在雨里问他:"你为什么没有女朋友啊?"
　　"因为我的职业太晦气,没几个女人想成为一个花圈店的老板娘。"
　　接着他又补充:"其实主要还是因为这个职位要求太高。"
　　赵小姐被他逗得咯咯笑。云层黑压压地汇集,雨丝如线,连接了天与地。她的脸庞湿湿的,眼睛弯成了月牙,裙子粘在身上,像一株粉色的蔷薇。

钱老板说:"我觉得你很有潜质成为一名花圈店老板娘,加油!我看好你哟!"

赵小姐就愣住了。

趁她愣神的当口,钱老板拉了拉她的手:"快走,淋病了可没人照顾。"

赵小姐被他拉着一路狂奔,他的手心很热,又带着雨水的潮湿,她跑着跑着就笑了。

她嚷嚷:"我好饿,刚才没吃饱。"

"我也是啊。想吃红烧肉不?"

"我要吃瘦的。"

"行啊,瘦的归你,肥的归我。我还想吃你腌的泡椒。"

"管饱!"

"还想喝酒吗?"

"我戒酒啦。"

"那陪我喝点,就一点。你喝多了会耍酒疯。"

"你才耍酒疯!"

"你太重了,上次背你回来,我的腰疼了三天。"

"那这次你喝醉,我背你。"

"不行,那你会偷吻人家的。"

"难道上次你偷吻我了?"

■ 18℃的爱

■ 024

"你猜!"
……
跑不动了,赵小姐撞进钱老板的怀里。雨水慢慢停了,天边有彩虹的光若隐若现。

嗯,或许明天又是一个新的挑战与开始,雨后的阳光与彩虹,终会冲破阴霾踏云而来。

如果爱情连探监都没有资格

1

陈震入狱之后,秦瞬瞬在离监狱两公里的地方租了一套房子。

每个人都说她是一个傻姑娘,傻出了天际,傻出了高度。

她没空搭理那些闲言碎语,想着那个睡惯了席梦思的陈震,在监狱里睡得着吗?如果他知道她离他不过两公里,在里面是不是就会过得舒服一点?于是她在那个周末吭哧吭哧地搬了家。

新租的房子建造年龄比她还大,地段偏僻,唯一的优点就是便宜,一口气付了两年的房租都没压力。她在网上找了很多小而美的改造帖,参考着淘了一大堆东西,每天送货的快递员都烦她。

"小姐,你能少买点吗?东西又重路又远。"

"又不是你的钱,你管天管地管我买东西?"

她杏眼瞪得很圆,火气很旺。

后来她一个人在屋里贴碎花墙纸的时候,想想生活已经够艰难

18℃的爱

026

了,难道人家还不能有吐槽的权利啊?

可她也想吐槽这狼狈的命运啊,吐槽自己太多眼屎,眼珠子糊了才会找了一个鬼迷心窍的男朋友。吐槽陈震好好的税务员不当,为了一点蝇头小利帮人家偷税漏税,终于毫无悬念地进了监狱。还要吐槽这鬼监狱,非要建在城郊,方圆五公里吼一声还能听见回响,探一次监就像踏进了二十年前的村镇。如果建在繁华市中心,那不更有震慑效果,让所有人都不敢犯罪吗?

想着想着,她停下了手中的活计,用手机登上市政府的网站,写了满屏的字,语重心长地给市长大人提了"关于监狱建在市中心的强烈建议",落款是:一个好心的市民。

深夜,蛙声在窗外叫得人心惶惶,蛐蛐也唯恐天下不乱。秦瞬瞬赤着脚走到窗前,眺望前方,监狱高楼的灯火已经熄灭,影影绰绰地陷在蓝黑色的山峦之下。陈震睡了吗?这个睡觉会磨牙打呼的家伙,会不会因此被室友揍成乌眼青呢?

其实当一个人失去自由,爱情对于他,恐怕已毫无意义。她黯然地拍死了几只蚊子,明天一定得买盘蚊香,她实在不能忍受在心灵受到重创的同时,肉体还要成为蚊子的饕餮盛宴。

2

终于可以探监了。

秦瞬瞬扔下乱七八糟还没收拾停当的房子就去了监狱。

陈震被判了七年,这件大事秦瞬瞬是最后一个知道的。当时她在厦门出差,瞎逛的时候途遇一个别致的婚纱店,一件胸口布满白色小玫瑰的婚纱,美得让所有渴望婚姻的女人都走不动道。

尽管陈震还没有跟她求婚,她依旧激动地跟店员砍价:店员坚持两千四,她坚持两千三百五,为了五十块钱砍得刀光剑影、唾沫横飞。可陈震倒好,收了人家二十多万,一声不吭。二十多万啊,够她买很多很多婚纱了,秦瞬瞬想起来就很难过。

可更难过的还在后头呢,秦瞬瞬终于相信什么叫祸不单行。

当那个迂腐的黑脸警察说她不符合探监规定时,她恨不得把他的帽子拍飞。

她跟陈震谈了五年的恋爱,1825 天,时光有多漫长,警察叔叔知道吗?

她从北方来到南方,她不喜欢干燥的天气和强烈的紫外线,更不喜欢主食是奢侈的大米,警察叔叔知道吗?

她像一个傻瓜一样爱一个人,她梦想有一天能穿着婚纱站在他身边,她为他笑为他哭为他殚精竭虑,警察叔叔知道吗?

他什么都不知道,凭什么说她没有探视的资格?爱需要资格吗?!

秦瞬瞬垂头丧气地走出来,太阳白花花的,晒得人想哭。她走到门口看那块蓝色牌子,上面写着具有探视资格的人群,必须是近亲属和监护人。近亲属包括配偶、子女、父母、岳父母、祖父母、外祖父母、伯父母、姨父母……居然不包括女朋友!

18℃的爱

那天她直直盯着"配偶"两个字,像要盯出窟窿眼来,却发现旁边有一个女孩也和她一样。

秦瞬瞬问她:"你也来看男朋友吗?"

女孩好看的脸蛋上更加气急败坏:"是啊,居然没有资格。"

"你第一次来?"

"这又不是商场,谁没事来瞎逛?你经常来啊?"

秦瞬瞬觉得自己有点傻:"没有没有,我也是第一次,第一次。那个……他判了几年?"

"七年。"

"好巧!我那个也是。"

"真的好巧呀!"

"你要等他吗?"

"当然,他说要娶我的,新房都付了首付了。"

"你真幸福。"

"七年会不会很长?"女孩有些担忧。

"会,但有爱就不算长。"这一句,秦瞬瞬像是对自己说的。

她看着女孩,提出建议:"我们探不了监,不如在外面喊一喊,说不定能听见呢。"

于是两人走到侧面的围墙边,对着高墙电网使劲地喊:"陈震——我爱你——"

真奇怪,每一个字都毫无差别,异口同声。

秦瞬瞬望着女孩,彻底蒙了,她甚至想,或许女孩的男朋友也那么巧叫陈震吧?或者叫程震,还有陈镇?但一分钟之后,她很想飞进监狱一脚把陈震踹死!

3

一个人犯罪是不应该的,但如果他是为了早日买房和喜欢的女朋友结婚,听起来是不是就煽情得多?

而那个女朋友却不是她。

秦瞬瞬那天像一只跑不动的骡子,坐在监狱外面的草坪边上哭得撕心裂肺。不远处有一尊石制独角兽,顶着一只奇怪的角看着她。

其实这样的事情在监狱门口每天都会发生,很多探监的人都哭得像狗。牢里的人后悔不迭,牢外的人痛彻心扉。

秦瞬瞬那天的行为并不特别,那个黑脸警察心里却闷闷的。

他下班的时候她还在哭,眼皮浮肿,眼线化成了黑色的汁液,挂在脸上像墨。第一次探监的女人都没经验,总是化着漂亮精致的妆,到头来还是在眼泪之下毁于一旦。

警察走到她面前说:"哎,这位同志,别哭啦。"

秦瞬瞬余恨未消,看见他哭得更大声:"你凭什么不给我探监?……呜呜呜……你歧视女朋友……呜呜呜……以后你坐牢了你女朋友都看不了你……呜呜呜……"

警察哭笑不得:"好吧,我未雨绸缪,以后要是有机会,先跟女朋友

■ 18℃的爱

■ 030

把证领了再坐牢。你坚强一点嘛。"

秦瞬瞬止了哭:"其实女人并没那么懦弱,她们不怕男人离开,只是忍受不了欺骗。"

她站在他面前,声音细细的。他的个子好高,人很瘦,墨蓝色的警服有些空荡,眼神像一把利剑,是看罪犯看多了吗?

秦瞬瞬忽然脑子里灵光一闪,哭有什么用啊?她想她得巴结好这个警察,才能解决根本问题。

4

警察叫杨卓越,他像一个呆板的老干部,最喜欢说:"这位同志,这位同志……"声调里夹杂方言,洋溢着一股子热情。

秦瞬瞬当天就要到了他的电话,他住的宿舍离她不远,仅一公里。

约他吃饭是在秦瞬瞬把出租房打理得清清爽爽的时候。出门不远就是农民的菜园子,她挑了一棵很肥的白菜,还有两个胖胖的黄瓜,茄子糯糯的,一捏一个窝。再往前一公里,她从慈祥的大妈手里买下一只土鸡。

她打电话给他,尽量让自己显得不那么刻意:"警察叔叔,我今天菜买得太多了,你来帮我吃点。那天对你太粗鲁了,还要麻烦你顺便帮我扫扫盲,普及一下监狱法规。"

杨卓越有些吃惊:"啊,这位同志,不用这么客气嘛。"

电话打了十分钟,他实在推托不开,后来索性说:"那个,我女朋友今天来看我,那个,我有点不方便。"

"那你带她来嘛,她喜欢吃什么?我都会做,你别跟我客气,尽管说。"

杨卓越答应了,眼前浮现的是她那张哭得让人心碎的脸。

其实抛开探监的目的,农家新鲜食材让秦瞬瞬的厨艺如虎添翼。暮色四合的时候,鸡汤已经很香浓,茄盒被煎得金黄,深蓝色桌布铺了满桌,还有屋外新摘的小野菊和驱蚊草。这一切看起来,她像在等候一个爱人。她兀自笑了笑,有些恍惚。

那天警察叔叔的女朋友没有来,他坐在饭桌面前说:"刚好约会改期,一切都刚好。呵呵。"他喝了三碗鸡汤,吃了半盘茄盒,还有无数黄瓜和蔬菜,然后望着秦瞬瞬碗里的鸡汤面。

她说:"你也喜欢吃面条?我还专门为你煮了米饭。"

"面条好啊,养胃、管饱、耐饿。"

她就扒拉了一半给他,他一边吃一边觉得吃白食有点过意不去,他便给她扫盲。

其实能扫些什么呢?那些枯燥的法规让秦瞬瞬听得直打瞌睡。

她问:"你在监狱工作枯燥吗?"

他说:"不枯燥啊。人生百态,罪恶与命运,每一个罪犯都是一本书,有的辛酸,有的邪恶,有的不堪,有的无奈。良民与罪犯其实只是一线之隔,良民也不见得就比罪犯无辜,罪犯也不见得就比良民肮脏。有些时候,牢狱就在我们心中,不一定非得是一座有高墙电网的房子。"

秦瞬瞬瞌睡也没了,觉得他的话蛮有道理。

他又说:"有些人并不是刻意犯法,他并不知道那样做是犯法。我们监狱收过一个七十岁的山区罪犯,带着四个儿子在山里追一只金丝猴,追了三天三夜,最后把猴累死了。一家五口入了狱,四个媳妇一起来探监,哭得天崩地裂。他们的初衷只是为了追到这只猴子能换点钱补贴生活。你说,是不是挺可悲的?"

事不关己的故事,秦瞬瞬听得眼泪直掉。她想起陈震来,劈了多久的腿,她居然都不知道,他是为生活所迫吗?并不是啊,大好的日子晴朗的天,为了情欲他背着她偷人,为了私欲他背着国家偷税。他对得起谁啊?

杨卓越吓得给她递纸巾:"这个故事有这么伤心吗?"

她擦擦眼泪:"你能让我探监吗?"

他看着她笑:"我就知道,天下没有白吃的晚餐。"

她站起来想了想有什么拿得出手的礼物,想了半天跑进房间里,把那个装着漂亮婚纱的大盒子拿出来送给他:"这个我用不上了,送给你女朋友吧,她一定会喜欢的。"

杨卓越死命推过来,她又死命推过去,像打太极。她带了哭腔说:"不要嫌弃啊,这不仅仅是一件婚纱,还是一个女人的爱情梦想。"

他只得把盒子接过来。

临走时,他问:"这位同志,他真的值得你这样吗?"

她没回答,送他出了门。外面下了雨,空气里飘过来泥土的腥味,监狱的高楼像一座冷寂的城池,带着绝望的气息。

5

探监那天秦瞬瞬还是化了妆。

咖啡色的长毛衣穿在身上有些松垮了。她瘦了一些,和所有面对爱情疮痍的女孩子一样,每一次失恋都像一次细胞的裂变与成长。

据说杨卓越打了报告走了关系,才让她有了探视陈震的资格。

她坐在玻璃窗前,看到陈震的时候,所有内心的呼啸都归于平静了。

他看起来瘦弱憔悴,像一只灰颓的公鸡。牢里果然没有席梦思好睡,往日的意气风发烟消云散。

他已经受到了命运的惩罚。

那天秦瞬瞬只跟他说了三句话:

"你什么时候跟她在一起的?"

"你爱过我吗?"

"我们分手吧。"

她没有再哭,在已经四面漏风的感情面前,哭泣只会丧失尊严。

出来的时候杨卓越说:"会见时间有半小时呢。"

她笑了笑:"他喜欢上别人都没跟我说过分手,我只是想正式跟他分手,正式与一份逝去的爱告别。这对我很重要,谢谢你。"

■ 18℃的爱

■ 034

　　杨卓越挠挠头,瘦削严肃的脸上眼睛亮亮的,在秋天的阳光下露出一排白牙。

　　后来秦瞬瞬并没有搬走,精心布置的房子还有两年的房租怎能浪费,而且,还有一个有趣的老干部跟她做朋友。他说他的职业在一千多年前有一个很贱的名称叫作狱卒。他说每一个罪犯都是一本书,他有好多奇奇怪怪的故事。他有时候来蹭饭,有时候邀她去河边钓鱼,有时候在菜园子摘蔬菜,他都会跟她讲这些故事。

　　他来的时候像有阳光轻轻缓缓地流进秦瞬瞬的心窝里,她会变得平和,也会有很多疑问:比如七十岁的老人能跑三天三夜吗?金丝猴会累死吗?它是国家一级保护动物还是二级?那四个媳妇后来苦苦等候还是结婚另嫁?我为什么从来没见过你女朋友?……

　　他说:"你这个同志,这么大人了还像小孩子,生活哪有那么多为什么。"

　　秦瞬瞬每天坐很久的公交车去上班,她坐在车窗边可以看见杨卓越宿舍楼外晾着很多墨蓝色的衣服,可以看见监狱的楼顶上有一个可以透下阳光的洞,铁杆上的国旗在拼命飞舞,偶尔还会见到武警官兵在公路上负重长跑,还有下地干活的农民大叔。从秋天到冬天,从树叶枯黄到白雪覆盖,每个人都在努力生活,每个建筑都有它的意义,每一片树叶,都有它的命运与归宿。

　　过年的时候杨卓越要值班,秦瞬瞬回了老家。她待到大年初三就猴急地回来了,大包小包地从北方带了好多食材,一回来就招呼杨卓越来吃饭。

两个人对着满桌子热气腾腾的菜碰杯喝可乐,欢喜地庆祝新年。

秦瞬瞬说:"祝你工作顺利,让更多罪犯改邪归正。"

杨卓越说:"那我祝你能早日忘了陈震,开始美好的新生活。"

她歪着头问:"陈震是谁?"

杨卓越笑得差点被可乐呛死。笑够了,他从包里掏呀掏,一团白纱被他掏了半天才掏完,秦瞬瞬说:"你这是干吗?"

他双手举着那件婚纱结结巴巴地说:"我还没有女朋友,这个……你送的婚纱也没有用武之地,如果……我是说如果,你不嫌弃的话,我想,我想我们可以考虑朝这个方向努力一下。"

秦瞬瞬望着这个老干部,嗯,瘦削但挺拔,老套但温润,一切看起来都还不坏,蛮对胃口的。如果非要分析一下陈震在她生命里所起的作用,那会不会就是为了带她来到这里,让她认识杨卓越,得到一个好姻缘?噢,她很愿意这样去想。她一直觉得自己是一个好姑娘,好姑娘不能总被坏男人欺负,好姑娘是应该得到好归宿的。

所以她举起可乐说:"同志,这真是一个不错的主意。"

晚上下了雪,他们在雪地上点燃了鞭炮,手拉手笑着跑得远远的。外面的菜园子已经一片荒芜,但这有什么关系,一切都会重获新生,就像狱中的罪犯,就像枯萎的庄稼,就像爱情的缘分。

■ 18℃的爱

■ 036

请你记住三月的第一天我爱你

1

2013年底,段小缎特别烦老富。

每个周末坐火车回来,他总是仰着那张笑得快烂了的脸在出站口接她。

她委婉地说:"你有事你就忙你的,别总来接我。"

他说:"还有什么事比接你更重要?"

或者她也会戏谑地说他:"哟,老富你挺闲的?这个月赚了几个亿了?"

他老老实实地说:"这个月忙得要死,才赚了两万。"

段小缎无奈,把背包扔给他:"你也小三十了,该找个媳妇结个婚了。"

"这不就等你把新工作理顺吗?"

"等我干吗?"

"嫁我呀。"
"谁说要嫁你呀?"
"你妈说的。"
"那你叫我妈嫁你呀,我一定来喝喜酒。"

老富呵呵笑,丝毫不介意,招呼她坐上他的本田 CR-V,车子开出火车南站,穿过北京路,熙攘的人群欢喜地迎接周末,昆明黄昏的阳光依旧好得让人迷醉。

段小缎不知道是不是每个稍微长得好看一点儿的女孩子,身边都会有一个像老富一样长年盯梢、用糖衣炮弹、走亲情路线的好脾气男人,并且笃定她有一天会被攻陷。

可她就是不从,故意去一百多公里外的小城工作,每周远离五天,眼不见心不烦。

老富原名赵喜富,这个邻居确实长得喜庆又富有,至少比她富有。他比她大三岁,从高中起就成天追着她跑。两家都太熟了,小缎的妈把老富看作准女婿,说他孔武有力,憨厚老实,能挣钱又会疼人。

可段小缎觉得,他更像一个哥哥,抑或是一只让人亲近的宠物,却不会产生惊心动魄的爱情。

但一己之力太单薄,周围每个人都很坚信,她总有一天会清楚地认识到婚姻的最佳面貌,就是找一个温顺体贴的男人,安安全全地过一生。

2

周日老富终于没再黏糊糊地送她上火车。他有一个十万的合同要谈。

她赶紧说:"赚钱要紧啊,没钱怎么买房怎么娶老婆?"

这话听起来大度又体贴,老富恋恋不舍地走了。

段小缎排队检票的时候,一个打工仔站在她旁边。

他穿普通的深蓝夹克,露出灰白色的毛衣领,脚上套着旧旧的球鞋。他应该是外乡人,目光有些瑟缩,带着没有归属感的茫然无措,还有一丝伪装的从容。

他俩同时看到了前面的人群里有一只粗暴猥琐的手,伸进了一个人的挎包,取出一个钱夹来。

段小缎张嘴想喊,打工仔歪过头飞快地把食指伸到嘴边,冲她做了一个噤声的动作。

那只手很快消失在人群里,被偷的人丝毫不觉。

她有些沮丧,恨自己胆小,瞪了打工仔一眼,责怪他一个大男人居然也如此懦弱。

他看了看她,眸子深黑,有些怏怏地别过头去。

周日的车厢人不多,段小缎坐下来,打工仔也上了火车,有很多空位他都没有选择。目光与目光交错,像枝节缠绕的树根,他坐到了她身边。

空气中弥漫着一点点不同的味道,像提味的生姜,又像微涩的山楂。火车轰隆隆驶出去,昆明城两边的楼厦在阳光下飘摇,铁轨伸向远方,他有些坐立不安。

半晌,他终于朝她开口,口吻羞涩:"那个小偷腰边有刀,出门在外,安全最重要,多一事不如少一事。"

段小缎低头看手机,沉默不语。其实他根本无须跟她解释什么,本就是陌路之人,下了火车再无交集。江湖太大,每个人都有他的处事原则。

他见她没说话,靠在椅背上,长长地吐出一口气,慢慢就睡着了。

段小缎斜眼瞟了瞟他,下巴挺阔,脖子细长,眼睫毛也很长,睡着的样子,像一只忧伤的大鹅。

段小缎到站下车的时候,蹑手蹑脚地从他身边擦过,他还在熟睡。她背着背包走在这个小城里,夜晚的风很凉,她想她是不是太苛刻了?为何要求一个陌生男孩见义勇为站出来抓小偷,电影看多了吧!现在这个社会,见义勇为的另一个代名词就是傻×啊。

是啊,真傻。

3

冬至的时候,段小缎补休,她偷偷坐了最晚一趟火车回来,没告诉烦人的老富。

站台拥挤,人群像箭一样射向这个城市,出站口瞬间变得空旷冷寂。段小缎裹着厚厚的风衣，肚子开始抗议。

旁边的小吃街上，还有一家牛肉面馆亮着灯。

她走过去看门口的红牌子，一张脸突然伸过来："咦，是你啊，想吃什么？"

是那个打工仔，笑容真诚，声调惊喜，像见到熟人一样。

段小缎笑着说："一碗牛肉米线。"想起那天，她突然觉得不好意思。

大汤锅冒着热气，煤气灶烧得很旺。米线很快煮好了，香喷喷的牛肉丁盖住了奶白色的米线，快要溢出来。

夜深了，另一个店员看她吃得慢吞吞的，不耐烦地打着哈欠说："你收摊，我先走了。"

打工仔答应了，开始收拾案几上的东西。

她看了看，忍不住说："他们欺负你呀？"

"没有，我年轻力壮，肯定要多干活。"

"你煮的米线很好吃。"

"真的呀？"

"当然。只是下次你别放这么多牛肉了，你们老板知道了会发飙。"

打工仔呵呵笑，挠挠头说："没事，老板是我舅舅，他对我很好。"他说话的时候眼睛一眨一眨的，睫毛真的很长。

深夜的火车南站陷入黑暗里，段小缎打着饱嗝走出门外，听见身后卷帘门哗地一声响,他急匆匆跑上来:"没人来接你吗?"

"没。"

"太晚了,很危险,我送你去坐车吧?"

"好啊。"她不知道为什么,对他莫名地信任。

他们一起走向出租车站台,远处的路灯像花蕾,沿着有规则的弧线在空中开放。

打工仔穿得单薄,一路上搓着手,像顽皮的猴子。他说:"昆明不是四季如春吗?"

"你听错了。"

"啊?"

"不是四季如春,是四季不分。"

哈哈哈,两人相视而笑。

出租车过来了,她钻进去,跟他挥手说谢谢。

他低下头盯着脚尖,鼓起勇气说:"想吃米线就来这里,我会越煮越好吃的。我叫刘长安。"

"好啊,我叫段小缎。"

话音未落,车子已经驶出去好远,车窗还未来得及关上,夜雾被风裹挟着在窗口蹭头蹭脑。

4

后来段小缎进站或者出站,有空就去刘长安那里吃一碗米线。

■ 18℃的爱

■ 042

　　他总是卑微的姿态，和所有在这个城市打工的男孩一样，有些土气，又有着倔强，像一只甲虫把自己默默地埋在城市的繁华和光影之下，期待有一天能被这个城市接纳与融合。

　　段小缎那碗米线总是比别人多很多牛肉，刘长安看着她吃完，笑得心满意足。

　　元旦期间，段小缎出门玩，好久才去面馆，刘长安见到她拍着胸脯说："我还以为你出什么事了。"

　　他纯真的脸上喜盈盈的，段小缎就说："我们加个微信呗，以后我要来就提前微信你。"

　　"好呀好呀。"他笑得欢天喜地，掏出他的手机鼓捣着，像得了莫大的奖赏。

　　段小缎总是在周五黄昏来，在周日黄昏走。刘长安渐渐摸清规律，有时候偷偷从店里跑出来等她。他会给她塞一份洗好的冬枣、金橘或苹果，让她上车吃。有时候他还给她一罐老家的蜂蜜，说："你们女孩子喜欢美容，这个好。"

　　最夸张的一次，他在她上火车前给她塞了一份便当，一个三层的饭盒码得整整齐齐。在火车站熙来攘往的人群里，他真诚的脸背对着冬日薄薄的夕阳，鼻子因为寒冷微微发红。段小缎不忍心拒绝他，统统收下来，这个男孩便兴高采烈地走了。

　　段小缎一个多小时的车程变得有趣起来。

　　冬枣很脆，苹果很甜，金橘的皮有点辣，但是降火，吃了吧。打开便当盒,竹笋、土豆和芥蓝,煎得焦黄的鸡肉粒,胡萝卜还被刻成了小花。最后一层,居然是漂亮的寿司。满满的用心,透露了他的心意和讨好。他喜欢她。

老富也送过她很多东西,金格的名牌包包、从百盛买来的衣服和化妆品。不爱的人给予她的爱,就像烟尘,不留痕迹。那些东西好像没有温度,也因送的人不对而失了一点点耐人寻味的情意。

火车在时光里轰鸣,段小缎嚼着食物,想象着他做便当的样子,想了又想,觉得爱情啊,有时候是一条无法泅渡的河!

5

春节后,昆明下了罕见的大雪。

刘长安穿着大棉衣把烤红薯裹在怀里,在火车站门口等段小缎,远远地看见老富拿着一条长围巾跟她一边走一边拉拉扯扯。

"戴上戴上,下雪冷死个人啦。"老富把围巾往她脖子上绕。

"哎呀,我不戴,我又不冷!"她嘟囔。

刘长安看着老富,老富看着段小缎,段小缎看着刘长安,有些莫名地惊慌。雪下得很大,像天使在拼命抖落翅膀上的绒毛,城市惨白一片。刘长安的头发和睫毛上沾了很多雪花,像一个老翁,他张张嘴想说什么,又觉得不妥,转身走了。

大雪迅速掩埋了那个卑微的身影,段小缎的心疼了一下。

火车上刘长安发微信来:"那是你男朋友吗?"

■ 18℃的爱

■ 044

　　段小缎想说不是,又觉得说了有什么意义;想说是,却开不了口。她索性说:"你今天又带什么好吃的给我了?"
　　"没什么。"他黯然。
　　"我觉得你做的便当超好吃。"她发自内心地安慰他。
　　"你真的喜欢?"
　　"当然。"
　　"凉了口感不太好了。我很喜欢做菜,下次现场做给你吃好吗?"
　　"好。"
　　雪落在铁轨上,瞬间融化了。段小缎看着窗外,心里像有一只鸟在扑腾,有些欢喜又很惆怅。

6

　　二月底,段小缎回了昆明。
　　刘长安兴奋地发来信息:"小缎,我加工资了,请你吃饭。"
　　"加了多少?"
　　"六百。"
　　才六百呀,段小缎有些灰心。
　　不是没有想过和他在一起的可能性,她的心已经进去了,身体还在理智地叫嚣着与现实抗衡。
　　她多么迫切地希望他能一夜暴富,希望他能过上更好的生活,希望他能和她站在一起的时候,显得不那么自卑。可六百块,不够她在商场买一件大衣，不够老富在海鲜酒楼撮一顿。她想着想着，觉得心酸，但还是值得庆祝，不是吗？生活就像吃饭，一口一口地吃饱，一步一步地过好。

他们去了饭店，刘长安听说某某酒店的海鲜自助很好吃，段小缎坚持自己吃海鲜会过敏，最后选择了一个川菜饭店。价格亲民，味道很好，很家常的菜，也可以吃得热火朝天。

三月马上就到了，一切都会春暖花开。段小缎看着这个男孩子，理智投了降，已经开始暗暗向往一场爱情了。可这样的时间并没有多长，他送她回去的时候，已经警惕好久的老富在楼下堵住了他们。他恶狠狠地瞪着刘长安："翅膀都没长硬就学人泡妞？你有车吗？有房吗？你凭什么缠着段小缎？你能给她什么样的生活？"

五个问题像箭一样插在刘长安的心口上，他飞快地跑掉了，身影仓皇得像一只受惊的小鹿。

那个晚上段小缎跟老富吵了一大架，她恨透了老富。她是个善良的姑娘，一直小心翼翼地维护一个男孩的自尊，可却被老富破坏了。

7

人常常是这样，被认同的时候踟蹰不前，遭反对的时候却英勇百倍。

段小缎食不知味地工作了一周。二月的最后一天是周五，她猴急着要回来，结果公司通知加班，周六还要加。她爆发了惊人的速度一

■ 18℃的爱

■ 046

上午就把工作做完,跟经理保证,当晚一定回来,周日还可以继续战斗。

她那么迫切地想见刘长安。

上了火车她给他发信息:"我!要!吃!你!做!的!菜!"

复制了三条,打了很多个惊叹号,这是她小小的身体里奔涌而出的勇气。

刘长安像一个患相思病的孩子,慌乱地跟老板请假,疯了似的去买了很多菜,跑回火车站旁边的城中村出租房。屋里太乱了,必须收拾一下。他打开窗帘,阳光透进来,扫地拖地抹桌子。吃饭的小餐桌太旧,他又到楼下的小超市买了一块崭新的桌布。

还没开始择菜,段小缎就到了。

她站在人群里笑,所有人都失了颜色。

他小心翼翼地领她上楼,房间在楼道的最里面,阴暗逼仄。他确实给不了她很好的生活,他只能给她在他能力范围内最好的。但这差得太远。

她不介意,看他汗流浃背地一通忙活,手忙脚乱地做菜。中间还摔坏了一个碗,他去捡,手指被割破,血流了出来。

段小缎从包里拿出创可贴,她看着这个男孩子,好蠢啊,可就是这样的愚蠢,让这个冰凉的世界有了倔强的温情。他惶恐、他忐忑、他笨拙、他憨厚,他的眼睛里塞满了期待却又自知身处卑微。段小缎抱住了他,突然有些想哭。

"你爱我吗?"

刘长安不知所措,心剧烈地跳了好久,才敢用双臂抱住她。他一字一顿地说:"段小缎,我爱你。可是……"

"那就够了。"

那顿晚饭现在想来还记忆犹新,每一道菜都带着鲜活的味道。段小缎知道,那是爱情萌动的味道。

夜幕很快来临,时间在爱情里,往往流动得太快,一眨眼,就过去了。

买了九点的火车票,刘长安依依不舍地送她上车。

那晚的风已经回暖了,三月的第一天,一切都美好得不像话。火车站人来人往,春的气息在空气里流动,带着蓬勃与向往。

这对新鲜的恋人一直手牵手地腻进了站台,她坐上火车,眼睛就起了雾,她大声问:"你将来最想做什么?"

"我想开一个饭店,你觉得我的手艺可以吗?"

"不可以。"

"啊!"他一脸失落。

"是太可以啦!哈哈哈。"她冲他做鬼脸。

"下周我来接你。"

"那就这样说好了,以后你当老板,我就当老板娘。"

"好啊!"

火车鸣笛,缓缓开动,段小缎朝他喊:"一切都会好起来的!"

■ 18℃的爱

■ 048

"我爱你！段小缎！"卑微的男孩大声回应，伸着细长的脖子和她挥手告别。

爱情给了人太多的勇气。

有了勇气的姑娘在火车愉快的轰鸣声中憧憬一段爱情的开始。

有了勇气的男孩，从站台慢慢踱回来的时候，是九点十五分。

那个夜晚是如此不同，不同到让人幸福得想哭，又让人悲伤到愤怒。

刘长安回到售票大厅的时候，一伙暴徒突然持50厘米长刀冲进火车站滥杀无辜。刘长安正遇到一个蒙面暴徒追砍一个小孩，曾经懦弱的他顿时血脉偾张，冲过去试图截住暴徒，被长刀一挥，刺中了前胸。

血液不可抑制地涌出来，很快湿透了衣服。他倒下的时候，还在想着段小缎刚才说的话，"一切都会好起来的"，是啊，她真是一个可爱的姑娘，从来没有看不起他。

逃窜的人群从他身边狂奔而过，售票大厅里一片狼藉：无数肉体、行李和衣物洒落一地，长刀挥舞，寒光掠影，暴徒残忍杀戮，一时间血流成河，空气里飘荡着浓烈的血腥味。

一个叫谢启明的警察，打光了枪里所有的子弹身受重伤；行李寄存处的保安祖朝文用肉身护住大门，当场被砍死；一个姓潘的父亲为了保护女儿，喉结中刀，顿时血流如注；一个叫张立元的警察为了保护民众跑向歹徒大声狂喊："狗杂种，有本事你们来砍我啊！"……

刘长安听到了枪响之后,他的血液好像越来越少了,肺部像皮球一样胀得难受。

在他停止呼吸之前,听到手机微信在响,那个刚刚分别的女朋友此刻已经在考虑下周的约会,她想给男朋友带点小城有名的茶叶,她发微信给他:"你喜欢生茶还是熟茶啊?"

他伸手去掏手机,手臂怪异地蜷曲,却在半路停止了动弹。其实他好想回她:"我今天很勇敢,比第一次和你见面的时候,进步了很多。"

爱情给予的勇气之于他,不知道是幸运,还是不幸。那条幻想中可抵达的爱情道路,终于在刚刚启程时,骤然坍塌。

姑娘并不知道发生的这一切,她满心欢喜地等待着他的回复,火车在黑暗中穿过正在遭受苦难的城市,远方的霓虹明亮得一塌糊涂。

那天是2014年3月1日,昆明"3·1"暴恐事件使火车站群众29人死亡,140余人受伤。

案件于3月3日告破,8名暴徒全部落网。

- 18℃的爱
- 050

如果你说三个字,我就做你女朋友

1

安娜三十二岁,是一个商场销售员。

亲戚实在看不下去她还单着,一直游说着给她介绍男朋友,说该男心肠特好特居家特疼人,说结婚过日子,寻思那些虚无缥缈不当吃不当喝的东西有啥意义。

安娜想了想前男友杨浦。他们分手一年了,她的心里好像还有根小刺,仔细摸一摸,还是会有点疼。

安娜就说见一见吧。

男人叫温大伟,一个家政公司的小老板。

早春天气,他穿了西装,一进西餐厅就说太热了,三下五除二就脱了外衣,里面穿着一件灰色汗衫,露出了虎虎生威的肌肉。

显摆肌肉也就罢了,可汗衫上居然有两个洞,一大一小,像金鱼吐出的泡泡。

安娜想让他穿上外衣，但又怕他感觉到她的嫌弃，忍住了。

他朝安娜呵呵一笑，霸气地把车钥匙扔在桌子上，咔嗒一声巨响，惊得所有的侍应生都朝这边看。

安娜之前也相过亲，有些男人上来就扔车钥匙，好像没个上档次的车钥匙就无法证明他成功的人生。

安娜想起跟杨浦的恋爱，她真的奇怪男人的想法，她不知道是如今的社会造就了男人的想法，还是如今的女人刺激了男人的想法。女人真正想要的，难道不是爱吗？

而此时此刻，温大伟的车钥匙上没有 BMW，也没有四个圈，更没有三叉星。安娜想，最不济也应该有三个 V 啊，不然岂不失去了他对于这个"扔"的动作拗了半天造型的意义？

可是，啥标志都没有。

牛排上来了，他们开始聊天。

"你的英文名很洋气。"

"我姓安名娜，这不是英文名，好不好。"安娜噘嘴。

"哦，"他不好意思地挠挠头，"我还是吃不惯西餐，没大米饭好吃。"

于是他叫来服务员，要了一碗米饭，他把牛排切成小块，酱汁淋上去，和米饭搅拌在一起，用勺子大快朵颐。

安娜也不喜欢牛排，介绍人约在这里只不过想着情调好。

她看着他盘子里的牛排饭："好吃吗？"

"好吃啊。"他说着便端起盘子,把没吃过的那一半扒拉给她。

安娜尝了尝,还不错。她看着他,长相中等,是个老实人,看起来无害。但她不允许自己因为年龄就饥不择食,他汗衫上的两个洞,让她害怕在未来陷入一种将就的生活。

于是她决定撤。

2

既然要撤,就抢着买单,别欠人家人情。

可温大伟不让,从外衣里拿出钱包跟她抢,两个人像斗士一样,手臂拦着手臂,身体挨着身体。

"我来我来。"

"不行,我来。"

"怎么能要你来?我是男人。"

"谁规定男人就必须买单?你歧视女人。"

"哪能啊,我喜欢女人,我怎么会歧视?"

"你喜欢女人?全天下的女人都喜欢?"

"啊,不不,我是说我不讨厌女人。"

"那你讨厌男人?"

"没有啊,我……不是……不讨厌啊。"

温大伟汗都快出来了,安娜笑得弯了腰,收钱的侍应生已经打起了哈欠。

最终安娜放弃了,温大伟埋了单。走到门口的时候他说:"我送你回去吧?"

"好啊。"安娜答应了。她突然觉得这人很有趣。

两人去了地下停车场。

七拐八绕,停车场太大,居然迷了路。

安娜脚都走痛了,A字短裙,还穿了十厘米的高跟鞋。温大伟一路都在说抱歉。

终于找到车了,难怪安娜没见过那种车钥匙,原来是一辆旧旧的不知道什么牌子的面包车。

温大伟热情地请她坐进副驾驶室,安娜一路上实在憋不住笑。如今开个面包车都能扔车钥匙扔得这么霸气的,恐怕也没谁了。至少他不装,实诚,挺难得。

好不容易生出了一点好感,可车子在路上突然出了问题。

面包车屁股后的那扇车门居然咣当一下垮下了半边来,温大伟突然急刹车。

那天安娜经历了人生中很多个第一次:第一次坐面包车副驾驶,第一次穿着短裙高跟鞋在大街上用双手死命撑住一扇车门,肱三头肌都鼓了出来。一个叫温大伟的男人在旁边满头大汗地维修。

春风很大,安娜觉得这个世界吊诡得让人匪夷所思。

3

就这样有了来往。

安娜想撤,没撤成功。

温大伟对安娜的一切都感兴趣,对她的一切都很关心。他甚至派了他公司的金牌家政员,定期来帮安娜打扫卫生。有时排不过来,他还亲自上阵。

他干起活来仔细又勤快,他跟她说他的创业史,从一个人背着包敲开一扇又一扇门开始,从清洁油烟机打扫厨房开始。他在这个城市一步一步地扎根,艰苦奋斗、勤劳致富获得踏实的生活。

"这些年没敢交女朋友呢,很久以前交过一个女朋友,没想到我接了她父母家的家政服务,她爹妈知道了我的职业,当场就要我们分手。"

他们坐在街边吃烤串的时候,他对她说。

"我把每一个家打扫得焕然一新,我不偷不抢不苟且不应付,为什么要被歧视?为什么得不到尊重呢?我想不通。"

安娜说:"这个世界都喜欢光鲜亮丽的一面。我爸原来是一个环卫工人,我小学时写作文写我爸,说长大了要和我爸一样当一名环卫工,把城市打扫得干干净净,结果被全班同学嘲笑。我回家哭,说为什么爸爸要当环卫工,我爸苦笑着不说话,后来换了工作。"

温大伟拍拍她的肩膀,举起啤酒说:"并不一定是体面的工作才能带来人性的高贵啊。来来来,干杯干杯!"

他们在烟火熏然的夜色里碰杯,春日将逝,晚风已经有了热度。小街上依旧热闹,有情侣在互相喂对方吃烤脆肠,你一口我一口。温大伟转过头对安娜说:"你还愿意跟我继续互相了解下去吗?"

"嗯,如果你面包车门不再无缘无故掉下来,可以试试看。"

"不会啦不会啦。"温大伟笑得眼睛都眯起来,他又霸气地喊,"老板,来五串烤脆肠!哦,不,三串就够了。"

4

温和的恋爱在那个夏天徐徐展开。

安娜下了班就会被一辆面包车接走,她的同事总是露出恨铁不成钢的表情。

"安娜你能有点追求吗?就算上不了宝马奔驰,咱们也上点别克本田行不?"

"面包车怎么了?搬个家都不用叫搬家公司,在淘宝上买个大件还可以省二次运费。"安娜嬉笑着不以为然。

话虽如此,可当杨浦看到她从面包车下来,露出惊愕的表情时,安娜的心还是被他的眼神伤到了。

温大伟居然不识趣地跳下车,把他煮好的玉米棒塞到她怀里。

"下班我来接你哈。"他笑着拍拍她的肩,嗖嗖地开着那辆破面包走了。

■ 18℃的爱

■ 056

　　杨浦说:"你的新男友?"
　　"不是。"安娜的声音像蚊子一样细,她不知道为什么不敢在他面前承认,怕引起杨浦的同情或者嘲笑吗?可是她和温大伟确实还没有正式确立关系,只不过是在互相了解的阶段。她在心底安慰自己。
　　"我就说嘛,你的眼光啥时候变这么差了,就算我俩真的分手了,你也不至于作践自己。"杨浦笑。
　　"你来干吗?我俩本来就分手了!"
　　安娜气咻咻地朝商场走。她的心开始隐隐作痛,他们谈了三年的恋爱,去年他们都快谈婚论嫁了,可是杨浦的母亲说,如果她没有一个体面的工作,这门不当户不对的婚姻她是要反对到底的。
　　杨浦有什么了不起啊,不就是一个浑身浸染了腐朽气息的小公务员吗?成天趾高气扬地把眼睛放在脑门上。他上班才两年,就学会在安娜面前打官腔,说她再在商场干下去,永远只能成为贩夫走卒和引车卖浆者。
　　他嘴里一套一套的成语让安娜反感,她说:"我就喜欢在商场工作,我靠劳动赚钱,我他妈丢你人了吗?"
　　杨浦露出心痛的表情:"我们之间的差距越来越大了!你怎么这么自暴自弃?"
　　自暴自弃?!安娜哈哈大笑。他追她的时候就知道她的职业,他天天在商场门口守株待兔,那时候他怎么不嫌丢人?
　　分手那天,他们刚好参加完朋友的婚礼,各色宾客鱼贯而出,安娜站在人群里泪眼婆娑,她说:"杨浦,我这贩夫走卒配不上你家朱门大户,你不要再来找我!"

杨浦灰着脸没有说话,酒店门口有婚礼的摆花,人群一过就被摘了个精光,白玫瑰的花瓣落在地上被踩得稀烂,像他们灰头土脸的爱情。

可现在,杨浦又来了,他追上她:"安娜,我还是忘不了你。"

安娜停了脚步,怀里的玉米棒热烘烘地释放着微温。

5

温大伟并不知道外敌入侵面临着威胁,他依旧乐呵呵地上班,乐呵呵地对安娜好。

但他真的很抠门,除了在吃上大方些,其他地方都无比节俭。安娜买了一件纯棉汗衫送他,他一直舍不得穿。

安娜想去看电影,他说好啊,晚上他把她带到家里,打开电脑说:"看吧看吧,我下了十部经典影片,你随便挑。"

他们去公园玩,他为了省门票,带着安娜从长满了苍耳子的隐蔽小路蹿进去,两人身上全沾满了苍耳子的刺,站在公园的湖边互相摘了很久才弄干净。

温大伟实诚到连掩饰和借口都不会,面包车的后门他一直没有换,只是找人焊了一下,每次开起来门就会咣咣地响,安娜听得提心吊胆。

■ 18℃的爱

■ 058

　　而与此同时,杨浦经常来约她吃饭,也经常打电话过来,他的语气没有了跋扈,总是和软地讨饶,还有那三年所有的甜蜜,他都在悠长地进行回忆。

　　有一天杨浦兴奋地打电话给她:"安娜,我妈终于妥协了!她同意我们两个在一起了!明天我去接你,一起来我家。她连她的玉镯都找出来了,说要给儿媳妇呢。太好了,我们可以结婚了!"

　　彼时温大伟正在给安娜的浴缸做消毒,安娜走到门外,不知道该说什么。杨浦说:"明天我来接你下班,穿漂亮一点!"他没等她回答,就摁了电话。

　　安娜回到卫生间,浴缸已经被擦得雪白,温大伟正在洗抹布,额头上有汗水滴下来,那些汗水像滴在她心里,让她心乱如麻。

　　她送温大伟出门,他随手从衣架上拿了她的外衣给她披上:"秋凉了,注意保暖。"他诚恳地笑,走在小区里,他握住她的手。

　　安娜问:"你喜欢我什么?"

　　"不知道,就是喜欢你。不管你是干什么的,不管你家庭是什么样的,也不管你每个月收入多少,就是喜欢。"

　　安娜怔了怔,风刮过来,把黑色的云层吹开了,月亮跑出来。

6

　　第二天下班的时候,杨浦到商场接安娜。

　　她披散着长头发,穿着破洞牛仔裤,手腕上戴满五颜六色的手串,胳膊上还文了一朵玫瑰花。她的脸上化了浓妆,嘴唇涂得血红。

杨浦果然说:"你干吗呢?弄成这样?"

"我就是这样的啊。"

"今天见我妈,你能好好打扮一下,不要这么庸俗吗?"

"更庸俗的事你还没见过!"

她走到门外,温大伟坐在面包车上朝她招手。

她让他下来,站在杨浦面前,她问温大伟:"你爱我吗?"

"爱。"

"我打扮成这样你也爱?"

"你怎么弄都好看,为什么不爱?"

安娜转头对杨浦说:"对不起,你妈的玉镯我承受不起,我就是一个庸俗的女人,我就喜欢庸俗的人生和庸俗的男人,还有这辆庸俗的面包车。看到没,车门都快烂了,我还是喜欢坐在里面,因为里面有尊重和爱。"

杨浦的眼睛快冒出火来,他气咻咻地走了,边走边咬牙切齿地说:"要不是我找的女朋友跟我妈属相不合,我才不会回来找你,你别不识抬举!"

温大伟傻傻地看着安娜,眼里露出心疼和欣喜。安娜哈哈大笑,笑够了,她说:"你如果当着商场门口这么多人跟我说三个字,我就做你女朋友。"

温大伟捂着嘴笑:"真的?"

■ 18℃的爱

■ 060

"当然是真的。"

"那我说了?"

"说吧,要大声一点,让所有人都听见!"

"三个字! 三个字! 三个字!"

温大伟使出吃奶的力气说了三遍,喊得震天响,商场门口熙来攘往的人被惊住了,停下脚步朝他们看。

安娜窘得想钻地洞,她急忙跳进面包车:"快走快走,丢不起这人了。"

温大伟把面包车开得贼快,车门咣当咣当响得欢,他突然说:"安娜,你说买宝马 X1 好,还是 X2 好?"

"啊,你要买新车?"

"这些年省吃俭用存了好多钱,就是想着买辆好车每天接我女朋友啊,所以一直不想换车门,费那钱干吗。"

"哈哈哈,X 你个头啊! 宝马就没有 X2 好吧! 只有 X3!"

"行,那就 X3 呗。有没有 X8,或者 X9? 8 和 9 比较吉利。"

"温大伟,你个白痴! X8、X9 你自己去生产吧,我懒得跟你说!"

安娜扯他的耳朵,她张着血盆大嘴笑得咯咯的,手上的手串发出叮叮咚咚的声音。

面包车驶过迎新路,暮色里的路灯被点亮了,像箭一样射出橘黄的光晕,一直延伸至幸福的远方。

北海有墓碑

1

快毕业了,秋葵终于联系好北京的一家公司。

室友江霞跑来拽她:"玩不了几天啦,走走走,看帅哥赛车去!"

说是赛车,只是校园后面的一个野山坡,荒草在夕阳下面泛着萎靡的光泽。

看热闹的学生三三两两地站在山头上,有五六辆摩托车轰着油门在山坡上像野兽一样狂奔。

江霞说:"你看你看,李毅南肯定能得冠军。"

秋葵顺着她的手指看到了一个戴着黑色头盔的男生,他果然冲在最前面,人车合一,酷毙了。

山坡上扬起滚滚烟尘,在太阳快下山之前,他毫无意外地赢了,学生处的老师也听到风声跑来捉人。

人潮立即如鸟兽散般飞奔逃窜。秋葵被后面的人撞倒,脚一滑,

■ 18℃的爱

■ 062

灰头土脸地顺着山坡滚下去,就这么骨碌碌滚到了一个人的怀里。

李毅南接住了她,从头盔里露出一双眼睛看她。她嚷嚷着好痛,脸比落山的夕阳还要红。

秋葵被他稀里糊涂地拽上摩托车,她只听得见混乱的人声和风声,山和树在身后逐渐变淡。她紧紧抓着他的衬衫,心怦怦地乱跳,脑子里想到的是《天若有情》里刘德华载着吴倩莲在高速公路上狂飙的场景。她闭了眼睛,风打在皮肤上带来微微的凉意。

车子停下来的时候,华灯已经初上。

他们在街边一幢楼的天台上坐下来,李毅南取下头盔,掏出创可贴、碘伏和棉签,帮秋葵处理腿上的擦伤。

碘伏的气味很浓烈,他的指节细长,白色的棉签很快变成了褐色。秋葵忍着疼,捂着狂跳的心大口喘气。

李毅南低头笑起来。

"有什么好笑的?"秋葵说。

"想起一首童谣。"

"童谣?"

"小老鼠,上灯台,偷油吃,下不来,叽里咕噜滚下来。"

秋葵想起刚才的自己,忍不住和他一起哈哈大笑。天空像幽蓝的宝石,闪着星星点点的光。他们笑累了,就坐在石阶上聊天,好像已经很熟了。

楼下有电视声音断断续续地传来,蚊虫在空气里轻轻飞舞,他们都兴奋得毫无睡意,李毅南不停地打蚊子,秋葵托着腮帮不停地说话。没想到这一聊,就聊了一夜。

醒来的时候,她靠在他的大腿上,他倚着她的后背,清晨的曙光笼罩着灰暗陈旧的天台,他们居然就这样,一见钟情了。

2

江霞打趣秋葵:"临毕业了,还来个黄昏恋,作死啊。"

秋葵只是笑:"又不是神仙,谁能控制什么时候爱,什么时候不爱呢。"

他们的家乡,一个在南方,一个在北方。

北方的李毅南去了上海,南方的秋葵去了北京。

从此两个人攥着一份爱站在两个城市里,遥遥相望。

你在南方的艳阳里,大雪纷飞。
我在北方的寒夜里,四季如春。

李毅南在微信里唱跑调的歌给秋葵听,他说:"上海阴冷,屋子里没有暖气。"

"你那里下雪了吗?北京下雪了,很大,整个世界都是惨白的,让人心寒。"

"我想你,秋葵,想和你一起窝在沙发上,我们捂上棉被,像狗一样取暖,管他外面是下雨还是下雪。"

秋葵笑:"傻瓜。"

爱情像一匹布,被异地分割撕裂,无休无止的想念和焦躁,成了从学校走向社会唯一的支撑。

秋葵实在忍不住,在新年后辞了职,去了上海。

年轻的爱情都这样,从未深思熟虑地考虑过未来,唯有一个强烈的原始的念头在啃咬着每一分每一秒的时间,那就是:在一起。

李毅南的工作和生活并不如意。他像一只流浪狗,找不到回家的路。

上海最冷的时候,他们一起坐地铁,拥得紧紧的,脸贴着脸,手焐着手,挤在陌生的人群里,收敛着对于繁华城市的梦想,依旧没有归宿。

夜里下了雨,出租屋冷到让人的灵魂都在颤抖,李毅南说:"秋葵,我和你一起去北京,我们去北漂吧。"

秋葵抱紧他说:"好,不管在哪里,只要在一起。"

3

秋葵的公司大度地忽略了她的辞呈。

他们开始了艰苦的北漂生活。她去上班,他去找工作。

最拮据的时候,每晚都是方便面。两个人窝在沙发上,稀里哗啦吃得很香。夜幕就这样急促地来临,当整个屋子都填满方便面的气味时,他们就站在没开灯的房间里接吻。

李毅南说:"等以后我有钱了,每天给你煮燕窝。"

秋葵说:"好!煮三碗。"

"为什么是三碗?"

"你一碗,我一碗,倒一碗。"

"暴发户啊。"

他们咯咯咯地在被窝里笑。

北京的春天来了,雪白的柳絮飘得满城都是,李毅南还是没有找到工作,他越来越内疚,越来越焦虑,头发竖起来,像一头愤怒的狮子。

秋葵安慰他:"最酷的赛车手,你连摩托车都可以开得飞起来,还有什么不能干呢?千里马等待伯乐的时间,总是要漫长一点。"

他把她拥进怀里,用下巴抵紧她的额头,他说:"秋葵,我一定要努力让你幸福。"

"哎呀,"她嬉笑着跳起来,跑到房间里拿来一个笔记本,"写下来写下来,这是诺言吗?不会变是不是?"

"当然不会变。"

他是那样笃定,在笔记本最末的一页认真地写上:"秋葵,我爱你。我一定要让你幸福,一辈子只爱你一人,永远不变。"落款是端端正正的"李毅南"。

秋葵把本子藏在窗台上的铁盒子里,他追过来看,被她闹着拦住了。

后来李毅南的父母找到了从前的故交,三番五次托了人情为他找到一份工作,福利待遇还不错,生活慢慢好了起来。他们每天晚上回家最开心的事情就是做饭,百度了一大沓菜谱,两个人挤在狭小的厨房里倒腾,直到把厨房弄得乌烟瘴气。

等他们捧着吃撑的肚子躺在床上,李毅南就会厚颜无耻地贴上来:"秋葵小姐,请回答一个睡前必答题,饱暖之后会思什么?"

"思故乡?"秋葵逗他。

"不对,再猜。"

"思你个头!"

她用被子蒙住头,他就装成大灰狼扑上来。

4

在北京漂了两年之后,他们的生活越来越甜蜜。

同学聚会时大家都说,没想到一见钟情的激情也能持久而幸福。秋葵就靠在李毅南的肩头,骄傲地笑。

可是也有不如意。秋葵的母亲经常打电话来,秋葵是独生女,母亲希望她能回家乡去。

她执拗地坚持,有时说急了还会在电话里和母亲拌嘴。他听见了,握着她的手,隐隐地难过。

春天的时候,她接到母亲的电话,父亲病重已经住院。

她请了假,急匆匆跟他告别,一路哭着奔回了北海,坐在飞机上的时候,她突然觉得这世上并不是只有爱情才会如此让人挖心贴肺。

父亲临终的时候,她一直握着他的手,他的皮肤已经衰老得起了皱,病痛的折磨使他像一棵被雷击的树,轰然倒塌了。

当他被焚烧后变成一堆干燥的粉末,秋葵觉得自己的人生也轰然倒塌了。

母亲一夜苍老,哭得无法喘息,但更多的时候,她总是抓住秋葵的手,像害怕父亲消失一样害怕她也消失。她让母亲跟她去北京,可她说:"小葵,落叶归根,我老了,还得去适应异乡的生活,还得去习惯北京的干冷,我折腾不起。"

秋葵回北京的时候,她站在北京机场看着来接她的李毅南,突然觉得爱情缥缈得像永远无法坠落的柳絮。

晚上他用刚买的摩托车载着她驶过大街小巷去吃饭,她抱着他的腰,迎着干燥的春风沉默不语。

在喧闹的小吃街她问他:"你又去赛车了?"

他说:"嗯,我一直忘不了飞驰的感觉。而且,还可以赚点外快。"

"你知道生命有多重要吗?啊,你知道我爸走的时候我有多难过吗?你整天就想着赛车,想着飞,你有没有想过我?!你知不知道什么叫危险?!"

她不知道自己为什么发这么大的火,她冲着他吼,吼完就哭着冲出步行街,一个人站在灯火的光影下,泪流满面。

其实她知道,她早已在亲情和爱情之间做出了抉择。当她看着一

■ 18℃的爱

■ 068

个鲜活的人突然变成了一堆赤白的灰,所有的一切都成了空洞的回忆,她再也无法冷静地为了一份爱情远走他乡,任性妄为。

而他也是独生子,好不容易在北京站稳脚跟,他的父母费了多大的力才让他有了一份不错的工作,他不可能跟她走,而她也不想以感情为利器,逼迫他跟她走。

5

就这样开始了不断的争吵。

秋葵的情绪低落到极点,她的眼睛里看到的都是灰暗,一点小事就可以触发一场战争。

李毅南越来越疲倦,他不是怒气冲冲地戴上头盔去赛车,就是沉默地坐在客厅里喝啤酒。

不记得最后一次争吵是为了什么,她说了分手,他保持了缄默。他无法理解她的丧父之痛,而她刻意想逼他作决定,就这样,为一段都以为能永恒的感情仓促地画上了句号。

秋葵偷偷逃回了北海。趁李毅南上班的时候,收拾行李离开北京。

她经常坐在海边发呆,李毅南经常打电话来,诉说,道歉,哀求着叫她回去。

秋葵的眼泪流了满脸,她的心肠一硬再硬。在湿热的天气里看着海浪泛着泡沫一波又一波地冲上来,却永远无法到达更远的沙滩。

秋葵陪伴在孤单的母亲身边,她逼着自己去相亲,逼着自己荒凉的心灵再燃起一点点的火焰。

后来李毅南的电话慢慢减少,从只言片语的信息到一片空白,忙碌的生活终将使一个人的灵魂麻木。秋葵也认识了一个男人,一个可以让母亲放心的婚姻,被各方推动着朝终极的方向飞奔,两家见了面,准备在国庆节订婚。

秋葵还是会经常想起李毅南。她常在深夜看《天若有情》,一部二十多年前的老片子,画质已经很粗糙。刘德华骑着摩托载着身穿婚纱的吴倩莲行驶在高速公路上,Beyond 在唱《短暂的温柔》。当华仔的鼻子不断涌出血来,在婚纱上开出绝望的花,每个人都希望他们能一直天荒地老,可最终仅剩吴倩莲一人走在公路上,赤裸着双足,面朝黑夜,孤苦无依地寻找着爱。秋葵每看一遍都哭到快要窒息。

她常常梦见自己坐在摩托车上,风像刀子一样在脸上刮过,她死命拽着前面那个男人的衣服,可他一直不回头,她也永远看不清他的脸。

婚期将近,李毅南不知从哪里得知消息,突然从北京飞了过来。

他和她站在海边,他像一个孩子般号啕大哭,他恶狠狠地冲她喊:"你知道这半年我是怎么过来的吗?你要是敢结婚,我就来抢亲!要是抢不了,我就跳进海里,如果你找到我的尸体,记得在北海给我立一个碑!"

他们对视的那一刻,秋葵就知道一切都要改变了。

■ 18℃的爱

他们耸动着肩膀抱头痛哭,所有的坚硬和伪装早已缴械投降,她真的无法不去爱他,时间和空间以及地域,都无法割断这份爱情。

她终于站在母亲面前,认真地跟她诉说这一段感情,诉说她艰难的抉择和撕扯的疼痛。

母亲看着声泪俱下的女儿和一脸诚恳的李毅南,再看看父亲的黑白遗像,她说:"孩子,我们希望的是你能幸福,而不是要你丢掉幸福守在我们身边。"

6

退了婚,道了歉,取消了所有的错误。

秋葵和李毅南又回了北京。

她经常跟母亲打电话,还特别向母亲汇报,李毅南用摩托车载着她去了紫禁城的西华门,他在古老的城墙和护城河的包围之中拿出戒指,向她求了婚。

"等我们以后有了孩子,你要来帮我们带哦。"秋葵吭哧吭哧地笑得害羞。

母亲笑骂她:"不害臊!"

婚期定在2月14日,那时候冬寒已过,春日将来,整个城市开始回暖,所有的人们都在勇敢地表达爱情。

1月底,下班前他发来微信:"晚上我买烤鸭回来吃,你准备好红酒,嘿嘿嘿。"他发了一个傻笑的表情。

秋葵发了信息给他，看着手机也在傻笑。

谁能知道这便是永别呢，如果知道，她定会不顾一切地去找到他，拥抱他，然后阻止他。他最后的一句话，平淡得让人根本无法察觉和警惕。

那天他又偷偷去赛车，在转急弯的时候被抛出十米之外，当场死亡。

在阴郁的夜晚，当秋葵看到他早已变凉的身体时，连站立都已不能够。

她坐在冰冷的地板上，伸长手探进白布里，紧紧抓住了他的手。他的手指冰凉蚀骨，没有了感情和温度，她一滴眼泪都掉不出。

千辛万苦地相爱，千辛万苦地在一起，原来只为了在将来的某一天千辛万苦地接受永别。

或许从第一次遇见就已预示了结局，可谁也无法知道，除了接受这般粗暴和坚硬的告别，无能为力。

她恳求李毅南的父母让她带他的骨灰去北海。"如果你找到我的尸体，记得在北海给我立一个碑。"他果然一语成谶。

在收拾行李的时候，她看到了那个笔记本，他端端正正地写着：秋葵，我爱你。我一定要让你幸福，一辈子只爱你一人，永远不变。

他真的做到了，一辈子只爱她一人。

她眼睁睁地看着他和父亲一样，也变成了一堆白灰，被装进一个小匣子，永久地站在黑暗与平静里，连告别都来不及。

■ **18℃的爱**

■ **072**

    春天还是无法阻挡地来了,海水呼啸着发出悲伤的声音。秋葵立于海边,看着宽阔的大海和天空,想起他们第一次遇见。他载着她奔赴一场未知的约会,轰鸣的发动机,慢慢消散的暮色,他的衬衫被风吹得噗噗作响。她坐在他身后,没有温度和气味的爱情像蓬勃的青草一样发生,时光凝固,永不可追,像粗糙的老电影,只留下了绵长的疼痛和戳心的叹息。

    或许除了相爱时珍惜所有的时光,我们根本无从选择。

> 如果天黑之前来得及,
> 我要忘了你的眼睛。
> 穷极一生,做不完一场梦。
> ……
> 南山南,北秋悲,南山有谷堆。
> 南风喃,北海北,北海有墓碑。

你怎会和我浪迹天涯

1

男人顺着山路一直往树林深处走。

他不知道是几点了,漆黑的天空上,挂着一弯冷月和微弱的星光,看得见树林里影影绰绰的树,还有铺满了枯枝落叶磕磕绊绊的山路。

深夜里的丛林是令人恐惧的,间或传来类似狼的叫声,还有松鼠、蟋蟀的跑动,可此刻的他已经不再害怕任何事物。他是一个囚犯,假装心脏病突发被送到市医院,他打晕医生冲破警察围堵跑了出来,抢了路人的车,之后他弃车逃亡,死命往山林里蹿,别无选择。

当初他沉迷赌博,欠下赌债,接受了朋友的建议,帮忙带了几次冰毒。

果然,债还清了,生活突然被抛入金碧辉煌之中,连一向嫌他没本事的老婆都对他刮目相看。他陷入了浮华的表象里,得意扬扬。

没想到最后一次运毒却被抓了,判了无期。反正他这辈子也到头

18℃的爱

了,冒险逃一次,就算被抓回去,也是无期,值得一搏。

他在监狱里待了半年,那黑色的牢狱总是飘浮着让人窒息的霉味,让他失去了整个世界。从此只剩一方狭小的天地,只剩无数个跟他身穿同样囚衣的人,扬着一张张禁欲的脸,面如死灰。

他实在不甘心。

走不动了,男人倒在带着泥土气息的松软的草丛里歇下来。

他喘着粗气,闭上眼睛。在寂静的深夜,山林里各种各样的声音越发清晰,伴随着逃亡的惊心动魄,他实在没法全神贯注地睡着。他的手臂上全是被树枝划破的伤口,像细小的沟壑,每一道都发出哀鸣,传达给神经丝丝缕缕的痛。

睡梦中他看到她的脸,被长头发遮住了半边,她在哭,眼泪像珍珠,她说你为什么要骗我呢,你有老婆啊,怎么和我共度一生?怎么兑现你的诺言?

他惊醒过来,天边已经泛了红,风中飘来青草的味道,还隐约有一丝野花的香气。他的体力恢复了一些,但胃开始抗议。

没有任何吃的。

他爬到一块岩石上,依稀看得见城市的房屋在大山脚下绵延,像一个陌生的国度,让他惶恐不安。

他的脑子开始盘算,要逃到哪里?没有食物和水,他迟早得饿死。

坐在石头上想了半天,看到草丛边有几颗红色的蛇莓,以前老人曾说那是蛇吃的,有毒,他顾不了那么多,匆忙摘下来,往嘴里塞。

可他的胃就像一头大象，那几粒微小的果子只是杯水车薪。饥饿像风一样灌满他的胃囊，喉咙深处散发出隐约的霉味。

脑海中又闪过她的脸，那种感觉很奇怪，他笃定那是一份爱情，即使被搁浅了，也是爱情。他想，他得冒险去找她，只有她能帮助他离开这个城市。监狱和警方都不知道她的存在，无名无分的她，反倒成了没有线索的掩护。

2

他是在一夜暴富之后遇到她的。

那时候他相信钱能买来一切。

钱买来了自由。他的老婆常常满足于他拿回家的钱，而给他越来越多的自由。不过问行踪，不盘查去向。

钱还买来了友谊，几个哥们儿死心塌地地跟着他，前呼后拥。

当然，钱也会削弱智商，让人变得飘浮而虚荣。有时候就算看得清生活的真相，却总是不愿意亲手戳破它。

她在酒吧里推销酒水，刚工作没几天，她的眼睛里还有怯懦与羞涩。

他经常点她的酒，把她拉到身边坐下来。

酒吧里放着震耳欲聋的音乐，他借机伏在她耳边跟她说话。他的呼吸打在她的耳垂上，像午夜的风。她的身子往外挪了挪，他笑起来，很喜欢她的生涩。

■ 18℃的爱

炫酷的酒吧音乐会让人沉沦,舞池里的人们扭动着身体,酒精的气味让人无法掩饰欲望。他吻她,把她抵在皮座椅上,昏暗的角落,只有暗淡的光影。

她的身体像新鲜的稻谷,泛着清香,给他带来了巨大的诱惑,而金钱也推波助澜地赋予了他勇敢和底气。

他给她租了房子,偷偷包养了她。一次性交了五年的房租,可见他对她的决心。

她刚满二十二岁,稚嫩的风情以及对于尘世的天真,让他迷醉。他不提他的老婆,他觉得这是他和她两个人的事,就像一个完整的故事,从开头到结局,不允许任何人插入或者打断。

他知道她是爱他的。她穿他夸过一次的衣裙,做他说过好吃的饭菜。他在夜里赌得昏天暗地,白天回来呼呼大睡。她就安静地拖地板洗衣服,把泛着洗衣粉香味的衣服一件一件地晾在阳光里。

她会买来绿色的水培植物,整齐地摆放在阳台上,然后拿着喷壶给它们浇水。她的头发柔软地散落,阳光暖烘烘地盖过来,好像把一切美好与生机都浸泡在他的生活里,让他欢喜。

他总喜欢从背后抱住她,下巴抵在她的肩膀上,说有你真好。她笑着却不说话,拿喷壶轻轻地喷他,他没躲,穿过绒毛般的水珠使劲吻住了她。

现在想想,那时候他的感情是充沛且真挚的,虽然她在知道他有老婆后哭哭啼啼地跟他闹了几天,但时光推动着情感与生活,人总会在不断的成长和经历中妥协于现实。他在赚钱之后拿了十万给她,他说,你收着,以后咱们结婚用。她拿着钱的那一刻哭了起来,感动得不行。

可没想到他离开她再一次运送毒品的时候就没能回去,她知道他进了监狱吗?他相信他们是有过爱的,那些愉悦的亲吻和暖烘烘的痴缠是真实存在的。他说过要离婚娶她,只不过是因为时间不够,他还没兑现诺言,就身陷囹圄而已。

合同上都有关于不可抗力的约定,不可抗力,他这种就是。

3

男人在半山腰上遇到一间守山人的房子,翻箱倒柜偷拿了一套旧旧的 T 袖和裤子,又在柜子里翻到一个已经变硬的馒头。

他换了衣服,啃完馒头,有了点力气,继续潜伏在山林里,一直到夜色来临,才慢慢下了山。

没钱,也怕坐车被缉查,他顺着公路一直一直走。夜色越来越浓,他离城市的灯光越来越近,他的目的地是那套租了五年的房子,他相信,只要她对他还有情,一定会住在那里。

凌晨的时候,遇到了一个骑电动三轮车的男人。他实在走不动了,更害怕走到天亮会暴露在人群里,于是他拦下了骑车的人,说:"帮帮忙,我被抢劫了,能搭个车吗?"

男人迟疑地打量了他,然后轰着油门走了。开出去一段路又折了回来,他说想想你也不像坏人,上来吧。

他坐在三轮车后面的货兜里,说了好几句谢谢,又怕暴露太多,噤了声,望着消失在远处的漆黑的山脉,出了神。

男人送他到离小区三百米的地方,他下了车,再一次谢了他。

他踩着夜雾走到那个老小区,保安在门房里睡得一塌糊涂,他悄悄翻过半高的围栏溜了进去,站在四楼的门前,深呼吸,敲门。

咚咚咚,他不敢敲得大声,怕惊动对面的邻居。敲了好久,听到那个熟悉的女声在门里面惊悸地问:"谁?"

"我。"他压低声音答。

门开了,她穿着格子睡衣,头发更长了,已经到了腰际,她的眼睛瞪得老大,露出惊愕的神情。他关上门,一把抱住了她,狂跳的一颗心,在她的胸前,像一只被猛烈敲击的鼓。

4

"快一年了,你去哪儿了?"她的声音哽咽起来,"我问遍了以前跟你去酒吧的朋友,他们都说不知道。我也去过你家,你老婆说,你死了。"

他把她丝缎一样的头发攥在手里,心里泛起悲怆。我出了点事,去省外避避风头。

"欠了赌债?"她又问。

他不想过多解释,强烈的饥饿感袭击了他,他说:"有吃的吗?

饿了。"

"有。"她走到厨房，把剩菜和饭用微波炉转了一下，他到卫生间洗了把脸，开始狼吞虎咽。

食物填满了胃，他开始跟她说正事："之前留给你的钱，还有吗？"

"有。"

"明天帮我去租车行租辆汽车，你送我出城以后再回来。"

"你要去哪儿？那我呢？"

"不知道，天涯海角，走到哪儿算哪儿吧。如果有缘，我会回来找你。"

他的话已是敷衍。还会有缘吗？他想这个可能性不大，还好她不再追问下去，他已经太困了，好不容易到了一个安全的地方，他揽着她进房，倒头便睡。

他用手搂住她的腰，那种感觉熟悉又陌生。她没睡踏实，呼吸时而局促时而平稳，他实在太累了，很快被睡意席卷，但也没睡踏实。梦里他好像听见了门响，有人开门，有人关门，还有很多举着枪的警察在探头探脑，他惊醒过来，一片寂静，夜凉如水。

早上醒来的时候她已经出去了，他洗了个澡，开始收拾一些需要的东西，以前留在衣柜里的衣服、洗漱用品、干粮、打火机。

在衣柜的角落，他看到了一件草绿色的短袖POLO衫，他拿出来看了足足有三分钟，确定这不是他的。他从不喜欢穿绿色的衣服，从不。

她有别的男人了?

他一边在脑子里盘旋这个问题,一边到处查看。次卧的床被蒙上了遮尘的布,好像很久了。冰箱里还放着半个榴莲,他不会吃,她更嫌臭,从来不买。鞋柜里,还有一双39码的球鞋,而他的鞋号是41码。

他的脑子嗡嗡作响,女人一旦有了异心,还值得信赖吗?他的嘴角扯了扯,露出一丝苦笑,其实也没什么想不通的,现在这个唯利是图的世界,还有永恒不变的东西吗?如果有,那只能是时间,永恒不变地向前飞逝。

他的胸口很闷,又从厨房拿了一把水果刀,塞进背包里。

5

她回来了,穿着黑色的运动套装,看起来更瘦削了些。

在她进门前,他躲进了房间,没听见异常才走出来。

"车已经租好了,黑色本田,停在楼下。"她说着,拎着一些蔬菜和水果,还有一只宰好的土鸡,走进厨房里。

她削了一盘梨和苹果端出来,塞了一块在他嘴里,然后开始准备午饭。

他坐在沙发上看电视,像所有日常的夫妻一样,家里的气氛有些枯燥和乏味。

其间她的手机响了一次,她走到玄关打开包拿出手机,她瞟了他一眼,然后走进厨房。

他装作看电视,不动声色。

过了几分钟,他走到厨房,看到手机搁在厨柜上,他搂住她:"有烟吗?"

"没有,你不是不抽烟的吗?"

"最近学会了,难受,你帮我买一包吧。"

"好,帮我看着鸡汤。"她擦擦手,取下围巾,出了门。

他迅速拿起手机来看,设了指纹密码和数字密码,打不开。他试了几次,6个1,6个0,123456,她的生日——阴历的阳历的,都不是。这个时候一条微信跳了出来,一个昵称是阳子的人:快报警吧,悬赏增加到30万了!

他恨不得把手机砸碎,愣了半晌,拳头打在坚硬的台面上。

他回转身,打量着这个曾经的家。沙发上还有两个有些掉色的棉布抱枕,一个写着"晚安,是换个姿势想你",另一个写着"梦里,我们继续在一起"。那是他们才搬来的时候一起去家居店买的,她那时候单纯得像一片刚刚飘上天空的云,对这个世界展露向往,却也保有戒备。她说他是一片海,教会她远航,也让她对未来有了广阔的愿景。

可是,如今的他,却是一个毒贩,一个阶下囚,一个亡命之徒。他在她的眼里,变成了三十万的既得利益,一个电话,就唾手可得。是啊,他很早以前就知道,钱能买来一切,包括背叛。

他们本就不是一体,即便是夫妻,大难临头也各自飞了。他不明白当他站在漆黑的山林里,面朝星空和盲路时,为何想起她?现在的

■ 18℃的爱

■ 082

她已经有了新的怀抱,住在他租的房子里,时不时和心猿意马的野男人幽会,神情坦然,不知羞耻。

各种信息和碎片混合着虚弱的情感砸向了他,他的脑子里充盈了滚烫的血液,开门声响起来,钥匙在锁眼里转动,像一把沾了毒汁的箭矢,旋转着、放大着飞向他。他仿佛看见警察举着枪冲进来,他们得意的脸、爆裂的枪声、手铐的寒光,一起扑向他。他举起菜板上砍鸡的那把刀,愤怒地冲上去……

不知道过了多久,她倒在了血泊之中,手里还拿着一条烟,还有一大袋零食,方便面、面包、压缩饼干……它们掉落出来,一片狼藉。

他跪在她面前,刀扔在地上。猩红的血液顺着她的身体像潮水一样不断涌出来,把她压在身下的头发濡湿。她的眼睛是睁着的,她看着他,充满不解和困惑,眼眶里泛起微弱的光芒,她的嘴唇是浅紫色的,像一朵黑夜里的花,散发着幽暗的香气。

他终于安全了。

6

仿佛过了很久,他清醒过来。心里有了一丝悔恨,但很快就消失了。他迅速换掉沾染了血迹的衣服,收拾东西准备离开,可是本田的车钥匙怎么也找不到。

她的手提包被他整个倒出来,没有。

他不得不走向逐渐冰冷的她,把手伸进她的衣服口袋里,黑色的纯棉运动衫被血液慢慢渗透,他找到了散发着血腥味的车钥匙。

出门之前,他进了厨房,在水槽里清理手上的血迹。他看到了她的手机,想起发消息的那个人,他倒要看看,她的野男人到底是谁。他从卫生间拿了一条湿毛巾,把她右手拇指上的血迹擦干净,白皙的指腹光洁地露出来,他把它摁在手机 Home 键上。

手机解了锁,他取消了密码。时间紧迫,来不及研究什么,他把手机塞进裤兜里,戴上墨镜和帽子,拿走了她的手提包。锅里的鸡汤开始散发出香味,她的身体一点一点变冷,头发散落在木地板上,像疯狂生长的树枝。他回头,最后看了她一眼,决绝地走出去。

车辆行驶在宽阔的道路上,路上的人群都是漠然而庸俗的,他经过所有人,阳光把眼睛照得血红,他得意而放肆地哈哈大笑。

过了环湖东路有一个加油站,加油站再过去三公里,就是出城的收费站。他把车停在加油站门口,在她手提包里摸到了零零碎碎的钱,大概有三百多块。他回过头,后座上摆放着一个黑色旅行包,打开,是她的衣服,有五六套,在最底层,有一个包,里面装着很多钱,他拿出来,有十沓,是原来他给她的十万块,居然不曾用过?看样子是今天早上她去银行取的。

他慌忙掏出手机来看,翻开微信里她和阳子的聊天记录,一条又一条,一直看到泪流满面。

阳子,居然就是她曾跟他说过的弟弟,他经常会过来找她,有时问她要不要带什么菜,有时又问要换几瓦的灯泡。现在,他越狱的消息

■ 18℃的爱

■ 084

早已在网络上铺天盖地,他身穿囚服的照片被大肆传播,今天早上阳子看到了,把消息转给她看,问她这个人是他吗。

她震惊不已,却阻止他报警。她收拾好衣物,取了钱租好车,准备和他一起浪迹天涯。

她跟阳子说,我等了他快一年,他终于回来了,我不能再让他离开我。如果在一起的唯一方法是逃亡,我愿意跟他一起去。

阳子说她疯了,叫她考虑好赶快报警,悬赏金额从之前的十万,涨到了二十万,最后是三十万。

可阳子再没有收到她的回信,她躺在那里,为了一个愚蠢的决定天真而无辜地失去了生命。

阳子最后一次发消息来是半小时前,他说,你不报我来报,我不能看着你走绝路!

他盯着手机屏幕,是他们一年前拍的照片,他们站在夕阳下,笑脸如花一般灿烂。

他突然听见警笛鸣叫的声音。他只想知道那个男人是谁,却忘了她的手机是可以定位的,他头脑发麻,四肢沉重,但还是使出全身力气踩死了油门。

他握紧方向盘,扬着一颗暴跳的心,朝路面上冲过去,再冲过去。道路两旁的树和景都在倒退,人工湖的水波把阳光荡漾成碎片,像电影的某个镜头,闪烁着令人悲恸的美丽。

在猛烈的撞击之后,他看到自己的身体飞起来,像鸟一样和车一起飞出去,越过一棵老松树,越过金灿灿的阳光,越过奶白色的水鸟,一直朝湖面飞过去。

  他突然感觉到了解脱,整个人完全放松下来,他甚至有了一种幸福感,因为他看见她站在湛蓝色的湖面上,穿着白色的衣裳,她说:"我们终于在一起了。"他笑起来,伸出双手拥抱她。

  在他陷入永久的黑暗之前,他看到那对抱枕上的字句。"晚安,是换个姿势想你","梦里,我们继续在一起"。

  尽管他们在一起的姿势有些苍凉,但他们终于正大光明地拥抱在一起,她终于原谅了他的狠毒,而他也终于不再恨透了自己。

■ 18℃的爱

■ 086

一夜情缘

1

她遇见他之前，从未想过会和一个男孩发生一夜情。

他也是。

是七月的时候，小镇的向日葵花海开得正美，一年一度的旅游旺季，来来往往的大巴在蜿蜒的公路上鱼贯而入，载来很多短途游客。

一些女孩子带着男伴扛着相机兴冲冲而来，各种奇怪的造型和笑脸像匍匐在花丛里的蝴蝶，迷了人的眼。

她刚毕业，还没找到工作，和男朋友在半年前分手，人家第一志愿是考研，其次是北上。两个都与她的目标不符。

她跑来看花，决定看完就回老家了。他是出来采风的摄影爱好者，格子衫，大背包，在光线最好的时候，她闯入他的镜头。于是他偷拍了她。

她不算很漂亮，但纤瘦的背上长发飘飘，一袭简单白棉布裙，眼神波澜不惊。没有上过妆的清淡面孔,在太阳与向日葵交相辉映形成的暖黄色调里,构成了他拍的最美的一个镜头。

她很快发现了他,目光尖锐。

他躲闪不开,从相机背后露出讨好的笑脸来。

她并没有恼,直接说:"拿给我看看呗。"

他举起相机伸过去,挂绳还绕在他脖子上。她歪过头去,看到了自己,美得不像话。

"我有这么好看吗?"

"你实际比这还好看。照片是平面的,人是立体的。"他说得真诚。有刚拍下的照片为证,这话听来并不油滑。

她一下子害羞了,却摆出不信的神情。

他说:"不信我再给你拍点。"

于是她成了景中之人,在那个小镇最美的季节里,向日葵被晒了一整天,散发出干燥又温暖的气味。

他一边拍一边跟她闲聊,这样她在镜头下会更自然些。中途他说起他曾拍过的一个像恐龙一样的女孩,拍照时不笑则已,一笑惊人。她听得直乐,被他的镜头准确捕捉。

太阳落了山,当最后一缕光辉顺着远方的山峦淡淡收拢,他们终于停了下来。

彼此都有些意犹未尽,便一起去旁边的农家乐吃晚饭。点了几个招牌菜,他说要来点酒吗?她说好啊。

■ 18℃的爱

■ 088

　　两个人在大方桌前坐下来,将小凳子搬在一起看照片,对每一张都评头论足一番,她的头发擦过他的手臂,痒痒的。

　　那天是怎么发生的记不太清了。酒喝得并不多,是农家自酿的梅子酒,却有些上头。原本她计划坐晚上八点的大巴回去,他坐八点半的,可他们什么都没提,直到错过了时间。吃完饭他们在公路边散步,没来由地说了很多似醉非醉的话。

　　他问她:"你将来想过什么样的生活?"

　　她说:"我想要一个安稳的工作和幸福的家,生一个孩子,一定要女儿,穿母女装,走在街上虎虎生风。"

　　"你的丈夫不一定喜欢女儿。"

　　"不喜欢就滚蛋呗。"

　　"妇女太彪悍了不好。"

　　"我是女孩,不是妇女。"

　　"三八妇女节规定的。"

　　"所以我从来不过那个节。哎,你的梦想是什么?"

　　"我要成为一个牛×的摄影师,看遍全世界的风景,拍遍全世界的美女,看她们在镜头下美艳不可方物。"

　　"最好的摄影师,是把丑人拍得很美,而不是把美人拍得很美。"

　　"也许你说得对。你被我拍美了。"

　　"你是说我丑?"她佯怒。

　　"不,你是我所有镜头下最美的一个。"

"你醉了。"

"没醉。"

她伸手五个手指头在他眼前晃:"这是几个?"

"五个。"

他伸出手来,把她的四个指头摁下去,留下一个,他说:"我说的是最美的一个,是一个。"

他握住她的手便没有放开,他的手心太烫了,整个面孔在她眼前放大,清俊的五官在微弱的灯光里轻轻发红。夏夜的蛐蛐好像在叫,公路边还有很多蚊蝇在空气里浮动,远处是白日拍照的花田,现在黑压压一片,像被收割后废弃的庄稼。

他吻过来的时候,她的嘴唇有些干涩,她当时还在想,向日葵在夜晚是向着哪一面?花朵是张开还是关闭?明天要记得买几盘成熟的瓜子带回去呢。

夜深时,他们相拥在旅店的床上,她的头靠在他的胸前,他的手心放在她裸露的后背。

他们没有再说话,窗外的月光太亮,即使关了灯,也能看见墙上挂着的那盆塑料向日葵。他们感叹,假花始终是假花,没有花朵的芬芳和柔软,也失了盎然又热闹的生机。

天明他们在车站告别,她掏出一张彩色便笺,写了邮箱号递给他:"到时候发给我照片。"

他笑,眼睛里有描述不清的情愫。

■ 18℃的爱

■ 090

"再见。"
"嗯。"
"一定要生女儿啊。"他又补充。
"好啊。"她笑。
他们没有留下更多的联系方式,这样的事件每天都在发生,本来就是不问结果的相遇。

他们分别上了到达不同目的地的大巴,车子驶过金灿灿的花海,向日葵的脸齐刷刷地迎向太阳。他掏出那张便笺看,一阵风掀过来,便笺从车窗飞出去,他伸手去抓,只摸到七月怅惘的一缕光。

2

那是四年前的事了。

现在回想起来有些模糊,但她心里还是会有涟漪,像没关紧的水龙头,淌着微小的不易察觉的水滴。

她没有在家乡安身立命,也没有嫁得如意郎君,甚至连生孩子的资格都还没有,更没有收到那些美好的照片。想起他来,她心里是有遗憾的。后来她才明白,生活的愿望并不是靠美好的想象就能实现的。

四年里交过三个男朋友,和一个男人已谈婚论嫁,可男方的七代单传把她吓着了,准公婆渴望孙子的表情定格在她的脑子里,在夜里落入梦境,久久不去。

其实生男生女只是玩笑,可她不想被裹挟。

男人说你在爱情里太随心所欲,婚姻不是你一个人的事啊。她不想与他争辩些什么,那些已经毫无意义。她要的爱情,应该像宽阔的山谷,能够包裹她的理想,也能容忍她的放弃。她不想成为一个怨妇,在俗世里被所有人盯着肚皮,为了生一个冠上对方姓氏的儿子。

就这样弹指一挥间,她二十七岁了,辗转来到这个不算热闹的小城,没有理想中温暖的房子,只有一间出租屋。她在一家旅游杂志做编辑,就是上网搜索一些风光图片和景点介绍。很多地方她都没去过,她看着一张张静态的图片,就会想起他来,不知道他是否已经扛着相机走遍了世界。

那天同事显摆她的婚纱照,她看了,心中微涩。下班时路过巷子里的小相馆,她停下脚步,走进去。

两个人都笃定不会相遇的遇见,又这样遇见了。

生意冷清的相馆那天异常热闹,原来旁边的学校开了学,很多小学生排着队等着照证件照。影楼逼仄,他忙得满头汗:"来,头朝左再转一点! 对,好的,笑! 好,下一个!"

她站在摄影室门口安静地看他。

时光沾染了风尘,留下了灰白的淡漠的一层霜。那日的夕阳、花海、梅子酒、月亮,还有蛐蛐,以及风,他滚烫的掌心和胸口,一天一地的橙色花朵,蛰伏在记忆里的所有东西,像受惊的鸟,全部倾巢而出。

等他照完最后一个孩子,回过头来,看到了她,眼底是浓得化不开的惊喜。

她说:"能帮我照一套艺术照吗?"

3

他没能拍遍全世界的美女,他连这个城市的美女都拍不到。辗转多年,开了一家相馆,拍得更多的,便是中规中矩毫无感情的证件照。

每天歇了业,他去巷子口的面馆要一碗牛肉面,再要一盘花生米,还有一小碟赠送的泡菜,就着手机上的各色趣闻,就着门口走过的面无表情的人群,慢吞吞地将食物滑进胃里。

这些年漂泊不定,与想象中灿烂辉煌的人生截然不同,他在浮浮沉沉之间陷入了可怕的庸常与寂寞。女朋友换了一个又一个,她们在他镜头下笑靥如花,她们说喜欢他的摄影才华,到头来,却嫌弃这些才华换不来更好的生活。

经常想起唯一的一次一夜情,总是痛苦地回想便笺上的邮箱地址,甚至在梦里惊喜于看全了每一个字母,醒来后,却只记得后缀是163.com。她真的是他镜头下最动人的一个,他却欠了她很多张照片,真奇怪,就像欠了很多年的情。

4

他们的再次相逢像一束强烈的光,迅速照亮了生活的灰暗。

那天他迫不及待地把照片拿给她看,全部都打印出来了,最漂亮的几张挂在相框里,安放于相馆的墙上。

四年前的她比现在年轻一点点,有一张笑得特别开心,甚至可以看见粉色的牙肉,脸上是对生活纯净的向往。

他们在相馆里拥抱,她的手因激动而微微发抖,他的胡子没有刮干净,不小心戳到了她的脖颈。

他们哈哈大笑,笑着笑着,她眼圈便红了。四年的变迁与际遇,浪费了太多的光阴,此刻恨不得全部找补回来。从此悠长暗淡的时光里,有了一个同路人。

他们一起看电影,一起吃饭,一起去超市。他帮她拍很多照片:她吃东西顽皮的样子,她拎着一兜子菜走在小路上,他们出门紧握的双手,她坐在窗前的背影……他都要认真地拍下来。

后来的很多个夜晚,他们相拥而眠,他们在黑暗里做爱,皮肤灼热着皮肤,身体的融合好像能使灵魂有所皈依。他拥着她笑:"那一天我就该把你绑架了跟我走。"

"那可能我现在已经生孩子了。"

"嗯,一定是个女儿。你喜欢的。"

情话真美,美得让人沉醉,她在他怀里笑得心满意足。他们每天都讲很多很多话,仿佛要把这四年没讲的话,统统补起来。

5

第二年,他们打算结婚了。

■ 18℃的爱

■ 094

尽管倔强地不想屈服于生活,尽管还有很多丰满的理想,但爱情能让人改变所有的人生规划。

他当不了著名摄影师,那就在这里当一个非著名的相馆老板。她没有一个安稳的工作,那就追求一份美满的婚姻。

有结婚打算的时候,他们爱得正浓烈,浓烈到掺不了任何一点杂质。充满激情时可以不问过去,面向婚姻时却做不到不问将来。

她在某个下班的黄昏看到他给一个女人拍照,摄影室柔白的灯光里,女人在镜头前搔首弄姿。

她不知道这个女人是他第几任女友、暧昧的情人,抑或,曾经有过一夜情的女人。她看到他用手帮女人整理颈上的衣领和头发,手指像鸟一样停留,她就生了气。

而他又何尝不是如此。看到她醉酒晚归被男同事从车上搀扶下来,他的心里微微发酸。

爱情太过纯美,而婚姻却是具体的。爱情可以用一夜来衡量,可以肆意可以冲动也可以瞬息万变,而婚姻却需要是用长久的契约来检验忠诚,并且,不容置疑。

于是,争吵庸俗地走进了他们的生活,那些想要狠狠弥补的时光,却用来彼此伤害。

本打算结婚前再去一趟小镇,在剧烈的争吵下,谁也不再提及。蓦然发现,相爱的两个人,却对彼此心存怀疑。

他们在那一夜轻易就能与一个陌生人上床,那么,将来呢?谁能保证下一个陌生人不会出现在他们的婚姻里。

　　如果爱情无法走向婚姻，谁也不愿意再浪费那重金都无法购买的光阴，青春宝贵到足以放下彼此，这或许才是给那一夜画上了圆满的句号。

　　不管相遇有多难得，分手并不复杂。他们因一夜情缘而相爱，却因一夜情缘而不得不放弃彼此。真他妈讽刺。

　　她离开前，他们在小面馆里吃了面，相对已无言。他把她的照片塞在大袋子里，像塞着一堆不动声色的塑料花，她满怀悲伤地接过来，眼泪滴落在手背上。

　　在巷口等车的时候，她问他："你知道为什么向日葵总要忠诚地面向太阳吗？"

　　"为什么？"

　　"因为面向太阳的花朵很温暖，能够吸引五倍多的授粉蜜蜂。"

　　"噢。"

　　"蜜蜂喜欢温暖的花朵，就像人喜欢温暖的爱情。"

　　"嗯。"

　　"但太阳却喜欢向日葵的忠诚。我们都是太阳。"

　　他听了，沉默了半晌，又说："你一定要好好的。"

　　"我会的。"

　　她在八月一个人又去了小镇，站在向日葵的花海里，恍然若梦。

　　他也去了，已是九月，向日葵凋零枯萎，只剩下断裂的褐色花枝，

■ 18℃的爱

■ 096

像死亡的爱情。

　　他独坐在农家小院里,喝了一口梅子酒,自言自语地说:"激情曾经如此丰盛啊。"

官厢街的鬼哥喜欢你

1

沈小薇和赵葛交往了半年。赵葛的单位外派他支援新农村建设,要去500公里外的乡镇工作一年。

她是对爱情执拗的姑娘,在他走后一个月辞了职,偷偷去了镇上。

以前三毛的书看得多,像荷西那样多酷啊,三毛要去撒哈拉沙漠,荷西就默默收拾背包去沙漠等她。

这样的爱情真伟大。

沈小薇做这一切的时候心潮澎湃,她期待在见到他的时候,他会激动得把她抱起来转三圈,然后告诉她:"你真值得我这样爱。"

沈小薇住了三天的旅馆,为了省时省钱,迅速在官厢街找到了房子。

看房那天是清晨,官厢街仿佛在沉睡,像一个喑哑无言的老人,静得不像话。

■ 18℃的爱

搬家那天是黄昏,她拖着行李箱走过很多发廊和旅馆,斑驳的红砖墙在暗淡的光线里变得更加混浊。街道一改白日的冷清,开始变得混乱:发廊的灯光特别土气,三三两两的发廊妹睡饱了觉,站在门口嗑瓜子戳手机,还有几个混混蹲在墙角抽烟,不怀好意的眼神落在她身上,甚至冲着她的背影吹起了口哨。

她匆匆钻进最里面的一幢小楼,关上门,心还在怦怦跳。

沈小薇后悔了。

可房租押一付六,东拼西凑地交了,现在想要回来,不可能。再说,比这里租金便宜的地方,不多了。

她趴在窗口打电话给赵葛时,心里很慌。

赵葛来了又气又急。

"怎么招呼都不打就来了?"

"人家想给你一个惊喜嘛。"

"你白痴啊,知道这是啥地方吗?这是镇上的红灯区,一到晚上乱得不像话!嫖客和小姐,片警和混混,你是哪一拨的?"

沈小薇气坏了:"是啊,我就是白痴!怎么的,这里的人能把我吃了还是卖了啊?"

"你脑壳里装着的全是屎啊?什么不打听就交房租,有你这么笨的人吗?再说我能经常跑这里吗?单位的人在背后还不把我说成啥样了?"

"是啊,我脑壳里装的全是你!你根本不用来,我自己住得很开心!"她气得手抖,把他推出门去,老旧的红漆铁门哐当关上了。

她趴在门上听,这男人的脚步声没有半点犹豫,踢踢踏踏地走了。

她一下子哭出来,根本就没有三毛式的浪漫,只有泛滥的伤心与懊悔。

2

八月的天气很热,沈小薇穿上三条裤子,找了一根很宽的皮带,勒得紧紧的。在屋子里找遍了,都没找到合适的防身武器。从厨房里翻到一把生锈的菜刀,她放进包里,嗯,大小正好。

怕什么啊,现在什么时代了,还敢硬来不成?她肚子饿了,爱情缥缈不定,总得解决温饱。

拎着包开了门,对面蹿出来一只狼狗,吓了她一大跳。一个穿汗衫短裤的男人从门里冲出来,狼狗哧溜钻进了她的房子里,男人也跟着钻进去。

"私闯民宅啊?!"她竖起眉毛怒吼。

男人抓到狗,把链子扣上,慢慢悠悠地四下瞟了瞟,才走出来。

"新搬来的?"他站在她面前,看起来不过二十多岁,却愣是装得很老练,头发染成明黄,上身汗涔涔的,胳膊上还有文身,看不出来是龙还是蛇。

"关你什么事?"

"小娘们儿,脾气别这么冲,容易老。"他往楼道口让了让,"你

■ 18℃的爱

■ 100

先走。"

"你先。"她戒备地说。

他挑了挑粗眉毛,痞气地笑笑,牵着狗下了楼。

天已经很晚了,官厢街热闹非凡,各种烧烤小吃摊都在街口摆了出来,还有快蔫了的便宜水果,茶室里全是打麻将的人,烟雾呛人。有喝大了的男人在发廊门口跟搔首弄姿的女人讨价还价,有些洗头店里,传出浪荡的声音。

沈小薇买了一碗酸辣粉迅速回来,发现那个男人牵着狗跟在她身后。她飞奔上楼,哐地把门关上了。

男人把门拍得啪啪响,沈小薇吓到了,想这人怎么这么猖狂。她冲门外喊:"我男朋友是警察,马上就回来!"

她准备掏手机报警,却发现包不见了。

"喂,你的包扔在酸辣粉店里,不要啦?"他继续拍门。

她开了门,他把包递过来。她有些尴尬地说谢谢,他奚落她:"怎么在你眼里,全世界都是坏人?"

她被噎住,没搭腔。

他又说:"不过,你那眼神像受惊的兔子,真可爱。"

"啊?"她傻站着。

"你男朋友是警察有什么用,要想在这条街混,报我鬼哥的名号,我罩你。"

他钻进屋里又折回来,手里多了一把匕首,他递给她:"要防身带这个,你那菜刀钝得都砍不死人!"

然后他喊那只狗:"秘书,回家!"

沈小薇拎着那把匕首,没来由地有了一点安全感,她脱了三层裤子,把匕首塞到枕头下,蒙头大睡。

3

两个月后,沈小薇在一家企业找到了工作,也慢慢适应了官厢街的生活,其实并没有想象中那么可怕。官厢街虽鱼龙混杂,但各行各业互不干扰,自有其规则与秩序。

和对门的鬼哥渐渐熟了。她出门时他正起床遛狗,她回来他还在遛狗。他像个保镖,不远不近地跟着她,有些拙劣的表现,傻子都看出来了,他喜欢她。

可他们像两个世界的人。他在官厢街上帮亲戚看着一个小旅馆,闲闲散散地过日子,带着两个小混混学人充老大,一人一狗吃饱了,全家都不饿。

她呢,为爱走天涯,迟早要离开,她也有金灿灿的梦想,但绝对不是在这条街上。

于是她开始刻意躲他,可他总有办法撞见她,然后问:"小娘们儿,警察男友呢?怎么没来?"

沈小薇白了他一眼:"警察抓混混去了呀,哪有时间?"

他没听出她的讽刺,又跟她大侃他在官厢街的多彩生活:打架,泡妞,帮发廊妹跟嫖客讨公道,给片警放消息抓毒贩,沈小薇听得津津有味,瞳孔放大。

有天晚上还是出了点意外,沈小薇加班晚归,回来时有个醉酒男人拦住了她。她推开他往前走,被他一把拽住衣服。她惊慌地跑,男人兴奋地追。

还好鬼哥来了,他抓住男人就开揍,被男人的醉拳打在嘴上,掉了一颗牙。他气极,把男人摁在地上打得哇哇直叫。

沈小薇怕他弄出人命,拽起他就跑。

风呼呼地吹过来,鬼哥的手心很烫,他拉着她在夜雾里狂奔,嘴角不停地淌着血,她突然感到心疼。

从那以后,鬼哥经常来找她,总是说牙疼。沈小薇心里有感激,想他外表像混混,却很仗义,就熬点粥招待他。

他喝粥时捂着嘴,可怜巴巴地说:"肉也不能吃了,生活没意义了。古人说食色,性也,现在对食没指望了,只能靠色了。"

她把菜刀拿出来问:"靠什么?"

他扭扭脖子:"没什么。"

沈小薇就扑哧笑了。

鬼哥的追求越来越明目张胆。

每天下班站在街口摆很难看的pose(姿势)等她,在左胸文上"小薇"的字母缩写,用半个月的工资买一支死贵的口红送她,她不要,他偷偷塞进她包里。

他会歪着头问她:"小娘们儿,你知道什么叫没齿难忘吗?我这种就是,牙齿掉了就忘不掉你了。"

他的追求极大满足了沈小薇的虚荣心,也让她感到了沉重的负累。

那天沈小薇在小店里吃炒饭的时候,有两个小混混坐到她对面,言行轻佻浪荡。

"是她?"

"是她。"

"鬼哥没品位啊,前不凸后不翘的。"

"萝卜青菜各有所爱呗。"

"哈哈哈。"两人笑得前仰后合。

沈小薇很生气,鬼哥突然站在了他们身后,扬手就冲后脑勺给了两巴掌。

"吃不吃?不吃滚出去!"

两人被打得讪讪的,赔笑着说:"对不起鬼哥,对不起鬼嫂。"一溜烟跑了。

鬼嫂?沈小薇又好气又好笑。

那晚鬼哥鬼鬼祟祟地跟在她身后,秘书也走得鬼鬼祟祟。他终是忍不住,上前问她:"小娘儿们,你愿意当鬼嫂吗?"

"我有男朋友了。"

"骗鬼啊,我从没见过。"

"真的,我爱他。"她认认真真地说。

鬼哥沉默了,带着秘书怏怏地回了家。

4

赵葛来找过她几次。

他带她去吃小镇上的特色菜,苦口婆心地劝她回去。他说他不想在一份感情里有太大的压力。她听着就像他不想负责一样,气又上来了,她说:"我就要留在这,这个小镇挺好的,压力不大,环境不错!"

赵葛无语,开着单位的车子把她送了回来,到街口就不进去了。

冬天的时候,沈小薇故意约了赵葛。她每次见到鬼哥,都会觉得心疼,他们好像是一类人,在爱情里小心翼翼却又根本握不住什么。如果明知不能在一起,何必给他希望呢!

赵葛送她到街口的时候,鬼哥正抱着一束百合靠在电线杆上抽烟,一副欠揍的样子。

他走上前把花塞到她怀里,凑到她耳边说:"原来你喜欢这种款式啊。"

赵葛起初不屑的眼神,因了这样的刺激变得警惕。他一把把沈小薇揽在怀里,不由分说地一直送她到家。

沈小薇心里生出了莫名的内疚。

隔天,鬼哥换上了风衣和西裤,头发剪成了寸头,染回了黑色,高大精神地站在她面前,像变了一个人。

他说:"我请你吃饭。"

他真幼稚啊,以为爱情就是改头换面吗?爱情应该是一个灵魂喜欢另一个灵魂啊。

沈小薇并不反感这样的他,却漫延出更多的难过。他们不能在一起,可她又能和赵葛天长地久吗?

自从赵葛知道鬼哥的存在,便更加频繁地出入官厢街。就像一只雄性动物因了另一只雄性动物的挑衅开始圈定自己的东西,他们的关系迅速回温。

很多人都是这样,有人争,才觉得拥有的是个宝。

她开始学着买菜做饭,闲置的厨房也用来大炒大烹。她想荷西和三毛,也是这样相亲相爱地过日子的呀。

情人节的那晚,赵葛没有回宿舍,住在了官厢街。

夜里下了雪,秘书一直在叫,沈小薇醒了,披衣开门,见鬼哥坐在楼梯上抽烟,秘书冷得发抖。

她叫他,他把烟头摁灭在地上,转回头来的时候,眼底全是绝望。雪夜里窗外很亮,沈小薇不知所措地站着。鬼哥把她抱在怀里,秘书停止了吼叫,一切都变得静默且绵长。

鬼哥说:"小娘们儿,你终于让我死心了。"

沈小薇的眼泪流出来,洇在了他的肩膀上,她发自内心地说:"鬼哥,人生还很长啊,该吃吃该睡睡,请不要让我担心。"

■ 18℃的爱

■ 106

5

鬼哥真的死心了。

沈小薇看到他的身边有了一个女人。

她上班时他们一起遛狗,下班回来时他们一起遛狗。有一天在楼梯口碰到,他说:"我牙齿安好了。你放心,再不会没齿难忘了,现在我有鬼嫂了。"

沈小薇鼻子微微发酸,她告诉自己,这才是一种皆大欢喜的圆满。他们就像清晨的露水与傍晚的斜阳,永远不可能相逢。

端午节的时候赵葛带她吃饭见家长,一切即将尘埃落定。有时候一顿饭,可以决定一个女人的未来。

七月的时候,赵葛期满一年,他们即将离开小镇。

沈小薇每天在官厢街来来回回地走,却很少遇到鬼哥。某天她见到了鬼嫂,正从一个关门的发廊里走出来。

"鬼嫂,好久不见。"她跟她打招呼。

女人想起她来,却不解:"鬼什么嫂啊?"

"你不是鬼哥的女朋友吗?"

"什么啊,他神叨叨的,之前出钱雇我陪他遛狗。谁知道他女朋友是谁?"

沈小薇就呆了。

最近派出所查得严,很多发廊和茶室都关门闭户,夜晚的官厢街越来越苍老冷清,灯火之下,老街越发与城镇的日新月异格格不入,迟早会消亡。

走之前她使劲拍鬼哥家的门。秘书在门里狂吠,却没见他出来。

赵葛来接她,帮她提了行李下楼,她慢吞吞地走在光线阴暗的楼道里,却无比留恋这样匆忙的一年。

行李箱拖过清晨的官厢街,阳光斑驳,被红砖墙切割成碎片。她回头,再回头,终于看到那扇窗里,探出了一个平头,又飞快地缩了回去。

她忍住眼泪,装作若无其事地与赵葛并肩而行。到了街口他们一起等出租,有警车停在一家烧烤店外,警察正在跟店员做笔录,听说昨夜有人打架伤了人。

赵葛便提起了他:"这条街真的太乱了!你住这一年,还好没出事。那个追你的痞子是个疯子,有一次他把我按在楼梯上用菜刀抵着我的脖子。他说,警告你,一定要对沈小薇好,否则我把你削成人棍!他真是烂流氓!"

啊,她听到这个,无比震惊。她挤出笑:"是不是你怕被削成人棍,才对我好的?"

"喊!我会怕他?你为了我大老远来这,我不想负你。我爱你。"他拉住她的手,缓缓地说,掌心温热。

沈小薇心潮起伏,再次回了回头。谁能想到,一个外表浪荡,混迹于污浊之地的男人,爱起人来却是这般深情。喜欢时,用尽全力对她好;绝望时,用尽全力成全。不死缠,不拖拉,不记恨,不索取。

但那又如何呢?即便她动了真心,哪有荷西去沙漠陪三毛,却爱上别人的道理?

爱情到底是什么?每个人的答案都不一样。痞子的爱情是给你一个嫂子的名头,沈小薇的爱情是追随一个人浪迹天涯,而赵葛的爱情,是顺理成章地接受。

沈小薇在七月的清晨离开了官厢街,停停走走必须回归人心的初衷,否则,一切都将脱了轨。

她记得那天的街道依旧像一个老人,在微风与暖阳里喑哑无言。她也记得,有一个自称鬼哥的男人,为她掉了一颗牙。他曾经送了她一把匕首,也曾经在漆黑的夜里,与她牵手狂奔。他做了一切傻气的事情,都是因为,他在那一年,真诚地爱过她。

傻瓜,别找了

1

1997年召南十七岁,他很胖,自卑得要死。

那天他去同学家玩,男生女生们挤在沙发上看《大话西游》的盗版光碟。

沙发小,召南胖,同学们嫌弃地笑,说他一人占了俩座。他闷闷地站起来,找了个小板凳坐在角落里。

一个女孩子从沙发上站起来,也搬了小板凳坐在他旁边。她冲他友善地笑,背对着光线,面部阴影里,嵌着一张动人的脸。

那天的电影谁也没看懂。那样的年纪,还不理解什么叫爱情的错过,什么叫人生的残酷。

孙悟空的形象与从小熟稔于心的美猴王相比简直不忍直视。笑点没法笑,尿点倒挺多,好无聊。

召南假装看得很认真,旁边的女孩吃着同学妈妈端来的冬枣,噗

■ 18℃的爱

地一吐核,准确无误地落进了垃圾桶。

他转头望着她,她递一颗给他,让他试一试。

他也学她一样,噗一下,核飞出去,力气太大,打在了墙上。

她捂着嘴笑,腰弯下去身子一抖一抖的,却忍着没发出一点声音。

召南在那一瞬间喜欢上了她,他觉得她是世界上最善良、最可爱的女孩子。

后来他记得她叹气:"为什么要做孙悟空?做至尊宝不好吗?"

召南没看全,也不知如何回答。

只是临走的时候他记住了她的名字——许萌萌,在另一个班,读文科。

2

1998年,召南花了五十块钱请同学的同学吃烤串,辗转打听到许萌萌想报考的大学。

原来她喜欢上海。甜腻腻的上海菜,好吃吗?

召南削尖了脑袋苦读,差点就头悬梁锥刺股了,拼了老命,考上了华东师大。

放榜时一打听,许萌萌被云南大学录取了。

召南气得差点撞墙。

离校之际他多方打听,要到了许萌萌家的地址和电话。偷偷跑了去,在小区门口站了一天,终于见到了她和她母亲从外面回来。

那时是傍晚了,小城的风是凉的,太阳下了山,一圈余晖罩在她身上,发丝飘扬,神情欢快。他躲在树边,心跳得咚咚响,愣是没敢上前叫她一声。回去后鼓起勇气拨了座机电话,第一次是她母亲接起来,他没敢吱声。隔了一阵又打,是她接的,他还是没敢说话。她在那头说:"喂喂喂,哪个猪头三?!"

她撂了电话,他想着猪头三,心满意足地兀自发笑。

3

2001年,召南汗流成河,终于瘦了20斤。135斤,还有一个明显的肚子。

他想等他瘦到125斤,或许可以去见见她。

理想如肥沃的土地,想念浇灌、爱情滋养,参天大树顷刻间茁壮拔节。

那张脸、那个笑在他的记忆里日夜磨耗,影像已逐渐模糊。他经常在假期拨电话过去,还是不说话,只是听听声音。

大学里书可以不读,恋爱不能不谈。他想不可能没有男生追求她,一想起来,心就疼得很,却毫无办法。

4

2003年,召南在上海工作一年。

却习惯了甜食,就像习惯匆忙拥堵的人群一样简单,不用刻意减肥,体重兀自下降。每天穿上妥帖的西装,奔波在坚硬的城市里。

上海的土地太肥沃,导致每一棵树都要拼尽全力生长,与其他树木争夺阳光和雨水,才有木秀于林的机会。

他无数次想回家乡,或者去云南。但每一次,都被无休无止的竞争阻隔。

不想放弃多年为之努力的一切,不想看到母亲失望的眼睛。

年龄越大,羁绊越多,越没有奋不顾身的勇气。

5

2005年,召南二十五岁,已是一家贸易公司的采购经理。

那天送走客户,他把自己喝得烂醉,拨了那个烂熟于心的电话号码,他想只要是她来接,他一定要把这么多年的心路历程慢慢告诉她。

不管结局如何。

可电话那头传来了"您拨打的号码是空号",他不相信,又拨了几遍,依旧如此。他一下子呆了,新买的诺基亚手机掉在地上,发出一声绝望的空响。

生活和时间终将是一片沙漠,风沙强势,淹没了人潮汹涌,也淹没了初心萌动。许萌萌终于被埋进了召南记忆的尘埃里。

他常常在深夜眺望城市的霓虹,看远处的灯火和川流的人群,多年以前的姑娘,成了一条不可触摸的河流,流过心上的时候,会让他窒息得忘了痛。

6

2007年,召南在上海付了首期买了房。

这两年谈过几个姑娘,她们拐弯抹角地打听他的收入,一个异乡客,有没有资本把他乡过成故乡。开的什么车,能不能在上海买房。却唯独不打听他爱不爱,有没有共同语言,在精神上有没有共鸣。

他有些失望,一场又一场疑似的爱情无疾而终。

母亲催婚催得都快抑郁了,他在电话里孝顺地答应,转头便忘了。

在召南成为有房人士后,遇到一个姑娘,她叫小北,喜欢吃大枣,只是不会那么不优雅地乱吐枣核。

他们在外滩手牵手散步,去热闹的街上买东西,她会煮很好喝的醒酒汤,也会在深夜把他弯曲的手肘放平。圣诞节召南送了一条铂金项链给她,她高兴得都快哭了。他在晚风中摸摸她的脸,心想这辈子也就这样了。

2008年底,召南的公司准备成立分公司,要采购一大批办公家具,很多供应商的名片纷纷飞过来。

许萌萌,名片里一个同样的名字,瞬间让召南的心翻江倒海。

他不敢直接打电话,怕失望过后还是失望。助理约好对方到公司会面的时间,召南惴惴不安地站在电梯口。

银色的电梯门缓缓开启,像一个时光机。许萌萌站在门口,干练的西装,职业的笑,烫卷的头发绾成高高的髻。

召南心跳都停了,面部表情已经僵硬,但总算是笑着的。

7

2008年的最后一天,召南跟小北分了手。她追问理由,召南只说了三个字:对不起。

一个人的心太小了,终是装不下两个人。

他给了小北五万分手费,她高傲地扬着头不接,那时候还不流行骂渣男,她问候了召南的祖宗之类的,最后抽抽噎噎地把钱扒拉进手提包里。包太小,拉链拉不上,她鼓捣了半天放弃了,捧着包摔门而走。

其实那天许萌萌连他是谁都没认出来。

十一年了。当年的自卑小胖子,变成了人模狗样的西装男。许萌萌坐在他的办公桌对面,认真地讲解公司发展历程和产品优势。

召南想,或许这是一个美好的开始。摒弃从前的渊源,一个全新的男人和一个全新的女人,他们在茫茫人海中相遇,然后共同制造一个好故事。等这个故事有了结局,他便会告诉她,多年以前,他们曾在最美好的年纪坐在一起,早已注定了一世的缘分。

他送她出门,装作不经意地看了看表,晚饭的时间刚刚好,他邀请她共进晚餐,她笑着点头,说:"去可以,但一定要我来买单。召经理这样的贵客,我们公司求神拜佛都请不来的。"

召南笑了,这个可爱的女孩子,十年磨砺,也圆滑成熟了。

那个夜晚太过美好,互相留了电话,召南送她回家。

夜晚的灯光攀附在挡风玻璃上,流水一般滑过。她坐在他旁边,恍然成梦。

其间她接了电话,他试探地问:"先生催啦?"

她笑得咯咯响:"大龄剩女,要是有先生,我妈也就放心了。"

召南彻底放下心来,一切都不晚,一切都刚刚好。

8

2009年初,家具供应商选定在即。

召南通过供应商的对比甄选,发现许萌萌的公司比上不足比下有余,再压一点价格,便有成交优势了。到时候打个报告也只是走个过场,他在这个公司好多年,颇得上层信任。他打定主意,把这个机会留给她。

其间许萌萌又约见了他好几次,打着老乡的名义,看外滩的夜景,吃上海的本帮菜,逛城隍庙吃小吃……他欣然赴约,暗自高兴。

这个时间冬枣过了季,为了礼尚往来,他送她一盒冷库里储存的枣子,她小口小口地吃,却没再顽皮地吐核。

那天吃完晚饭的时候,许萌萌塞给召南一个大信封。召南拿在手里掂了掂,又把它塞回了她的袋子里。

"我们是老乡,你还跟我见外吗?"许萌萌见他不收,眼睛眯起来,很委屈。

"公司信任我,才让我坐上这个位置。如果我这么干,早把我开除啦!"

许萌萌有些尴尬地笑:"那,既然是老乡,我也就不拐弯抹角了,你看看要几个点的回扣?"

召南看着她,有些心疼。商业复杂,把纯净的姑娘教成了一根老练的油条,他说:"如果把我当朋友,你就别再说这些啦。"

她的脸上已经掩盖不住失望。

"社会太过复杂,大家都不容易,我明白的。你放心,我会尽力的。"召南想了想,又安慰她。他想等正式签合同的时候,她肯定会欣喜若狂。

他们一起走出饭店,风吹过来凉飕飕的,召南把外衣脱下来,披到了她身上。她又高兴了起来,嘴角微微上扬,侧颜美得让人沉醉。走过街头拐角的时候有个酒吧,她邀他喝酒,兴致颇浓。

他们讲学生时代,讲社会艰辛,她一直喜欢上海,喜欢它的时尚与古朴,也喜欢它的冰冷与真实,当然,更喜欢它没一点人情味,还有火箭升空般的工作节奏,可以把一个人锤炼成精。

她大学毕业后到苏州两年,又辗转到了上海,在这个家具公司干了三年多,看尽了太多的拒绝和冷眼。客户成天挑刺,她赔罪赔笑陪喝酒,酒量渐长的同时,心已磨得冷硬如岩。

召南听了,心就一阵阵地扯着疼。他问:"没有男人好好爱你吗?"

"男人的爱向来虚幻,他们爱我时可以掏心挖肺;离开我时,却巴不得从未见过。对于我来说，只有钱，才是能掌控的东西。"

召南喝得醉了，拍拍她的肩膀，有些想哭。她红着一张脸，笑得妩媚。

凌晨时走出酒吧，两个人相互搀扶，她把他的车钥匙塞回他的衣服口袋里，就近找了一家酒店。

当他躺倒在床上的时候，她开始吻他。

早春的夜冷若冰霜，她的唇太凉了，她的身体也是凉的。酒精上头，召南堆积了多年的思念像万马奔腾，他抱住她，使劲地吻她，好像要把她吻热了一般。

他脱她的衣服，她的身体有些颤抖，嘴唇紧闭，眼睛紧闭，却忍着没有发出半点声音。

就像当年，她看他吐核，她把腰弯下去笑得一抖一抖的，却忍着不发出声音。

他突然清醒过来，放下脱了一半的衣服，霍地站起身，打开窗子大口喘气。

她走过来，从后面抱住他，轻声说："大家都是各取所需，你无须有负担。"

他的身子震了震，各取所需？她把他当成什么了？一个有权力决定一份合同的恩客？一个可以赚取利润的工具？

他满足欲望，她获得回报，确实是各取所需。

他猛地转回身看着她，死死地看着。他脑子里在想，她身上穿的

■ 18℃的爱

■ 118

衣服,脖子上戴的项链,她扔在床头柜上的包,哪一个是她用身体换来的?他想啊,看啊,一直到他的眼睛里有眼泪流出来。

她根本不懂他的感情,她也根本不懂他为什么哭。他恨时间和社会,把当年那个可爱的姑娘变成了如今的模样。

他摔门而出,疯了似的跑进凌晨的夜雾里。他可以理解任何一个供应商有这样的行为,为了谈成一桩生意不择手段,可他却死都没法接受那个人会是她。

9

2010年,许萌萌公司的家具在分公司全部安装到位。

签合同之前,她跟他说了一声谢谢,签完合同,她在某个深夜发了短信来跟他说谢谢。召南看着手机呆了好久,狠狠心删除了号码,从此再没见过她。

10

2011年,召南又谈了新的女朋友,三十一岁了,奔着结婚的目的去,不咸不淡地谈着,不咸不淡地约会,两个人在一起,却还是有难以言说的孤独。

没有爱情为基础,还是没法靠契约绑在一起。

再后来他索性不再找了。

在清晨一个人开车去上班,在黄昏堵在回家的半路上,全世界的车都在摁喇叭,只有他不急,慢慢地听着歌,看着夕阳一点一点落下去,心里升腾起平静的漠然。

11

2013年,三十三岁的召南结婚了。

决定结婚是他在酒吧门外吐到不行的时候,听见音箱里放着一首歌:

> 不找了
> 找不到的
> 你还在想些什么
> 这世界已经疯了
> 你就别在自找折磨
> 别找了
> 找不到的
> 上帝已如此忙碌
> 该来她总会来的
> 别找了

是啊,别找了。召南问自己,你在找什么啊?那所谓爱情的东西,可遇却不可求啊。

■ 18℃的爱

　　不久后，他娶了一个适合当老婆的姑娘。

　　从此有一个人在家里等他，熬汤做菜，两个人坐在饭厅里细嚼慢咽，咀嚼的声音都会产生共振，使人有了吃饭的胃口。有兴致时，喝上两杯红酒，然后看看乱七八糟的电视，等夜深了，就相拥着爬进被窝里。

　　召南被逼着戒了烟，如果排卵试纸有情况，得抓紧时间赶快造人。老太太催得太紧了，恨不得杀到上海守着他们造。

　　时间像沙漏，每天都在沉默地漏着，不仔细看，几乎察觉不到它的流动。可一晃眼，好多年就过去了。

12

　　2014年，《大话西游》重映版上映了。

　　老婆终于怀上了，召南一个人去了电影院看《仙履奇缘》。

　　据说《仙履奇缘》的观影人次要比《月光宝盒》多出15%，想要品味爱情悲剧的人，要比纯粹看笑料的人多。

　　三十四岁的召南终于看懂了，又笑又哭，像个傻×似的。

　　这世上就算是法力再高强的神仙，也有他的无可奈何。一个紧箍咒，就套住了所有丰沛的爱情理想。

　　"成熟"真是一个让人绝望的词。

　　当至尊宝成熟了，他就变成了孙悟空。

　　当许萌萌成熟了，她就变成了会使用各种手段签订合同的供应商。

　　当召南成熟了,他已不再是当初那个对爱情还怀有真切向往的胖子。

　　最绝望的不是她变了,他们没有在一起,而是明知道她变了,明知道他们没法在一起了,他却不能忘了她。

　　爱情让人失去了方向,爱情让人变得茫然,人们在这个欲望的城市里,为何会跌跌撞撞地没入残忍的生活。

　　看完电影,召南随着人群走出电影院。上海的夜还是那么美,他站在影院门口对着至尊宝的海报抽完最后一根烟,然后决定狠狠地忘了那个喜欢了十七年的姑娘。

■ 18℃的爱

■ 122

你相信对的时间遇到对的人吗

1

大冬天的,如果不能奢侈地撮一顿死贵的羊肉火锅,那么一对穷酸情侣最幸福的时刻,恐怕就是窝在被窝里看一部老电影了。

影片剧终,罗素关了手机,爬到老虎身上学着电影主角的口吻说:"虎爷,给妞笑一个,笑得好看就宠幸你。"

老虎没接招,他咯咯笑:"虎妞,你怎么这么虎?"

他在她的脸上亲了一口,说先睡吧,然后裹上棉衣,抱起那把破吉他,走进厨房里反复练习明天要弹的曲子。

出租屋在一楼,潮湿阴冷,电费太贵,取暖器像一个吞钱的机器,舍不得用,宁愿冷着。

罗素鼓着腮帮子缩成一团,半晌又于心不忍,起身把脚底那个热水袋塞到老虎的怀里。

断断续续的琴声填满了冷寂的屋子,生活立即被浸泡在诗意的幻觉里。

那时候，他是倔强的老虎，而她是他的虎妞。

老虎是一个贫穷的不知道是几流的吉他手，一把八百块的三合板电箱吉他，他弹了好几年，实在听不下去了，才换一套一百多块的琴弦。但吉他箱体和木质不行，换弦并未起到太大作用。就像一段感情不行了，你换了心肝脾肺，也于事无补。

他们认识的时候，刚毕业的老虎在一个音乐餐厅跑场，刚毕业的罗素在一个小公司做销售。

老虎一边努力学习让琴声和人声合二为一，一边慢慢适应麻木高傲的似听非听的食客。

而罗素每天小心翼翼地踩着廉价的高跟鞋，在送客户时迅速小跑，满脸殷勤地为对方摁好电梯。

二十几岁的时候总认为理想比金钱重要。钱啊，房子车子啊，纸醉金迷的生活啊，那都只是俗气的锦上添花。

罗素没有什么大理想，她的理想和老虎的理想合二为一：成为一个非主流著名吉他手的女人。

罗素一直觉得老虎很牛×，他的手指拨一拨，琴声就会像海水一样流出来。他的嗓音富有磁性，他不抽烟不喝酒拼命练琴，指尖全是粗粝的茧，他说克制才能塑造伟大。

一个男人最迷人的时刻，就是认真做一件事情的样子。

罗素爱他爱得五迷三道，从未想过实际的未来。

18℃的爱

成为牛×的吉他手之后呢?在舞台的风光和忙碌之余,偶尔谈个小情小爱?结婚吗?要孩子吗?

婚姻生活不是树叶,无法漂泊在风沙之上,它必须是一艘稳妥的船,能承载平淡的真,也能在乏味时塑造情感的坚韧。

可谁在年轻时想那么远啊,眼下的老虎是那么爱她。

他把好吃的都留给她,方便面的调料包总是给她双份。他在大冷天帮她洗衣服,手指被冷水浸泡,弹吉他生成的茧就会乱七八糟地翘起来。

疲惫不堪的傍晚,他去接她下班,他们坐在拥挤的地铁里,他把她护在怀里,手臂圈成一座港湾。

他还在苍茫的深夜坐在床头给她唱情歌,狷介不羁的样子让罗素很想把他扑倒。

别的男人送花送口红送钻石,他唯一拿得出手的就是弹琴唱歌。在她生日时站在公司楼下,拎着一个二手音箱唱祝你生日快乐。

那时的天边云霞飞舞,高楼下人来人往,罗素的同事兼老乡苏娅是一个三十岁的单身女人,她站在旁边羡慕得口水直淌。

她说一个男人在大庭广众之下唱得这么不要脸,这爱也太汹涌磅礴了。

那时候罗素觉得,爱情可以伟大到抵抗所有的贫寒。

2

后来音乐餐厅店面不断扩张，华丽的装潢彰显着老板的富庶，专门扩出来的舞台大厅里，放进了一架高雅的三角钢琴。

乐器和人一样，也分三六九等，当一个白衣姑娘坐在琴凳上妖娆弹琴，捉襟见肘的老虎便失业了，过得更加捉襟见肘。

越来越多的艺术院校毕业生像潮水一样涌进这个城市的餐厅和酒吧，专业锤炼与业余爱好抢饭碗，竞争惨烈。

老虎看清现实，却耿耿于怀。他背上吉他去拜名师，三百块一节的课程，来不及等他消化琢磨就上完了。钱花起来像水一样，挣起来却举步维艰。

已经二十五岁的罗素舍不得吃舍不得穿，陪客户吃完饭偷偷跑回去打包，房租也厚着脸皮一拖再拖，家里唯一有生气的东西是用吃剩的橘子核种出来的绿色植物。

一对穷酸情侣，偶尔和苏娅出去吃饭，都没有足够的底气与苏娅抢着买单，罗素的脸色难看透顶。

他们一直坚信的爱情和理想在现实里被一点一点蚕食。

而老虎关心琴技的精进多过于关心辛酸的生活，他无比羡慕地对罗素说："虎妞，今天我弹了老师那把三万八的吉他，你不知道音色有多好听。"

终于在那个冷得让人跳脚的冬天，罗素也跳了脚："三万八！快够

■ 18℃的爱

两年的房租啦！傻×才会用三万八买一把吉他！"

她打翻了老虎手里吃得快反胃的方便面,发泄对寅支卯粮这种生活的愤怒。

一向温和的老虎大吼:"你才是傻×！过不了就滚啊,没人要你在这啊。"

罗素在泪眼模糊里终于心生寒冷。

她慢吞吞地收拾行李离开,她想如果老虎跳出来拦住她,她可以立即把行李扔到八丈远。

可老虎坐在狭小的厨房里一动不动,方便面在地上迅速冷却,散发出令人痛苦的气味。

罗素怀揣着爱情的绝望在老虎眼前彻底失踪。

她回了三百公里外的老家,大城市貌似体面的工作,不及家乡小城粗茶淡饭的踏实,混得再不济,还可以搂着父母的脖子撒撒娇啃啃老,有房住有口热饭吃。

那段爱情迅速消逝,被时间的洪流推入腐坏的过去。

3

罗素成为销售主管的时候,已经二十九岁。

四年里再没听到有关老虎的消息。

她交了三个男朋友,没有一段感情能坚持过半年。

一旦抛却爱情的需求,找对象的要求也越发实际,更多的是看工作看背景,看他的脾气涵养好不好,会不会疼人,能否踏实过日子,他的父母好不好相处。

罗素的理想不再是成为谁的女人,而是成为一个普通女人,有一定的存款,有适宜的爱好和闲暇,也有强烈的危机意识,可以应付生活的意外或动荡。

成长的代价使人心肠坚硬,不再轻易为一个男人痛心。

罗妈妈日益焦虑,张罗着亲戚朋友帮忙介绍对象。

在那个草长莺飞的春天,罗素同意去相亲。她没有勇气单身,却没想到在吃饭时遇见了老虎。

他坐在另一桌,穿着很正式的风衣,胖了一点,嗓音变粗,觥筹交错间谈笑风生。

罗素的心里像被灌进了灰尘,相亲男一直在与她说话,她嗯嗯呀呀不知道自己说了些什么。

老虎看到了她,呆了呆,眼角含笑,露出了细碎的皱纹。

过了一会儿,服务员端了红酒和龙虾上桌,说是邻桌的先生赠送的。罗素心里泛了恨,想起分别时方便面的气味,而今的老虎开始耀武扬威。

饭毕,相亲男抢着买单,被告知那位慷慨的先生已结账。相亲男满腹疑团地离开,罗素折返餐厅堵住了正要离座的老虎。

"张晓虎,别浪费你一番心意,来来,来喝啊!"

罗素唤了他的大名,摆明了她的耿耿于怀,她抄起那瓶未喝完的红酒倒了两杯,猛烈地灌入喉咙,酒浓味苦。

老虎也不甘示弱,仰头喝光。

两个人坐下来,四目相对,那几年的时光所有细节都历历在目。他们不停喝酒,窗外天色渐暗。

"刚才那个,你男朋友?"老虎发问。

"嗯。"罗素从鼻孔里哼出来。

"品位越来越好了,他脖子上那条大金链子,真洋气。"他也哼,眉毛微微皱起来,很不屑。

罗素想起相亲男肥壮的脖颈上闪闪发光的金链子,兀自发笑。她问他:"如今事业有成了?怎么到这小地方来?"

"分公司刚开,派我过来打理一段时间。"

"什么公司?吉他销售公司还是音乐公司?"

"电器公司。"

老虎说得很小声,罗素愣住了。

她从没想过当年那个嗜琴如命的男人,也会在某一天放弃了当初滚烫的理想。但她想了想自己,每个人都是这样悲哀地成长,看着曾经伟大到爆炸的执念被一点一滴塞进生活的狼狈里,就莫名地红了眼眶。

坚硬被酒精烧软,伪装被回忆击溃,老虎看着对面的女人,除了心疼和懊悔,再无其他。他要了她的手机号码,更改旧号码时显示的还是虎妞。

晚上他们站在马路牙子上告别，罗素还和以前一样瘦，素色碎花长裙，纤细的手臂，苍白的脚背。

四年光阴，把一个天真痴情的女人变得尖刻深沉，老虎突然很想抱抱她，但一想到那根金链子，心就凉了。

夜晚的春风骤起，罗素迅速钻进出租车，拖拖拉拉的裙摆消失在夜色里。

4

三十五岁的苏娅回老家办婚礼。

她与罗素很多年不见，通过老虎才找到了罗素的电话，发了请柬过来，上面写着"双恋"，有老虎的名字。

老虎在罗素下班时接了她一起赴宴，一辆银色君威，车内整整洁洁。

罗素看着他熟练地驾驶，感慨地笑："我们分开时你连车挡位都没摸过，吉他品位你倒是熟门熟路。"

"我有一年回家的时候，亲戚和邻居都是看我开没开车，开的什么车，一个月赚多少钱，他们从不会问我吉他弹得有多好，梦想有多高远。后来我才醒悟摸吉他品位不当吃不当喝，还是努力摸摸车挡位比较实际。"

罗素心里发酸，车子驶过宽阔热闹的街道，老虎突然问："那个'金链子'对你好吗？"

啊,她想了半晌才反应过来他说的是谁:"嗯,还行。"
"他会弹吉他吗?"
她有些恼怒:"我是找老公,又不是找老师。"
"嗯,我就怕你再上当受骗,又找一个像我这样的。"
她搜肠刮肚想了半天准备损他的词,被他这一句,逼回了肚子里。
到了酒店,老虎从后备厢拎出来一把吉他,说新娘子要请他这个过气的吉他手助个兴。
罗素打开琴盒看了看:"多少钱买的?"
"三万八。"
她瞪大眼睛正要说点什么,他赶紧说:"我承认,我就是傻×。"
罗素咽了咽唾沫,不再说话。
喜宴很热闹,苏娅感慨能在三十五岁时把自己嫁出去,热泪盈眶。
仪式结束,老虎登台唱歌,不是当年拿手的曲目,是电影《驴得水》的主题曲:《我要你》。

> 我要你在我身旁,
> 我要你为我梳妆,
> 这夜的风儿吹,
> 吹得心痒痒。

人声鼎沸的宴会厅里,人们海吃海喝推杯换盏,只有一个人,在安静地仔细地听。

最纯粹的感情,莫过于我要你在我身旁。可当年的他们相互依偎在对方身旁,照样是分离的结局。曲罢,罗素感叹:三万八的琴,果然不一样。

新娘过来敬酒,凑在她耳边说:"你失踪之后,他找我打听你很多次了,电话一直没变,说等你找他呢。素素啊,爱就抓紧吧,别像我,年纪越大越不敢奢望爱情。"

罗素愣了愣,一仰头把酒喝了。

那晚她比新娘还兴奋,喝了很多酒,老虎在一旁劝都劝不住,最后他像扛一个沙袋一样,把她扛到了车上。

罗素睡倒在副驾驶上,酒品还好,没吐也没闹。老虎想起多年前两个人捂在被窝里嘻嘻哈哈,清贫的生活和凉飕飕的房子,那时候的爱情,好像依旧能融化现在的一切。

他忍不住弯下身,在她的嘴上亲了一口。

5

老虎把罗素扛回家,惊动了罗父罗母。

眉目帅气,西装穿得很精干,看起来踏踏实实,有点文艺气质,又带点商业社会的圆熟。

罗素被扔进房间,罗母拉着老虎谈得颇愉快,三绕两绕就绕到了女儿的终身大事上。

"伯母你也别担心,罗素的男朋友我见过,蛮好的。"老虎满口醋味。

"她哪有什么男朋友啊,她有就好咯。"

"就是那个……戴金链子那个……肥头大耳的。"

"那个啊,物质条件倒是蛮好,可她跟人家吃了一次饭就再也不见了呀。"

老虎听了,嘴都笑得咧到了耳根子。

第二天罗素酒醒,老虎登门拜访。

一大堆花花绿绿的礼品塞进来,罗父罗母笑得很开心。

罗素迟迟不起床,罗母进房叫她,才发现烧得很烫。

老虎把她背起来,急匆匆送到医院。

吊瓶输了三个小时,她终于有气无力地睁开眼睛。

老虎坐在床边,紧紧地攥着她的手,他的手掌温热,裹了一层热汗,春天的日头温和地裹在他们身上。

罗素在他左手指上一根一根地摸呀摸,摸了半晌说:"你以前帮我洗衣服就会翘起来的茧,没了。"

老虎温柔地笑:"没了岂不更好。音乐是生活的点缀,它又不是全部。可惜那时候不明白,总以为自己是天才,其实你骂得对,我就是傻×。那天你走了以后,我一个人坐在小厨房里,对着那一地的方便面,骂了自己很久。"

"你不是傻×,不是。"她喉咙发痛,鼻子发酸。

"一个男人傻不拉叽地追寻所谓清高的理想,不能给女人稳定的生活,还拉着女人过苦日子,就是傻×。"

"当我可以买三万的吉他,我才明白,我们要理想要掌声要风光一世,首先得建立在填饱我们和家人肚子的基础上,所以这些年我像疯子一样努力挣钱。"

"那你不弹吉他了?"

"弹啊,岁月安定,三餐温饱,生活的忙碌之余弹个小曲,消疲解乏,心旷神怡。理想丰盛,不一定非要当成职业。"

老虎淡淡地说着,罗素不知道这些年他是怎么走过来的。岁月在他的脸上留下了一些痕迹,少了当年的孤傲和意气风发,却多了一些沉稳与淡定。

罗素哭得稀里哗啦,老虎的眼泪也掉下来,他抹了抹眼睛冲她笑:"妞,来,给虎爷笑一个呗。"

她哭里带笑,很难看。

老虎又说:"昨晚知道你还单身,你不知道我多感谢老天。这些年经常想起你,我想你可能结婚了,生孩子了,我怕我见到你的时候,你会介绍你的老公给我认识,你会拎着你的孩子逼他叫我叔叔。那么,现在我想正式问问你,还愿意做我的女人吗?"

"愿意倒是愿意,就是有条件。"

"我已经跟总公司说了要留在这边,要车要房你尽管提,我一定努力。"

■ 18℃的爱

"我的条件很苛刻哦！你先等我烧退了,病好了,有力气了,拿出你昂贵的吉他给妞唱个小曲,你看到时候我怎么扑倒你。还有,吃方便面我还是要双份调料包……"

"你真没出息啊!"老虎笑得嘎嘎的,他起身紧紧吻住她干燥滚烫的嘴唇。

幸福像一个行动迟缓的老人,姗姗来迟,原来老天要他们走一条曲折的路,是为了各自成为更好的自己,在对的时间遇见对的人,说的那个人,不一定是别人。

有短暂的缘,却无长久的分

1

那天清晨上班之前,我的太阳穴有些疼,现在想来真是不好的预兆。

闷热的下午,我在门诊室昏昏欲睡。

你像一道光硬生生地撞进来,劈开了午后的慵懒。利落的马尾、大红色的T恤和带流苏的牛仔热裤,唇膏的颜色明媚又夸张,看样子不过二十岁出头。

"你就是李大维?"

"是啊。"

"你大爷的,你为什么欺负我表姐?"

"你表姐是谁?"

"王红呀!你别装。"

你有些急了,一屁股坐在我的对面,细长的腿搭在桌面,有着超厚防水台镶了水钻的奇怪凉鞋就这样横陈于我面前。

王红,名字有些熟悉,我想了半天,是和我相过亲的那个女人。

"我没欺负她啊?"

"她哪点配不上你?你一个二婚的还有啥可挑?"

"小妹妹,你别激动,在成人的世界里,没有配不配,只有合不合适。"

"别以为我不懂爱情!"你哼了一声,从挎包里掏出烟来,点了烟,一枚银质的火机嗖地扔在我桌上。

我哭笑不得,赶紧劝你:"这是看病的地方,也不适合谈私事。"

你坐着不动,有挂了号的病人在门外探头探脑。烟雾浮上半空,我说:"那你能让这个鞋子挪个窝吗?"

你扑哧笑了,白晃晃的腿缩到桌子下。

气氛有所缓和,我用简洁的语言快速而真诚地向你解释了和你表姐相亲的过程。在浮躁的现实里,有缘有分的事,有时真是可遇不可求。

你仿佛懂了,把烟头摁灭在垃圾篓里,却又觉得你今天的莽撞有些下不了台。我便说:"如果还不清楚,等我下班再跟你解释。"

你笑了,牙齿很白,笑得不怀好意,果然,你说:"美团可以订必胜客吗?"

好吧,我一个四十岁的男人,必须有绅士风度,我打开手机订好餐,与你加了微信,把单号截图给你。

你满意地走了，卷曲的马尾跳动着，红色的衣服像一团火，消失在我的诊室外。

2

那晚我上当了。

你有与这个年纪相称的顽皮，也有无知无畏的天真仗义。

我到的时候，你和你表姐已经坐在必胜客。你冲我笑，又冲你表姐挤了挤眼睛。

你这个生拉硬扯的红娘真的当得很没有逻辑。人与人之间，有时候仅凭一顿饭、一句话，甚至一个眼神，就能知道有没有下一次。

我和王红，很显然不可能。

但你不信。

我也不信，我不信你懂爱情，我也不信你谈过恋爱。

你外表浮躁轻狂，可言语却笨拙稚气。你大学刚毕业，没有经历社会的残酷和生活的戏弄，又怎会明白城市的繁花似锦之下，每个人都得心平气和地接受所有生命的馈赠，哪怕有些馈赠是残忍且糟糕的。

你一个劲地在餐桌上献殷勤，极尽撮合之能事。

"呀，你们都喜欢喝橙汁哦！"

"呀，你们都爱吃水果比萨！"

你每找到一个相同点都会夸张地惊呼，年轻的脸映在浮动的光影之下,轮廓很柔和。

后来,你欢快地啃着鸡翅,我沉默地喝着果汁,你的表姐用刀叉认真地吃着比萨。必胜客人来人往,透明的玻璃橱窗之外,是灯火辉煌的市中心广场。表面上看,那个夜晚如此美好。

但我还是让你的表姐失望了。

那晚我送你到家,你迈着轻快的步伐走了。你表姐坐在车里,又跟我进行了一些言语交流,但并不能上升到精神与灵魂的层面。我和她不是同类,她确实是在对牛弹琴,我是牛。

人到中年,激情已不再是汹涌的潮水,我有过一次婚姻,对第二次婚姻也不会再草率轻易。而暧昧,不是每个人都玩得起的。

我再次委婉地告诉你表姐,我们不适合。

她脸色青灰地与我告了别,背影像一缕烟尘,在夜晚的小路上飘飘摇摇。我想她不久后就会忘了我们的相亲,以及这样一个微不足道的男人和夜晚。

而我与你之间,也应该到此为止,再不会有交集。

3

"李大爷",这是你在微信上对我的称呼。

我不知道你是不是在拐弯骂人,但你一而再再而三地追问我为什么不喜欢你表姐,我的回答却不能让你满意。

后来,你终于妥协了。

有短暂的缘，却无长久的分

或许不是妥协于我的不解风情，而是年轻热闹的生活让你放弃了在别人的感情里做无谓的纠结。我在朋友圈看到你神采飞扬的青春，年轻的资本可以让人肆意地去做很多有趣的事情。

在断断续续的微信对话之后，你的信息终于被压到了聊天记录的最下面。

我的生活又归于宁静。偶尔有热心的亲友介绍相亲，我百无聊赖时会去见一见。相亲的人都向往婚姻，中间会少了很多关于感情的揣摩和索取，我想这或许是我想要的。不累。

那一年的冬天越发冷寂，生病的人很多，诊室的门外人满为患。

你这次是挂了号老老实实按顺序进来的，进来之后就锁了门。

气氛有些诡异。白色的羽绒服裹住你的身体，你好像胖了一点点，但还是属于瘦子的行列。你的脸色很不好，光看眉毛的形状就少了很多戾气。

我问你哪里不舒服，你嗫嚅了半天才说你怀孕了。

我有些震惊，但很快又释然了。我们医院里的妇产科每天有很多年轻的女孩子排着队，其实我为何要把你单独区分开来呢？这是爱情的副产品，在如今的社会，太正常。

你开始哭了，有些难堪，又有些窘迫，泪水一颗一颗落得像小河。你说你实在找不到合适的人陪你来面对这一切，于是你想到了在医院工作的"李大爷"。

"他呢？"我严肃地问你，我想这种事情得男人来承担责任。

■ 18℃的爱

■ 140

"关他什么事?"你反问我。

我气结,我想我必须给你好好上一课:"一棵树结果了,与播种人无关吗?"

"男欢女爱都是你情我愿,他又没有强迫我。"

我无语了,想起第一次你冲进来质问我的气势,现在你不是应该用这种盛气凌人去质问那个男人吗? 可你却说,关他什么事。

沉默了半响,你又说:"怎么办嘛?"

我生气地说:"凉拌!"

"你大爷的!"你站起身就要冲出去,我起身挡在你面前,你撞在我怀里,身体单薄得像一片树叶,你脸色苍白,青春的飞扬跋扈因遭遇世事而逐渐褪去。人啊,都是这样一步一步走向了成熟。

你抱住了我,头靠在我的肩膀,牙齿咬住了我的白大褂,哭泣变成了抑制的哽咽,我忽然有些心疼,拍拍你的肩膀说:"如果不要的话,我帮你安排吧。"

你使劲点点头,夸张地说:"谢谢你的救命之恩。"

我衣服上那团灰色的水渍稀释了你铺天盖地的无助。

4

手术那天我陪着你。

妇产科的同事在我背后窃窃私语,以为我是那个肇事者。我已无所谓了,多年前我灰头土脸的逸事早就是他们茶余饭后的谈资。

你对我有些歉疚,却因对疼痛的恐惧和害怕,紧张发抖。

我握住你冰凉的手说:"没事啊,你大爷陪着你,还给你走后门找了个做手术的好医生,又不疼,怕啥?"

你冲我感激地笑,脸色白如柳絮。

进去之前你很认真地对我说:"我跟他分手了,他去了杭州。所以即使告诉他有这个孩子,又有什么意义呢?我之前就告诉你别以为我不懂爱情,爱可以是付出、是缘分、是想念、是承诺,却唯独不能是要挟。"

你的话像粗暴的雷电,在我头顶炸开。一瞬间我觉得自己虽长你十多岁,有些事却不如你看得明晰。

整个过程时间不长,可我却烦躁不安地走来走去。手术室外坐着很多男人,他们都面无表情地戳着手机。

终于等到你出来,苍白的一张脸像失了水分的花朵,我的心缩在胸腔里,紧了又紧。

你说你不能回家,你爸要是知道会把你打死。我带你去了我家,冰箱里还有冰冻的鸡肉,我手忙脚乱地煲了汤。

那个黄昏,暴雨夹杂着雪花降临,整个世界陷入了灰黑色的混沌。你睡醒了,趴在窗口一边抽烟一边看天空,你问我:"他会恨我吗?"

"谁?"

"还未成形的胎儿。"

"不会,在不具备条件时生下他,或者在生下以后无法给予足够的爱,才是对他最大的伤害。"

我又说:"把烟戒了吧,以后你要当母亲的。一个母亲最该关心的是有没有害,而不是酷不酷。"

你不再说话,眼眶里映出了窗外空蒙的景色。

5

后来你不再抽烟,那个银质的打火机,你送给了我。

毕竟是孩子心性,身体好一点,疼痛一消失,你又开始活泼得像一只猴子。

你说你要报答我。

你报答的方式我觉得是报复。

我下班回来,家里风格全变了。

音响被你开到最大分贝,冰箱里的酒被你全部搬空,你叫了很多外卖,全是多油的食物,你把我的客厅变成了酒吧,还用你的丝巾把灯泡蒙上。你放着节奏很强的音乐,拉着我跟你又蹦又跳,才五分钟,我就下气接不了上气。

人家说三年一个代沟,我和你,隔着六个代沟。

我有些恍然,我也曾青春活力,也曾毫无节制地抽烟喝酒、熬夜泡吧,挥霍着自以为是的光阴。后来是什么时候改变的,我竟无从考证。

我羡慕地看着可以迅速抹平疼痛笑靥如花的你,劲爆的音乐轰炸着我的疲惫。终于,邻居刘大妈来敲门抗议,你才停下来。

有短暂的缘,却无长久的分

"大维啊,自从文心走了以后,我就觉得你一直不太正常,你要是有啥不妥的,就去看看病啊,反正你就在医院上班,看病都方便。"刘大妈絮絮叨叨半天,你吐吐舌头跟我做鬼脸。

"文心是你前妻?你们为啥离婚?"后来你成天八卦地打听与你不相干的事情。

文心是我心头的一个旧伤口,我闭口不提。

"李大爷,你为啥不找个李大娘?"你问我。

我也不知道啊,人海茫茫,要找一个女人容易,要找一个伴侣,为何如此艰难。

后来你不再问了,我说:"你要是身体养好了,就回家吧。"

你不回答,在厨房里鼓捣着鸡蛋和面粉。

我吃着你做的煎饼时,你突然说:"男人嘛,别像女人一样太小家子气。"

你做的饼很干,我被噎住了,实在没法反驳你。你笑得前仰后合,笑声回荡在冬季清冷寂寞的屋子里,我突然有些舍不得撵你,晚上睡觉前,口是心非的我又给你送了一床被子。

你接被子时压住了我的手,你说谢谢,却没抱走被子,我说不客气,却也没挪开我的手。棉被软和,你和我立于它的两侧,像在玩木头人的游戏,突然谁也不想动。

这个冬天太冷了,我难以入眠。你也是。

我听见你在隔壁翻来翻去,还有断断续续的音乐声传过来,我敲了敲墙壁,音乐就停了。

我安稳地睡着了,墙壁的另一边,是一头如小兽般热情蓬勃的你。

6

一个月没回家,你的各种借口终于编不下去了,你在父母无数个电话的催促下走了。

你说:"谢谢李大爷救命之恩,如果喜欢吃饼,本小姐抽空来给你做。"

你的脸色红润,眼眶微红,我只能朝你沉默微笑。

你虽有大把可挥霍的光阴,可你对人生也有葳蕤的欲望。你要照顾父母的情绪,要寻找你的前途,还要追求属于你的爱情。

我们谁都不是谁的谁,人生再悲观茫然,我们都必须朝前走。冬季的雨雪,夜晚的灯火,你的孤立无援,所有的交集,都无法证明什么。

可我的心里空落落的,像一面完整的墙壁,突然被猫爪抠去了一大块。

而上帝不允许我运用一个中年男人的深思熟虑来总结与你的相遇,因为文心的妈妈,我的前妻突然回来了。

她在我们结婚六年的时候有了外遇,又在我们离婚四年之后回来。

十年光阴,终如一梦。

文心是我的珍宝,离开我时仅三岁,不足一米。我去看过她几次,一次比一次高,现在快一米三了,细高的小个子,一头乌黑的长头发,眼睛明澈得像一弯月牙。

她扭扭捏捏的一声"爸爸",就足以摧毁我四年来建造的所有铜墙铁壁。

文心的亲妈与后爸,凭借当年滚烫澎湃的激情,无法走向臆想中的白头偕老。

他们去了上海,四年磨合,一步一步迈进了庸俗乏味的生活,他们自以为是的感情,并没有坚不可摧。

于是娘儿俩回来了。

"婚姻,还是原配的好。"我的前妻在历尽千帆之后,痛哭流涕地给了我这样一句总结。我不知道这是对我的褒奖,还是她对命运的投降和无可奈何。

她是在说我分崩离析遭遇重创的婚姻其实是一个玩笑吗?

我头顶绿帽被人嘲笑、我与文心父女分离、我死命修补疮痍笑对生活,这些都他妈只是一个玩笑吗?

我无法开心地认同她的话,可文心让我哑然失声,无可辩驳。

7

你在那个下雨的傍晚穿着漂亮的红裙和大衣,涂了鲜艳的口红,拎着一兜菜闯进了我看似破镜重圆的家。

你高兴地跟我说你找到工作了,你学会做一道拿手菜了,一定比

18℃的爱

煎饼好吃,我前妻和文心探究的目光,突然让你变得局促。

那天的晚饭前妻颇热情,一个劲地给你夹菜。你笑着叫她李大娘,我坐在你对面,总觉得你的称呼透着某种悲伤。

晚上我送你回家,你摸摸文心的头跟她再见,眼神怜悯。

外面还在下雨,你撑开伞不要我送,我抢过伞柄执意要送。你没有穿有超厚防水台的鞋子,比我矮了一截,你的脸色逐渐冷白,似一片停歇在树叶上许久的霜。

还没走到停车场,你已经忍不住,可你还在咬牙硬撑,要哭的脸扭曲得很难看。我拍拍你的肩膀,说想哭就哭吧。

你扑在我的胸口,又怕口红弄脏我的外衣,你用手捂住嘴,闷声哽咽。

伞外的灯光倾泻在雨水之中,被解剖成一串华美的光影。我的心绞痛成伤,却喑哑无言。

你说:"你大爷的,你为什么不知道我爱上你了。"

你说:"你大我十八岁,我都不介意;你是二婚,我都不介意。我却介意你介意我做过人流,你知道我有多纠结吗?后来我想起你说过,没有配不配,只有合不合适,我才鼓起勇气来找你!"

你说:"可现在不用纠结了,你们一家团圆了。"

你又说:"你喜欢过我吗?"

雨声逐渐变小,两旁的住宅高楼里,亮着无数盏温暖的灯光,每一个方形的光晕里面,都是一个完整的家。

我想起我的文心来，像有什么东西卡在我的喉咙，于是我对你说："没有。"

你的哭声戛然而止，你抬起头来，拼命抹着流不完的眼泪，终于在那个雨夜里，你所有的骄傲像伞一样撑开，你最后骂了我一次："你大爷的！"

你夺伞而逃，再不留给我与你站在一起的机会，你的鞋子溅起路面的积水，马尾在伞下急速晃动。我站在雨里，看着你的背影，眼睛渐渐模糊。

其实我很想告诉你，你做的煎饼是我吃过最好吃的煎饼。我与你的时光短暂得像一部仓促的电影，却给我留下了绵长的回味。如果她们没有回来，我想或许我们还会有很多个下一次。

那晚我在雨里站了很久，直到全身湿透。我慢慢走回家，我想起你说过："爱可以是付出、是缘分、是想念、是承诺，却唯独不能是要挟。"

我觉得你说得对，现在也这样觉得。可那又如何？在残酷的现实面前，我的前妻认错回归，兵刃未动，却轻易就用女儿要挟了我们的婚姻。即使没有爱，我也必须给我颠沛流离的女儿一个完整的家和稳妥的未来。

我们讨厌要挟，却总是不得不屈服于要挟。

你还年轻啊，而我，已经到了把自己的感受放到最底层的中年。我想你会和你表姐一样，在未来的某一天，会彻底忘了我这样一个微

- 18℃的爱

- 148

不足道的男人和这个晦涩的夜晚。而我也会和我的前妻去婚姻登记处,再次给婚姻盖上一个合法的戳。

雨停了,我从裤兜里摸出你送我的打火机,拨了好几下,才燃起了微弱的火苗。

雨后的空气湿冷,它在短暂的燃烧之后,猝然熄灭。

就像你和我,有短暂的缘,却失了长久的分。

从此萧郎是路人

1

大三的桔子喜欢胖子的时候,胖子还是一个风流倜傥的瘦子。

胖子在一年后提出分手时,已经变成了胖子。

岁月让人苍老,爱情使人发胖,而现实,是毁灭爱情的罪魁祸首。

桔子哭得死去活来,她求他:"我们不是说好要天长地久?我们不是要粉碎毕业就分手的魔咒?"

胖子起初对分手理由讳莫如深,四年的中文专业使他连措辞也说得云山雾罩。

后来桔子缠得紧了,他才透露了另一个姑娘的信息。

胖子的父母已经把他的工作和婚姻都安排妥当。那个姑娘叫安静,两家是世交,知根知底,姑娘能相夫教子,离家近又能照应老人,结婚的风险和成本都可以降到最低。

而桔子,大城市的女孩,娇气,物质欲望高,信奉女权与斗争,对生活还保有可笑的天真。

即将毕业,面临就业,现实步步紧逼,考量背景,思虑前程,胖子听从父母安排做出了世故精明的决定。

可桔子是一个倔强又痴情的姑娘。

她不依不饶。

"我也可以去你家乡,我也可以相夫教子,我也可以待你父母如我亲爹亲妈啊。"

胖子在感动之余还是硬着心肠约她吃分手饭,唱分手歌,胖子喝了一年来最多的酒,在KTV唱歌唱到声嘶力竭。

桔子大哭,两个人坐在地毯上,背靠着背。

"这就是你这一年都没带我去开房的原因?"哭够了,桔子突然问。

胖子愣了愣,没说话。

桔子转身抱住他:"分手饭也吃了,分手歌也唱了,分手炮也一起打了吧?"

胖子叹气:"你是好姑娘,应该找一个能陪你走一生的人。"

桔子黯然,被一个男人称赞为好姑娘,却被拒绝投怀送抱,她真的很想死啊。好姑娘,不是应该被所爱的男人视若珍宝吗?

他们在凌晨走出KTV,室内喧嚣,室外静默。桔子拢紧外衣,借着酒劲在模糊的路灯下斩钉截铁地说:"反正我不分手,你爱跟谁分跟谁分!"

2

　　毕业后胖子回了老家。

　　桔子第二天也坐上火车尾随其后。

　　为爱情赴汤蹈火,她觉得自己勇敢无畏。

　　南方小城很安静,梧桐树栽满了每一条街道,茂密的枝叶缠在一起,阳光稀稀拉拉地照进来。

　　房子是桔子之前就联系好跟人合租的,她得打持久战,才能挽回胖子。工作联系了一个小公司,试用期两个月,她收拾利落就去上班。

　　忙碌的间隙,桔子常做的事就是发微信给胖子诉相思。他有时候回,有时候不回。

　　桔子把一年的点点滴滴都扒拉出来:一起去旧货市场淘的小物件,一起坐最后一班公交车时拍下的光和影,胖子生病时桔子坐在病床边用输液管扎成的小马鹿,桔子过生日时胖子勤工俭学挣钱给她买的项链……

　　其实他们也真诚地爱过啊。

　　桔子每发一张照片,就心疼一次;胖子每收一张照片,就内疚一次。

　　桔子和这个世界上很多姑娘一样,宁愿背井离乡在一个陌生的城市漂泊,因为心有所属,她们的灵魂就有了底气。

　　她没告诉胖子她在这,离他不远的距离,和他呼吸同样的空气,喝着同一种山泉水。她每天挤上公交车,都会想万一有一天胖子也上了这辆车,会是怎样的场景啊。想着想着她就会笑,然后又觉得心酸。

一个多月后的晚上,胖子还是不放心,发了微信来:"找到工作了吗?"

桔子笑了,仿佛看到了一点希冀:"你在哪?"

"我吃烧烤呢。"

"一个人?"

"嗯。"

"烧烤店叫什么名字啊?好吃吗?"

"叫胖子烧烤。开了很多年了,臭豆腐很好吃。"

桔子再没回信息,跳出门就拦了出租车。

她在夜雾里突然出现在胖子面前,他已经喝醉了。啤酒泛着散淡的泡沫,盘里的烧串有了冷硬的浮油。

胖子以为自己真的醉得老眼昏花,他拉着她的手说:"还好这是一个梦,我多怕给你一点点希望,又给你彻头彻尾的绝望啊。"

桔子眼圈红了,抱住他肥厚的脖颈,哭了。

3

一旦知道没有未来,就不能耽误对方,这是君子所为。胖子是这样想的。

安静他从小就认识,是一个乖巧贤淑的姑娘,她会是一个好妻子,而他也不想成为渣男。

可桔子不要命的深情与执拗,正在把他往渣男的路上带。

胖子酒醒的时候是清晨了,桔子趴在他的胸口,压得他喘不过气来。

"你什么时候来的?你在这住了多久?找到工作了?"胖子急得跳起来,一个姑娘抛下一切死命追寻,很难不让他动容。

桔子岔开话题:"这个小城不错,我很喜欢啊。出门不堵车,转个弯就是菜市场,刚从地里摘来的蔬菜鲜嫩喜人,应季水果好吃不贵,同事朴实好相处,适合养老呢。"

"姑奶奶你才多大啊,就养老?赶紧给我滚回家去!"胖子急了。

"不回。我说了不分不分就不分。"桔子跳着走了,胖子搓着脑袋直跺脚。

没办法,桔子人生地不熟,毕竟是胖子负了人家。他一周要来找桔子三次,谈人生谈理想谈孝顺,总而言之,言而总之,就是劝她回去。

桔子执迷不悟,油盐不进。

她反复问他:"你真的爱上她了?""你爱她什么?"

可她不知道,胖子和安静两家人已经商议好让他们明年结婚。四位老人在饭桌上郑重托付交代,二十四岁的胖子孝顺服从,已然蜕变成一个能担当一桩婚姻和一个家庭的男主人。

胖子咬咬牙想,软的不行来硬的吧,他不能再三心二意,别到最后难以收场。

于是他带上安静约桔子吃饭。

三头六对面,什么都能捋清楚。

饭桌上胖子闷头喝酒,两个姑娘埋头扒饭,尴尬横生。

有谁亲眼看到活生生的下一任会不伤心的?桔子一直天真地以为她还有机会,她想她执着、坚韧、付出、不退却,必能挽回曾经的感情。可真看到这对官方承认的正牌男女坐在对面,她彻底蔫了。

但输人不能输阵。她填饱胃囊,举起酒杯敬安静:"来来来,咱们也算是缘分,走一个!"

安静腼腆,轻轻啜了一口,不置可否。

胖子三杯下肚,开始说话:"我和小静订婚了,准备明年结婚。"

"哦。"

"能祝福我们吗?"

"哦。"

"桔子?"

"哦。"

桔子听到胖子要结婚,脑子已经发麻,眼眶立马就红了。

她强忍着眼泪,在胖子面前,在新人面前,维护仅存的那点倔强的自尊。她是胖子嘴里的"好姑娘",就算变成了旧人,但输也不能输得太难看啊。

4

那晚桔子回家后蒙头大睡。

偃旗息鼓了几天,脑子中总是回想胖子和安静并肩离去的背影。

终于决定算了吧。

约了胖子在胖子烧烤,最后一次了,桔子轻声告诉自己。

当一个人面对现实低头,接受未来真的要失去这个人了,不是赌气,也不是打嘴仗,这才是最痛的时刻。

桔子点了很多烤串,全是荤的。

胖子怏怏地问:"什么时候回去?"

"明天。"

"你一定会幸福的。"胖子抄起一瓶啤酒,但言语只是象征性的安慰,苍白无力到一点作用都不起。

桔子想通过油腻的食物来缓解心灵的疼痛,可吃得太多的结果却是肠胃难以消化。

凌晨的时候她在街边狂吐,眼泪和着食物一起落下。胖子拍着她的背,一下又一下,她的手抓紧他的手,摸到了冷硬的一圈戒指。

所有的感情都平复了下来,灰得让人失了意志。爱情不是放低姿态死缠烂打就能催生发酵的啊,它不是日出,只要等一等,熬一熬,总能看得到天边的红光。

桔子挺着吐到空虚的胃,哭到没有了声音,她最后一次拥抱了胖子:"好,我放过你了,我会离开会消失会换号码,我再也不打扰你了。你跟她好好过,才对得起我的不纠缠。"

胖子无言,心脏发痛,温热微胖的身影在冷清的街角,被路灯的光亮覆盖成灰暗的记忆。

桔子的爱情就这样结束了。

千里追情郎,成了一个在未来提起时会想笑的笑话。

后来她总会嘴硬地说:"至少老娘在一份爱里坚持过啊,至少老娘没有遗憾啊。"

从此萧郎是路人。桔子每当想起这句话,就会沉默半晌。

5

桔子走后,准新郎开始专心致志地与未婚妻谈恋爱。

可爱情不是衣服,看着款式大方、尺码合适,穿上便会神清气爽。胖子意识到与安静的恋爱出现问题时,已临近婚期。

双方老人心满意足地看着小两口,多合拍啊,多般配啊,从不脸红也不吵嘴呢。虽不大富大贵,但和和美美的小日子即将过起来,明年生个胖娃娃,就能白头偕老了。

可胖子毫无期待。

对婚姻毫无期待,对准新娘毫无期待,对新生活毫无期待。他们之间太过于客气,客气到他一直觉得她只是他从小熟知的一个玩伴,仅此而已。

从此萧郎是路人

没有爱。

真可怕。

尽管胖子是一个务实的人,并不会愚蠢地相信爱情在婚姻里能有多持久,可当他突然意识到他们居然没有爱的时候,顿觉婚姻盲目可悲。

胖子从酒店拿到一袋子崭新的大红请柬时,居然诡异地想起了桔子。

他站在离家不远的天桥上抽了很久的烟。云雾缭绕,气候闷热,婚礼习俗的烦琐加剧了他对生活的厌烦和不确信。他的内心真的没有足够的爱和期待来构成勇气,让他应付婚姻所面临的一切人、一切事,以及一切即将被无限稀释的平淡。

孝顺和气的胖子退了婚,震惊了所有亲朋好友。安静不哭不闹,一贯的好脾气,她只是板着一张苍白的脸说:"好啊,免得将来后悔。"

胖子被他爸骂了个狗血淋头,要不是他妈拦着,他会被揍成一个肿脸的胖子。

他走出家门的时候居然在笑,浑身像脱水的海绵一样轻松。夏天已快过去了,多雨的季节之后是一天一天地干燥。问遍了所有同学朋友,终于找到了桔子的新号码。

那是风已渐凉的黄昏,胖子坐在小馆子里吃一碗牛肉面,他吞下一口热腾腾的面条迅速拨出了号码,是一个男人温和的声音:"喂,哪位? 我是桔子的男朋友,她在洗头,有什么事我转告她。"

胖子愣了愣,张张嘴却什么声音都没发出来。

一个熟悉的女声带着浴室空蒙的回音远远飘过来:"谁啊?"

男人又喂了两下,无人应答。他嘟囔:"不知道啊,神经病吧。"

电话被挂断了。

胖子放下了手机,继续往嘴里塞面条,牛肉的筋太硬了,怎么都嚼不烂,他就着一口汤囫囵吞了下去,辣椒放多了,咳了半天,呛出了满脸的泪。

那个叫桔子的倔强姑娘,终于撞了南墙回了头。

她的身边有了另一个男人,他将陪伴她、呵护她,也有可能与她争吵、怄气。在她悲伤失意的时候,她会不会责怪曾经狠心的胖子,在爱情的半道上,昏头昏脑地将她放弃?

那天胖子开着车一路沉默地回了家,途经街边的烧烤店,烟雾升腾缠绕,好不热闹。

车子飞快向前,一切景象转瞬即逝,模糊不清的夜色里,他仿佛看见了那个曾在爱情里追逐痴缠的姑娘,她攥着他的手吐得一塌糊涂,她无可奈何地放弃和成全,她在旧日的路灯下对他说:"你跟她好好过,才对得起我的不纠缠。"

他对不起她,也对不起她的不纠缠啊。胖子这一刻才懂得了桔子那一刻的心。

爱到不纠缠,爱到愿意甘心成全,这得有多绝望,又得有多痛!

可当明白一份爱时,好时光却糊里糊涂地错过了。

胖子望着挡风玻璃外一窗清冷的残月,人生,已是白云苍狗。

有几个灰姑娘可以欢天喜地嫁豪门

1

姜可可是一个农村姑娘,那一年,大她一级的男朋友考上了大学。

姜可可喜欢阿狸和桃子的卡通故事,男友走的时候说:"我等着你,你明年考过来,到时候我买一个阿狸、一个桃子,我们一人抱一个睡觉。"

八月底她送他上火车,他递给她一张纸,上面写了100件在未来他们将会一起去做的事。

火车轰隆隆开走了,姜可可站在分别的人群里,看着纸上的100件事,泪水糊了满脸。

第二年姜可可考上了这所大学,家庭条件不好,办了助学贷款,可男友的身边已经有了一个女孩子。

姜可可站在秋日开始走向枯黄的梧桐树下,面对背叛,全身冰凉。

大二的某天黄昏,姜可可在学校广场上瞎逛。

■ 18℃的爱

■ 160

一群舞蹈社的学生在跳舞,跳到激烈处,她跟着涌动的人群大声欢呼。不远处有个男孩子被她突然的喊叫吓到,他走过来说:"哎,我的贵宾犬被你吓跑了,怎么办?"

他的脸庞清秀,瞳仁很黑,穿着一套阿迪的运动装,夕阳下的脸被映成暖黄。姜可可一脸茫然地说:"狗能被我吓跑?"

男孩有些促狭地说:"当然,你那一嗓门好吓人。"

姜可可突然有些不好意思:"那我吼一嗓门,看能不能把它叫回来?"

男孩没绷住,扑哧笑起来,笑了半晌才说:"算了算了,你也不是故意的,帮我一块儿找找吧。"

姜可可见他笑,产生了怀疑:"你的狗长什么样子?"

男孩掏出手机给她看照片,一只纯白的小贵宾,很萌很可爱。姜可可问:"它叫什么名字?"

"可可。"

"啊?!"

"怎么了?"

"没什么。"

那天姜可可跟着这个叫袁嘉的大四男生一起寻找这只狗,袁嘉大着嗓门每喊一声可可,姜可可都觉得别扭。

当时她并不知道,这只狗是前几天就丢了的,不关她的事。

那天晚上狗当然没找到,袁嘉瞪着明亮的眼睛说:"给我你的电话和微信,如果实在找不到你得负责。"

姜可可有来自农村的倔强和傲骨,她老老实实地给了,心里还盘算着每个月要省多少生活费才够买一只贵宾啊。

加微信时才发现,他们早就是好友,不知道是联谊会还是什么时候加的,只是从未聊过天。两个人对视了一眼,看到对方的脸,都红了。

2

狗依旧没找到,两人在微信上聊得很投契。

他们的共同爱好太多了。

喜欢吃霉干菜扣肉饼,喜欢在下雨天泡图书馆,也喜欢在濡湿的天气里喝一杯热奶茶。

平安夜的时候,袁嘉约姜可可去看电影。天气很冷,姜可可从床上爬起来去洗头。水不热,她颤抖着洗了头,在镜子前面打扮来打扮去,最终选了一件从淘宝买来没多久的外衣。

到电影院的时候已经迟了半小时,姜可可说抱歉,袁嘉却不恼:"我听说女生只有在约会见男朋友的时候才会洗头打扮。"

姜可可怔了怔,没有回答。

快下雪了,城市的街道陷进昏暗的光线里。他们在大街上闲逛,路过一家玩具屋,姜可可看到橱窗里摆放着阿狸和桃子,她贴着橱窗沉默地看了半天。

袁嘉说:"这是什么?"

"你有没有看过阿狸写给桃子的100封情书?"

"没有,不过我会找来看。"

姜可可裹紧围巾,想起前男友,心情忽然有些沉郁。

凌晨的时候飘了雪,校园里依旧热闹,有些人还放起了烟花。

袁嘉突然打电话来:"我在你楼下,你东西忘了拿。"

姜可可下了楼,看到袁嘉站在半晦半明的夜色里,他穿着旱冰鞋,一手拿着阿狸,一手拿着桃子,雪花落在黑色的羽绒服上,分秒即化。

他冲她喊:"姜可可,我爱你。我不是阿狸,你也不是桃子,可我会像阿狸爱桃子一样爱你,做我女朋友吧!"

聚集在楼下的一些学生听见了围过来,嚷嚷着叫她答应他。

姜可可心生感动,却露出复杂的表情:"如果我没有你爱我那样爱你怎么办?"

"没事啊,我会让你每天增加一点爱,滴水会穿石。"

姜可可的眼泪流下来,她接过了桃子,袁嘉像大熊一样拥抱住她。远处的烟花在绽放,年轻的人群在欢呼,空气里散发出温暖爱情的味道。

3

姜可可大三的时候,袁嘉在学校附近租了一套小房子,他们同居了。姜可可固执地要把一半房租拿给他,袁嘉拗不过,推搡了半天才接了。

姜可可跟他说了前男友，也说了没有完成的 100 件事。袁嘉把那张纸拍了下来，摸摸她的头："我陪你完成。"

纸上写得密密麻麻。

要一起看烟花，在烟花最灿烂的时候许愿，要一起听一首歌，一起喝同一杯奶茶，一起看一场最美的日出，一起煮一碗面……

他们完成一件就打上一个钩。

99 件很快完成了，最后一件事是：要一直一直在一起。爱情像一簇燃烧的火苗，只要有热忱，就可以使火焰越烧越旺。

姜可可很快变成了一个小媳妇，袁嘉把生活费交给她管理。

她每天会记账，买了醋，买了香肠，买了可可的狗粮，与生俱来的勤俭节约在生活中体现出美德。

袁嘉的家境不错，穿的衣服都是名牌。姜可可有时候会跟他讲节俭，他很听话地说："好好，我不藏私房钱。"

袁嘉又买了一只茶杯贵宾，继续叫可可。他说为了区分她和它，他叫她姜姜。贵宾五千块，奶白的卷毛，可爱极了。

袁嘉说种很纯，血统很正。姜可可就有了压迫感："好贵啊。"

袁嘉笑笑："没事，我从我妈那拉来的赞助。"

有一天他们在学校的足球场遇见了姜可可的前男友。

他和女朋友牵着一只萨摩耶，从塑胶跑道边走过。

姜可可低下头踢石子，袁嘉握紧了她的手。两对人面对面走过，

■ 18℃的爱

云朵低垂在上空,风轻轻地吹过来,可可见了巨大的萨摩耶,挣扎着往前跑,姜可可突然就笑了。

"我以为我会放不下,没想到再相遇,却是如释重负。"

姜可可踮起脚,在袁嘉脸上亲了一口:"我们要一辈子一直在一起,说话算数!"

袁嘉的脸笑出褶子来:"谁撒谎谁是可可!"

袁嘉毕业之后在学校附近找了一份工作,闲暇时陪着姜可可上课。她去做兼职的时候他就去接她,她没课的时候就做了袁嘉爱吃的东西送到公司里。

后来全公司上下都知道了袁嘉的女朋友,连清洁阿姨见了她都会说:"袁嘉媳妇又来送吃的啦?"

姜可可满脸微红地跑开,可可跟在她身后汪汪地叫。

4

姜可可毕业之前,袁嘉说要带她回家。

她很快乐,他居然这么郑重地要带她见家长。

可她又很担忧:"我老家在农村,我怕你爹妈不喜欢。"

"农村怎么了?绿色、生态、美!我就喜欢农村人的质朴和可爱,你就是。"

他把脸凑过来,亲吻她,一边亲一边问:"城乡人民要不要结合一下?"

姜可可作势要打他，他摁灭灯，把她抱到床上，黑暗中飘浮着甜蜜。

姜可可知道袁嘉家境不错，应该是城市里的小康之家。可去了才知道，那不是不错，简直是传说中的豪门。

独栋别墅坐落在七拐八绕的山路上，有游泳池和大花园，种满了各种各样的植物，背后有群山环绕，鸟语花香里荡起深深浅浅的绿。

姜可可一下就蒙了。

她想起自己的家乡，内心前所未有地丧气。又想起自己曾无知地教导袁嘉要节俭，其实按他平时的消费来看，已经是太节俭了。

袁嘉的母亲优雅和蔼，父亲是典型的商人形象，挺着大肚腩正襟危坐。

晚饭变成了盘问，家在哪儿啊，什么镇什么村，父母是干什么的。

袁嘉一个劲儿地给爸爸使眼色，又回过头来笑着给她夹菜。姜可可老老实实地回答，如坐针毡。

年轻的爱情谁都没去想过家庭背景是个什么鬼，等面对的时候有些难堪。回来的时候袁嘉开了家里的车，她不懂车牌，但她知道肯定是她毕业之后上一辈子班都买不起的。

夏天的夜晚落了雨，巨大的落差横亘于爱情中间，别墅区在身后洇成一团影子，却依旧在灯光里辉煌地矗立。

姜可可一路沉默。

■ 18℃的爱

■ 166

5

　　袁父果然给出了门不当户不对的意见,不同意;袁母为了儿子在中间斡旋。
　　袁嘉没让姜可可知道这些,可她偷听到他在电话里跟他们争执。
　　后来他父亲妥协了,条件是姜可可一毕业他们就结婚。袁嘉把意见转述给她的时候,两个人爆发了第一次争吵。
　　姜可可说:"我不需要你们家来安排我的人生。"
　　袁嘉说:"你不想跟我结婚?"
　　"我们差距太大。"
　　"我父母是我父母,我是我。"
　　"那他们为什么可以干涉你,甚至干涉我?"
　　吵到最后谁也不理谁,姜可可跑回了宿舍。这一次的爱情没有劈腿,但好像比劈腿更让人难过。
　　第二天姜可可下楼来,袁嘉坐在楼外的水泥石凳上,他抱着可可,清晨的薄雾和雨丝打湿了他的头发和衣服,可可的白毛湿漉漉地粘在一起,像掉进了水里。
　　姜可可瞬间原谅了他。
　　他们拥抱,亲吻,冰凉的脸贴着冰凉的脸。其实谁都没有错啊,富裕与贫穷,谁又更可敬,谁又更可耻?
　　姜可可想既然感情无法理智,那残酷的现实会让人理智,毕业后她带着袁嘉回了家乡。

他们坐了火车又乘汽车,途中有很长一段弹石路,他们一起坐在车里被抖成了筛子。

村子贫困,发展缓慢,姜可可是唯一考上大学的村民。群山遮蔽了城市的繁华,炊烟在傍晚袅袅升起,田埂里绿绿黄黄的庄稼被种得整整齐齐。

姜可可的父母憨厚地笑,土气的衣服表现出了局促。家里还有一个瞎眼的奶奶,正用瘦骨嶙峋的双手编织着草垫。

袁嘉想打电话却没有信号,但他对一切都充满新奇,他对所有人微笑,像一个孩子一样看看这里,摸摸那里。

袁嘉用了最大的力量来适应需要面临的爱情和未来。

他跟着姜父去摘玉米、播豆苗,好奇地探究压水泵的工作原理。他给一排排低矮的瓦房拍照,给周围连绵不断的山脉拍照,给环绕村庄的溪流拍照。他跟着姜可可到河边洗衣服,去上没有门的土砌厕所,学会在洗澡前先烧一锅水。

他唱着"又见炊烟升起,暮色照大地",扛着锄头戴着草帽欢快地走在姜可可的身后。

他说你不用担心啊,我觉得乡村太美了。

他说我觉得大粪浇出来的菜特别嫩特别甜啊。

他说,姜姜,你沾染了这里天然的灵气才长得这么美的吧?

惹得姜可可止不住地笑。

■ 18℃的爱

■ 168

夜幕来临的时候他们就在没有路灯的田埂上散步,他又说,星星是照亮坦途的灯光。

姜可可的心里溢出了太多的温暖,贫富无从选择,可爱情可以追随人心啊。她感动地抱住他的脖子:"袁嘉,我们第100件事能完成吗?"

"能。"

远处传来几声犬吠,村庄静谧地沉睡,他们使劲拥抱在一起。感情沸腾,爱情可贵,姜可可已经做好了迎接一切暴风骤雨的准备。

6

他们在农村的第五天,袁嘉的父母突然出现了。

豪车停在门口,引得好多村民过来参观。他们与生俱来的优越感仿佛可以藐视一切,姜可可的家人搓着手站在贫瘠的小院里,脸上露出了难堪与慌张。

商谈的结果是盘一个店面给袁嘉和姜可可经营,这是他们与儿子博弈和妥协的结果。

袁父拍拍肚腩说:"放心,我们家养得起你。"

姜可可被这句话伤到了。她看看父母和奶奶,觉得人生有些羞辱和难堪是可以避免的,她挺挺脊背说:"我养得起自己。"

她的拒绝让原本欢喜的袁嘉丧了气,车子轰着油门绝尘而去,在凹凸不平的土路上不合时宜地颠来簸去。

后来姜可可倔强地签了一家外地公司,开始一本正经地努力工作。袁嘉待在原地,心上像被划了一道明显的伤口。

僵持了几个月,袁嘉妥协了,他偷偷在网上找了一份姜可可公司所在地的工作,他跟父母说了,然后张罗着去报到,想给她一个惊喜。

姜可可一连数日联系不上他,以为他在跟她冷战,直到接到袁母的电话,才知道他被骗进了传销窝点。

姜可可帮不上什么忙,只能干着急。

几经周折,袁嘉的父母前后打了五万块才救出了他。

姜可可奔过去的时候他被安置在酒店里,身上到处都是伤,头发凌乱,表情狼狈,他咧着嘴冲她笑,姜可可扑过去摸着他的伤哭得声嘶力竭。

终于妥协了。

在一份真挚的爱情面前,自尊又算什么狗屁呢?姜可可接受了袁家的安排,辞了工作开始和袁嘉一起经营一个服装店。

7

店面很快盘下来,装修完便开始营业。

可袁母并不放手,从进货到入库,从选款到销售,都一手包办。

袁嘉和姜可可就像木偶,在店里听她的指挥和安排,负责收钱。

有时候袁父会来视察,背着手在店里走来走去,看到坐在柜台前的姜可可,会不冷不热地说几句话。

■ 18℃的爱

姜可可渐渐无法忍受,常常跑回老家去。

袁嘉也尾随而至,或安慰,或争执,或者站在村头的大桥边沉默地看着溪水奔流。

服装店到最后实在开不下去。

袁母没办法,提议把姜家从村子里接过来。

于是姜可可不断劝说袁嘉出去找工作,袁嘉不断劝说姜可可把家人接来。

"难道你要一辈子让你父母养吗?"姜可可质问他。

"难道让你父母奶奶有更好的环境和生活,这错了吗?"他也质问她。

爱情再坚固,也冲不破狼狈的现实。

谁也无法说服谁的时候,姜可可扔了被子给袁嘉,把自己反锁在卧室里。

半夜大雨滂沱,雷声滚滚,袁嘉来敲门。

他念阿狸写给桃子的情书给她听:"岁月静好,很想和你就这样一起安然老去。在某一瞬间,感觉自己快要抓不住的时候,悔恨才会慢慢占据你的心灵。坚不可摧的内心,样样都有,唯独少了爱。爱的另一个名字,叫作妥协。"

姜可可开了门,眼睛通红,他们在雨夜里接吻,吻得快要窒息。

年底姜家从村里过来,两家人正式开始商谈婚事。

袁父说把姜家从农村接过来,照顾不过来可以出钱请保姆。

袁母说村子小,没多少人,婚礼不用去村里办了,把要请的亲戚朋友请过来,所有路费住宿费全包。

富人对穷人,一开口便在经济上给予了足够多的蔑视。满桌佳肴,让人难以下咽。

姜父的脸涨得通红,说习惯了乡村生活,不想来城里。奶奶的瞎眼淌出几滴泪,她拉着姜可可的手说:"可儿啊,从古至今都讲究门当户对啊,生活苦不怕,就怕心苦。"

姜可可的心便再次凉了下来。

袁家的金钱像一根根针,每次都把她扎得生疼。对爱情有越多的希冀,针就扎得越疼。

她想不通那些灰姑娘是怎样欢天喜地地嫁入豪门的。贫富的落差会让人时时刻刻都在树立坚硬的铠甲和深深的戒备,时时刻刻都在想如何维护可怜的一文不值的自尊!

最后一次争吵已是心力交瘁的厌倦,袁嘉责怪她:"我父母都是好意,为何你不识好人心?"

"我只想要一点尊重,他们给我了吗?"

姜可可开始收拾行李,可可跑过来摇尾巴,袁嘉冲它吼:"给我过来!要走就让她走!走了就别回来!"

姜可可哭得喘不过气来,她抽泣着把行李塞满箱子,桃子在床头柜上瞪着眼睛看她,她拿起来就从窗户扔了出去。

一团粉红乘着凉风在世界坠落,桃子的忧伤,阿狸永远无法懂得。

那个曾经单纯温暖的男孩不见了,爱情扳不过命运,姜可可终于放弃。

8

袁嘉开始在父母的安排下相亲。

清一色家世良好的女孩子,面容普通,但妆容得体。她们背 LV 或 COACH 的包包,戴蒂凡尼或卡地亚的项链,可袁嘉觉得她们的眼睛里没有纯白的天真。

一个相亲的女孩约袁嘉去看电影,很烂的剧情,却很虐,那个女孩子看得很克制。

袁嘉想如果是姜可可,一定会哭得昏天暗地。

女孩一边嚼着爆米花一边对影片给予评价:"如果爱会让感情越来越惨烈越来越痛苦,为什么不早点放手呢?"

袁嘉听了,心如刀割。

爱情曾呼天抢地踏浪而来,却又在生活的捉弄里满目疮痍。

他们最后一次联系是在袁嘉结婚前,他终于找到了她的新电话号码,狠灌了几杯酒才打过去。

"姜姜,我要结婚了。她像你,又不像你。

"我爱你,可我现在要娶别人了,生活真他妈讽刺。

"我食言了,我做不到第 100 件事,我是混蛋。

"姜姜,我家有钱,却买不来爱。我弄丢了你……"

姜可可握着电话哭成了一只狗,人山人海的世界真残忍,有些人有爱,却注定不是同类。

她对他说的最后一句话是:"可可还好吗?"

没有了回答,电话陡然挂断。他往日的话言犹在耳:大粪浇出来的菜特别嫩特别甜啊。你沾染了这里天然的灵气才长得这么美的吧?星星是照亮坦途的灯光……

时间静止了,长河依旧流淌。袁嘉曾说过滴水会穿石,爱情会一点一滴增加,却也会一点一滴消逝。

姜可可想起阿狸写给桃子的第十一封情书:"我们要做的,就是拉着彼此的手走到最后,其他的,交给命运。"

可命运生性残忍,它从不眷顾爱情的美好,它还囊括了贫富、祸福、成败,以及荣枯生死啊。

■ 18℃的爱

■ 174

18℃的爱

1

她是在他们一起吃火锅的时候告诉他要去北京的。

他正在涮一片牛肉,毫无防备。

"老了老了。"她冲着锅里的牛肉嚷嚷。

他喃喃自语:"是啊,确实老了,马上二十八了。"

她看他的样子,有些难过,想想要么不去了吧。

可她想起刘总的话:一个人,不能像青蛙一样困在井里还自得其乐,繁华的城市再拥堵难挨,也有无数让自己变强大的机会。

刘总向她伸出了橄榄枝,一个高薪也锻炼人的好机会,一生能有几次呀?

她咬咬牙,还是决定走。

那是三年前的事了,他在清晨送她去机场,昆明居然下了大雪,难得一见铺天盖地的白,让人瘆得慌。机场高速很堵,福克斯的车轮辗在绕城高速上沙沙作响,他在心里一直祈祷,飞机无法起飞。

机场迁至长水,天气更加恶劣异常。候机厅里坐满了唉声叹气的人,只有他,心里高兴得发狂。

"老天都不让你走。你看看,你看看这鬼天气。"他尽量让语气分不出悲喜。她哀哀地瞪了他一眼:"今天走不成,明天呗。昆明总不会天天下雪!"

他把身子缩在衣服里,脖子显得更短了些。这些天他从未挽留过她,因为他知道他的挽留是无效的,这女子犟得很,决定了的事,九头牛都拉不回来。就像当初,她毕业后决定留在昆明,和他在一起,父母在老家咬牙跺脚都叫不回她。

现在,他也留不住她了。

开了车折返回去,又是依依惜别、耳鬓厮磨。他无奈,想着能多待一天是一天吧。

她安慰他:"我是去北京工作,又不是跟你分手。再奋斗两年,我们结婚啊。"

她总是喜欢一厢情愿地决定和计划一些事情,而他并无大目标,下班回家买兜菜,两个人热乎乎地吃顿饭,这难道不是幸福吗?

雪下了三天,第四天航班正常,他站在干冷的空气里,站在熙攘的人群里,湿着眼眶向她挥手告别。

■ 18℃的爱

■ 176

2

　　两个月后的某一天,他想她想得发疯,临时起意买了头等舱的机票去看她。
　　她工作忙得要死,下班还有应酬,推不掉。他在酒店里坐了一天,匆匆忙忙见了她一面,第二天吃了一顿午饭,便回程了。
　　她还要跟客户签合同,没法送他去机场。在餐厅外面,她很内疚。
　　他笑笑说:"虽然没有漂洋过海,但我还是大老远来看你了,见你一面就好,只是想你了。"
　　她掉了眼泪,眼线都有点花了。
　　可后来他们的故事还是落入了俗套。
　　几乎没有意外,她成了刘总的新欢,他成了她的旧人。
　　北京离昆明,太过遥远。当一个人远走,再好的空气和阳光,都留不住那颗奔腾的心。
　　半年后她在电话里跟他说了分手:"你会找到一个比我好的女人。"
　　他半晌没说话,好像也早就预料到了这样的结果,临挂断时他说:"注意身体啊,别太拼了。"
　　她还是哭了出来,站在34层的大楼上,望着繁华的帝都,生活的本质或许就是一场又一场迁徙,感情也是,从一个人到另一个人。
　　可那时的她怎么能不拼呀? 她必须像一只啄木鸟,每天不停地啄木觅食。工作时忙得忘了吃饭,跟客户喝酒醉得仪态全无,挤在地铁里,也要趁机写写手上的策划案。头发烫卷了,嘴唇更加红艳,高跟鞋踩在脚下,昂扬、兴奋,全新的世界徐徐展开,旁边的人都在发疯地与你赛跑,你怎么能停滞或者倒退呢?

三年后,她三十了。

生日那天是端午节,刘总快递了一束玫瑰来,人却留在了老婆身边,陪着六岁的女儿一起参加包粽子活动。

她一个人坐在餐厅里,咀嚼着冷硬的西餐,看着窗外川流不息的人群,孤独地翻看手机。

朋友圈里有人发了一个段子:

北京说:我是宇宙中心。
昆明说:我 18℃。
上海说:我是国际大都市。
昆明说:我 18℃。
重庆说:我是西南唯一直辖市。
昆明说:我 18℃。

一个极普通的段子,却看得她泪流满面。

她想起了在 18 摄氏度的城市的那个他,不知道好不好呢,身边是否有了新人。他们在长水机场的最后一面,人群也如今天这般密集,

■ 18℃的爱

■ 178

他冲她挥手,一个大男人,眼睛红得像兔子。

她突然恨极了这样的生活,恨极了北京的雾霾,恨极了马不停蹄的人群。

内心的孤独无助足以让一个女人在繁华热闹的城市里崩溃。

第二天她收拾行李上了飞机,她决定给自己几天假期。

年轻的小助理在电话那边急得都快哭了。她说:"没事,你也该学着自己做决定了。"

3

与北京相比,昆明这个城市的质地柔软而轻缓,云朵晃悠在头顶,阳光炫目,花朵缤纷得像未干的油画。每天清晨很多关门闭户的店铺,让人感觉不到太大的生活压力。

如果没有昂扬的大志向,这座城也是不错的选择啊。

她下了飞机,深呼吸,拨了他的电话。

一小时后他出现在机场,还是开着那辆福克斯。

岁月对这个三十一岁的男人很善待,他老化的程度异常缓慢,看起来并无变化。

他冲她笑,白衬衫,软牛仔裤,松垮休闲的装扮,看起来状态舒适。

她正要开口,副驾驶上下来一个姑娘。

花枝招展,香风细腰,一脸青春,腮边还有一点点高原红晕。姑娘自来熟地叫她姐姐,她听起来,像讽刺。

"舍得回来啦?"他揶揄她,还是亲切的口吻。

"回来两天就走。"她看着那个姑娘,心里发酸,再看看他,又有些忐忑,她没法毫无愧疚地当作从未造成过伤害。

他好像并不在意,把行李扔进后备厢就问:"还是罗非鱼火锅?"

她与他对视,一边点头一边咯咯笑起来。

姑娘坐在副驾驶,她一人坐在后座,看着他们的后脑勺,尽量让自己面带微笑。

他向姑娘介绍她:"这是我校友秦素。"

又向她介绍姑娘:"这是小蕊,医院护士。"

她想说点什么,喉咙里像有刺鲠住了。他没说她是前女友,他说是校友,那小蕊是他现女友吗?如果不是,为何她的身体总是向左微侧,目光像轻盈的蝴蝶,飞飞停停之间,总是落在他的脸上?

三个人杀进罗非鱼庄,还是麻辣的锅底,辣味浸入白色的鱼肉,细嫩鲜香无小刺。小蕊是典型的昆明姑娘,活泼热情,有什么说什么。

"秦姐,北京的竞争是不是特别大?你在北京买房了吗?"

"竞争确实激烈,房太贵,买不起啊。"

"你不如回昆明来喽。云南人都是家乡宝,跑那么远有啥子好的?"

他捞了一块鱼肉在她碗里,安慰她:"有些价值不是靠能不能买房来体现的。"

小蕊抢白他:"喊,我们努力奔波不就是为了有一个属于自己的家

■ 18℃的爱

■ 180

吗？如果连一个家都没有，混个屁呀。"

她心下黯然，想反驳小蕊，职场上的成功、眼界上的拓宽、学识上的提升、教育资源的争取之类的，但她觉得这些在幸福面前都是苍白无力的，她喝了一口啤酒，不再说话。

饭毕，他送她去酒店，他拖着行李一直把她送进大堂。他把行李交给她，踟蹰了半晌说："你要好好照顾自己啊，看你现在瘦的。"

她鼻子一酸，突然软弱下来，很想抱抱他，余光看到大堂外面坐在车上的小蕊，张口却是："快走快走吧。"

他转身走了两步，又转回来说："他对你好吗？"

"嗯，还好。你是想看我笑话吗？"她有些咬牙切齿。

"没有啊，你的笑话又不好笑。"他低下头看着地面，又抬头说，"结婚记得告诉我。"

"尽管我们只是校友，还是会告诉你的，准备大红包哦！"她故作轻松。

"你们女人真记仇。"他嘟囔着。小蕊冲他挥手，催促他好了没。他摆摆手走了，她在前台办理入住，心却成了碎片。

4

在酒店睡了两天好觉，好多年没有这么香的睡眠了。

她不知道自己要干什么，来昆明只是为了见他一面，然后让自己死心？

可心却并没死。她气自己,恨自己,当年脑袋被门挤了,才会扔下这个男人跑北京去。那时候勇气可嘉,觉得感情并没有事业来得重要和牢靠。

可用尽全力打拼,得失却并不尽如人意。喜悦无人分享,辛苦无人诉说,生活过得无滋无味。偶尔情欲的慰藉,却是狼狈的心酸。

她想起她对他说,再奋斗两年,我们就结婚。

如果,她想如果一切都没有发生过,她没有去北京,她没有跟他分手,现在他的身边也没有小蕊,他们会结婚吗?

可生活从来没有假设。

小助理的电话不断打过来,还有刘总,问她什么时候回。她有些泄气,把手机关了,一个人跑去吃老店的小锅米线,一根一根地滑进胃里。她在滇池边呆站着看风景,风把头发吹得冰凉凌乱。柔软的阳光和淡白的云朵,那些触手可及的时光与年华,仿佛近在眼前。

在忙碌的城市和混沌的江湖里飘荡,却不知道为了什么。她如一只倦鸟,厌了累了,可当年可以栖息的良枝上却有了新的巢。

四天后,她退房离开。有些舍不得,还是告诉了他。

"这几天关机干吗,找你都找不到!你等我啊,我送你。"

他急匆匆地来了,把她载去机场。一路上堵得要死,除了没有雪白的雪,其他都与三年前并无二致。

她拖着行李进了候机厅,他抱着一大袋东西跟在她身后。

离登机还早,她说回去吧,他一屁股坐在她旁边,把包里的东西一

■ 18℃的爱

■ 182

一拿出来。

"这是你最喜欢的小抱枕,以前你每天看电视都要抱着。

"这是你的优盘,上面有好多照片,你想看的时候可以打开看看。

"这是你的电动牙刷,上次都拿忘了。那年你发了奖金买的,死贵。

"这是床头柜上的电子相册,你带上吧。放心,我的照片我已经删掉了。"

他还没清点完,她已经哭得稀里哗啦。

"还有这个,你最喜欢吃的猫哆哩,北京买不到吧?我买了好多袋,带去分给你们同事啊。"

他终于交代完了,好像松了一大口气,给她递了纸巾。

她接过来,说:"好了,咱们的账也算清楚了,你回去吧。"

他不肯,非要等她登机。他们杵在机场半小时,相对无言。

登机前他问她:"要不要抱一下?"

她点头,伸手抱住了他,微温的怀,还是从前熟悉的感觉和味道,可不管多么留恋,都已经丢失了。

好可惜啊。她在心里叹息,她攥着他后背的衣服,一直攥到起了皱。

进了登机口,离他越来越远了。她回头大声地朝他喊:"祝你和小蕊幸福啊!"

眼眶红了红,她挤在人群里,听见他在后面大喊大叫:"不是啊不是啊……"

不是什么，她已经没机会问了。顺着人流坐进机舱里，撕开一袋猫哆哩，酸甜弹滑的酸角糕，像爱情流逝的味道。

5

飞机一路向北，她的心还停留在原地。

三十岁，已是成熟稳重的年纪，想了一路，是时候做出遵从内心的决定了。

飞机落地，她开了机，收到他的短信：小蕊不是我女朋友啊，那天刚好在相亲，接到你电话，就赶去接你了。

她在北京酷热的天气里笑啊笑，一直笑到直不起腰来。

她回他："我目前也是单身了。"

到了公司，她辞了职，和刘总说了分手。

从知道刘总有婚姻，到他给出离婚承诺，她迷失在生活与事业的夹缝里。她并非不想反抗，却在日复一日的迷茫中失去了逃离的勇气。

没有爱情，只是慰藉，不管是她对刘总，还是刘总对她，一句随口的承诺，也只是对彼此关系的敷衍罢了。

没有拖拖拉拉的感情，要撇清，太容易了。

这些年除了工作上的历练和待遇，他给她的，只有微薄缥缈的情欲，再有，就是一辆奥迪 Q5 了。

18℃的爱

她把车钥匙还给他,他不接,说拿着吧,就算是这些年的补偿。

她在电梯里跟他推搡了半天,后来从镜面的墙壁上看到了自己眼角的细纹,原来女人的青春也并不廉价啊,怎么值得这样耗呢。

她发狠似的把车钥匙扔进他的怀里,电梯门开,她冲出来,踩着高跟鞋一路狂奔。挤进北京的地铁里,看到一张张陌生麻木的脸,她揉着酸痛的脚跟,给他打电话。

"除了小蕊,你到底还有没有女朋友啊?"

"没有啊。找倒是想找,这些年咱也是阅女无数,就是看谁都不如你,由奢入俭难啊。"

"我有那么好吗?"

"你也没有多好,脾气臭还经常自以为是,可我就是放不下啊。"

"那,我三年前说的那句话还算数吗?"

"你话那么多,哪一句?"

"就是结婚那句。"

"哦,那句啊……"

她急了,想这男人怎么能这么磨叽呢,正要发飙,结果听到他说:"赶快回来结婚吧,北京热得要死,昆明18℃啊。"

她眼泪一下子迸出来,声音哽咽:"机票早就订好了,明天12点到,来接我。"

"遵命。"他嘎嘎地笑,笑完又不放心地问,"这次再不走了吧?"

"打死都不走了。"她笃定地对他说。

一份遗失的爱还在原地等着她,她怎会再舍得走呢。城市再恢宏繁华,也不及这个男人给予她的那份珍宝般的爱啊。

　　她的心像北京的夏天一样烫起来,一个人不管东奔西闯走多远,有爱,才有家和依靠啊。还好,她知道得还不晚;还好,她还能吃一颗后悔药;也还好,一切还未物是人非。

　　这是多么幸运的一件事,她这一辈子,真的赚到了。

■ 18℃的爱

■ 186

这是你想要的爱情吗

1

乔乔有一次跟林生说想要 Dior 的变色唇膏。

林生偷偷买了来献宝,结果乔乔说为什么要买橙色,你明知道我的肤色驾驭不了橙色嘛,你太不了解我了,粉色才适合我呀!

他们因此吵了架,乔乔悄悄跑到城外五十公里的温泉镇玩。

她心里赌着气,又怕林生找不到,在朋友圈发了一个泡温泉的图片,其中有温泉镇标志性建筑大桥。

她一边泡温泉一边等林生的电话,还专门买了一个防水袋,把手机扔在里面,她想这么明显的暗示林生肯定会屁颠颠地跑到这边来找她讲和。

等到夕阳落山,树林里倦鸟归巢,空气泛了凉意,她才瑟瑟地爬出水面去洗澡。

林生一直没有来。

晚上乔乔住进酒店里,越想越气。

她跑到烧烤摊上坐下来,叫了半打啤酒,气呼呼地开始喝。

以前林生可不这样,每次吵架,他都是第一时间来哄她。

乔宝,生气是最不划算的,身体气坏是你的,不是我的,你不应该让我气才对吗?听见我被吓坏的小心脏了吗?它因为害怕不停地跳……

乔乔不理他,他也能哄上半小时,各种语言之丰富,可以写成一篇哄妞秘籍。到最后乔乔都会被他逗笑,或者,吻笑。

爱情就像是博弈,此消彼长,林生一直在消,乔乔一直在长。

这一次,林生居然没有来。乔乔一个人踏着月色走回酒店,她的眼泪涌出来,粘在脸上,像两条悲伤的小河。

晚上十一点林生发了微信来:我们性格不合,分手吧。

2

二十五岁的乔乔恢复了单身。

林生终于忍受不了她的矫情和脾气,消失在她的眼前。

乔乔一个人跌进回忆里,想着被宠爱被呵护的那些甜蜜,被她亲手关在了门外。

伤心了很长时间,她一个人坐在地铁里上班下班,日子像一条蠕动的虫,慢慢爬进了日复一日的孤独里。她终于明白,爱情不是稻田,经不起一味地收割,它应该是耸立的山谷,你在这边呼喊,那边应有回

■ 18℃的爱

■ 188

音传过来。

爱情让乔乔迅速成长。

后来她有了一个新男友,刘亚。设计师,幽默风趣,高大成熟,唯一的缺点就是有些大男子主义。

乔乔把他介绍给所有朋友,在他面前总像小鸟一样依人。他经常加班,她买了他爱吃的夜宵在公司楼下等他。他说她穿高跟鞋好看,她就每天都穿,脚走得生疼也强撑。他喜欢玩魔兽,电影一上映她就订好票陪他看,就算整个过程她都不知道在讲些什么。

乔乔的上一段爱情,教会了她体贴、忍耐和付出。

3

乔乔和刘亚准备同居。

乔乔让他搬过来,刘亚让她搬过去。

他住的地方离乔乔的公司远,她有些不愿意。

刘亚说,放心,我可以每天开车送你上班啊。乔乔妥协了,大包小包地拎进门,一变身就成了女主人。从此,刘亚给了她居家杂事柴米油盐的管理权。

两个人的共同生活并不似爱情般美好。消除了孤独,拥有了陪伴,却也有各种问题接踵而来。

饭谁做,碗谁洗,衣谁晾,地谁拖,洗手间里掉下的头发丝绞在下水口,都得有人来掏。

爱情落在实际琐碎的细节里,像一个懵懂无知的小孩,蹭了一鼻子灰,两个人的分歧越来越多。

磨合磨合吧。乔乔忍让着学习承担,做饭时被油溅伤了手,自己忍着疼抹抹烫伤膏就行。刘亚在夜里搂着她撒娇,辛苦啦,老婆。

虽未嫁娶,甜蜜的语言已经给了名分。乔乔让自己变成强大的贤妻,一粥一饭的体贴照顾和一心一意的任劳任怨,于男人来说,应是最脚踏实地最可歌可泣的爱情。

时间慢慢像天上的云,永不停歇地流动。激情褪去,爱不再需要过度的表现与呵护,刘亚的工作一天忙过一天,"我每天送你上班",也变成了一件艰难的事。

乔乔坐在地铁里,看着忙碌又漠然的一张张面孔,顿觉时光和感情都像花朵,并不能永远鲜香甜美。感情永远都是生活的点缀,没有精神上的愉悦,就无法一如往常地抵抗麻木的生活。

一眨眼就快二十八了,尴尬的年龄,茫然的灵魂,卡在不上不下的爱情生活里,无法动弹。

4

乔乔常常看着刘亚发呆。

每个夜晚都寂寞得像橱窗里的瓷器,滋生了安静的空洞的无所适从。他在书房作图,她坐在客厅看电视。室内灯光温暖,她拿着遥控器不停换台,眼神黯然,总觉得没滋没味。

■ 18℃的爱

■ 190

"乔,饿了,有吃的吗?"他伸出头来问。

乔乔趿着拖鞋去厨房用微波炉热了剩菜剩饭,冰箱里还有昨天买的凉菜,她端给他,他接过去在电脑上打开美剧,一边吃一边看。

乔乔站了几分钟后,默默地走出来。

她突然有些想念林生,如果她像现在对待刘亚一样对他,或许他就不会离开了。她蜷在床上,睡眠越来越浅。

入秋的时候刘亚带乔乔跟几个朋友吃饭,他们在饭桌上喝酒海侃,乔乔保持微笑坐在旁边。其间一个朋友调侃刘亚:"女朋友这么漂亮,啥时候请我们喝喜酒呀?"

刘亚哈哈一笑:"婚姻和事业一样,都得有考察期,现在正是我考察她的时候。"

朋友转头对乔乔说:"你才要好好考察一下他呢!"

刘亚接话炫耀:"我这么优秀还需要考察吗?男人嘛,只要能负责挣钱养家就行;女人就得学会如何照顾好男人,如何把饭做得更好吃,把衣服洗得更干净,这才是良好的婚姻生态。"

大家都笑,碰杯喝酒,说对对对。

乔乔再也坐不住,她站起身头也不回地走出去。

回了家,她开始收拾行李,她想不明白当初为何大包小包地就这样搬了过来,她难道笃定了这样的爱是她想要追寻的?

可显然不是。

她与刘亚分了手,这个男人让她感到卑微和孤独。在黑得发蓝的夜晚,她扔了讨厌的高跟鞋,换上了舒适的平底鞋。她拖着行李箱坐在出租车里,以一个单身女人的身份,望着绵延不断的路灯发呆。

5

失恋的乔乔感到了轻松,她不再依附一个男人,不再以他为中心而丧失自我。

在她二十九岁的时候,遇到了苏城。

他是一个温暖的男人,钢琴老师,开了一个小小的培训社。他的前女友奔赴深圳,他独自留在这个小城市里。

乔乔闲着没事做,就去学钢琴。他教得很认真,她的手势稍微不对,他都要走过来纠正。

"你有强迫症是吗?"手酸的乔乔眨眨眼捉弄他。

他说:"你是交了钱的,我得把你的钱全部转化成你的学习成果。"

"如果转化不了呢?"

"我怕你来找我算账,砸我的招牌。"他笑起来。

"我不喜欢算账,学不会我也不怪你,你请我吃饭吧。"

苏城就真的请她吃了饭,他们走在有火烧云的黄昏里,晚风徐徐,可以听到人们酒足饭饱的打嗝声。

大家都不小了,都向往婚姻,寻觅着合适的对象,他们很快便好得如胶似漆。

乔乔的爱情经历让她跌跌撞撞,也让她不断成长。她明白她想要的爱情除了大部分契合的三观,还有互不依傍又共同前行的灵魂,绝不是一方的忍让和牺牲。

他们在忙碌时一起煮泡面,在闲暇时一起去找好吃的馆子,或者买菜做饭。苏城是个简单的人,没有太旺盛的功利心,和她很像。他的生活跳跃在简洁的黑白键上,教授五岁大的小孩子或者成年人,他的钢琴技能和亲和力足以让他在这个小城谋生。

乔乔喜欢这样一个他,她下班后坐在琴房里练琴,他在忙碌的间隙走过来拍拍她的肩膀以示鼓励,或者用手指轻轻抚过她的头发。

时光就像河底的沙砾一样沉淀下来。

6

他们一起租了一套房子,离钢琴社近,也离乔乔的公司不远。乔乔不急于与他谈婚论嫁,她觉得婚姻在爱情的未来,是水到渠成的结果。

生活是一件枯燥又繁复的事,钢琴老师会做饭,乔乔负责打下手当跑堂,还兼职洗碗。乔乔可以把房间杂物收纳得又快又好,苏城就负责扫地倒垃圾。

他生病了,她学着煲汤煮稀饭;她感冒了不想动,把头倚在他的大腿上,听他念书讲笑话。每个夜晚他们一起入睡,他总是把手臂伸到她的脖颈下,给她一个做梦的温暖的港湾;而乔乔在睡着前,总会体谅地把他的手臂放平,那种姿势放久了,真的很酸。

五一他们一起去旅行,起了大早去爬山等日出,乔乔冻得鼻涕直流,苏城掏出纸巾帮她擦掉,然后伸过头跟她接吻。太阳出来的时候,曙光像人生中最美好的那个片断,直接而有力地温暖了他们的身体。

他们会有分歧,比如去某个景点、采用哪种交通工具,或者在那个地方的最后一餐,是吃当地的小吃还是美食栏目推荐的特色。人的思想千差万别,她有时候会让步于他,而他有时候也会让步于她。如果某个想法刚好相同,他们会击掌,为共鸣而欢呼。

乔乔不喜欢芥末,苏城很喜欢,他鼓励她尝一下,她尝了,两个人一起辣出眼泪,一起笑着大口喝可乐。苏城不喜欢韩剧,乔乔说陪我看一集,他看了,觉得有些音乐和画面也还不错。他们一起窝在沙发上叫外卖,一直追剧到深夜。

爱情本就是求同存异的过程,也在这样的过程里让两个人的生活更加丰盛,体验更加宽广。

7

他们也会在生活里剑拔弩张地吵架,为了一点莫名其妙的小事,有时候还会冷战。

有几次是苏城来讲和,回家时买了很多乔乔喜欢的零食,或者是上次逛街时她看中却没买的那件外衣。

有几次是乔乔服软,她跑到钢琴社去,凄凄地站在门边,说苏老师,有个笨学生被老师逐出师门怎么办?或者发微信给他,一个卡通

18℃的爱

人跪地求饶,弹出"大爷别生气,娘子陪你睡"的字幕。

他们便会和好如初。

年底的时候,乔乔想结婚了。

她没跟苏城说,只是自己冒出了那样的念头。

她有时会想起林生,想起刘亚,想起当时的她,那时候的爱情总是一方委曲求全,一味迎合;一方坦然接受,高高在上。

现在她和苏城的爱情完全符合了她的预期,她想他们可以走进婚姻了。他们是平等的,像两棵树,依偎的姿势并不强势,风来了,他们一起晃动枝条,下雨了,他们用叶子相互遮蔽。

元旦的时候苏城培训社放假,他带乔乔去酒店吃自助餐。

那天的氛围和情调超好,可吃到一半苏城就不见了。乔乔打他手机,没接。她跑到外面去找他,在酒店的弧形大厅看到他坐在三角钢琴前面。

他看到她来了,朝她挤挤眼,开始弹钢琴。是一首《梦中的婚礼》,他的目光注视着她,手指在琴键上飞快地跳动,音乐像流水,叮叮咚咚地撞击着时间,大堂里灯光是橘黄色的,水晶吊灯像是天空的流苏,花一样在头顶绽放。

苏城弹完了,从怀里摸出一个盒子,他站到她面前说:"乔小姐,如果你愿意嫁给一个只会弹钢琴的男人,请在两个月内,学会刚才这首曲子。"

"如果学不会怎么办?"乔乔看着盒子里躺着一枚很美的戒指,眼眶已经开始模糊。

"学不会那我就重新找一个咯。"他狡黠地一边笑一边亲她的脸颊。

"那赶快,我们回家睡觉!"乔乔拽着他就往外面跑。

"啊?自助餐还没吃完,好可惜。"

"不是有句话说,要想学得会,先跟师父睡!"

哈哈哈,乔乔得意地笑起来,他们奔跑到外面,看到了高楼大厦上闪烁的霓虹,像平凡又美好的人生。

乔乔想,她终于找到了她最想要的爱情。他们拥有自己的人格和世界,他们势均力敌,心灵契合;他们尊重体谅,互相欣赏;他们从不恃宠而骄,从不轻视对方;他们彼此付出,彼此照顾,他们彼此容忍,并且彼此谦让。

■ 18℃的爱

■ 196

如果你愿意一层一层地剥开我的心

1

最近,女孩的上司老徐经常在她送方案的时候骚扰她。

无意中碰碰她的手臂,绕到她旁边弯下腰来指出文案的问题,他的脸离她仅有0.001厘米。

昨天他甚至把手搭在她的背上,她的文胸扣正好贴着他的掌心。

女孩很冒火,又不敢翻脸。她每个月还要寄五百块回家,收入本来就不多。

每天谨小慎微地工作,只有下班后才是她最快乐的时光,因为她爱着一个人。

她租住的公寓门口有一条热闹的小街,街上有一间奶茶店,她经常会去买一杯原味珍珠奶茶,几乎在同一时段,那个男孩子也会去买一杯香芋珍珠奶茶。

女孩暗恋这个男孩快一年了,她知道他经常在黄昏来买奶茶,他跟她住同一个小区，不同的公寓。他喜欢穿竖条衬衫，袖口卷到手肘位置，露出小麦色的手臂，他应该是不抽烟的，手指细长，指甲干净。

暗恋就像沉默的蜘蛛在织网，像蚌在水底孕育一枚珍珠，像天空在等待彩虹。女孩经常梦见他，但她能做的，只是买了奶茶以后默默地跟在他身后，看着他的背影，不远不近地走回去。

2

奶茶店的老板娘在隔壁还有一间铺子，是卖女装的，花花绿绿的衣服挂满了墙，日头打过去，店里的仿真绿植就有了活气，配上咖啡色的装饰板，散发着浅淡的文艺气息。

服装店的生意不太好，大多数人只是来试一试，很多衣服蒙了灰尘，像被遗弃的乏味的旧时光。

老板娘没生意的时候总喜欢坐在店门口抠脚皮，阳光和她一样慵懒，斜斜地晒过来，像温吞吞的白开水。

很多人见到她抠脚皮的样子，就不愿意来买奶茶了，说她的奶茶有股脚丫子味儿。后来，老板娘晒太阳的时间越来越长，脚皮抠完了，开始染手指甲，有时候十个指甲壳的颜色各不相同，像五颜六色的糖果。

老板娘喜欢干干净净的女孩子，每次女孩来买奶茶的时候，她就多加些珍珠给她。她发现女孩脚上的小白鞋虽然旧，但白得发亮，就对她滋生出好感。女孩长得不算很美，但五官小巧，皮肤白皙，一笑起来眼睛弯弯的。

有时候女孩来了男孩还没来,她就会借故到隔壁试衣服,老板娘一边做奶茶一边大声朝她喊:"哎,姑娘,喜欢的话便宜给你,T恤只要49元,比你淘宝便宜呢。"

女孩只是试一试,她不会买,她磨磨蹭蹭地试完就把衣服挂回去,抻平,手指头从衣服纤维上恋恋不舍地挪开,然后说:"不行,我太胖,这件穿上不好看。"

在她看衣服的时候男孩来了,她就漫不经心地把衣服一件一件拿出来看,眼角时不时瞟着隔壁,然后等男孩走了,她就迅速地跑过来取了奶茶,又不疾不徐地跟着他走回去。

黄昏的太阳总是温和的,不再刺眼的光泽跳跃在男孩的后脑勺上,直到他走进楼道消失不见,女孩的心就会像大海,起了层层波浪。

3

五月的时候,老板娘在奶茶店门口张贴了店铺转让启事。

女孩下班回来看到觉得吃惊,老板娘说:"我四十岁没精力了,两个店,一个都开不好。我家那位本来叫我全关了,可我回去会变老年痴呆的,我也懒得做奶茶了,就守着服装店混混日子好了。"

女孩在奶茶店门口左看右看,又跑进里间摸摸这个,看看那个,一脸的憧憬。老板娘说:"姑娘,你想开店?"

她害羞地笑,手搓着手:"想是想,这个转让费很贵吧?"

老板娘说:"设备都是现成的,如果是你接手的话,成本三万就行了,其他就是房租水电费。"

那天女孩顺着小街走回去,一路都在想奶茶店。她家境不好,老家有患糖尿病的父亲和下岗的母亲,为了供她读大学已经欠了很多外债,每个月过得捉襟见肘。毕业的时候她就想过自己创业,但一没资金二又没合适的项目。

小小的奶茶店屹立在湛蓝的天空下,像一个模糊的希望,女孩忽然很想接手。

阳光穿过奶茶店,人群在店门口的石板路上走过。五月的蓝花楹开得正好,蓝紫色的花瓣掉下来,落在每一位顾客头上。女孩站在奶香浓郁的店里,忙碌中向来买奶茶的男孩露出微笑,然后对他说:"我知道,你要香芋味的,稍等。"

这个场景无数次在她脑子里翻转,每天晚上她翻来翻去睡不着,她想她不能永远为别人打工,也不想一直沉默地忍受老徐的骚扰。勇敢创业的女孩子,辛苦赚来的每一分钱都是为自己,不受气不受辱,这才是自己想要的生活。

更重要的是,她能亲手做一杯奶茶给自己喜欢的人,她可以不远不近地凝视他,可以看到自己的感情在温热的空气里发酵,或许在某一天,她会有勇气对他说,我喜欢你很久了。

可是,她毕业才一年,收入也只能勉强糊口,别说三万,连三千都没有。

4

女孩到处借钱,同学和朋友都是这个年龄,资历浅,收入低,东拼西凑才借到了六千块。

女孩坐在台灯面前,拿着计算器按了半天,还差一大截。她沮丧极了。

女孩在茶水间跟同事说起这个事情,同事叫她去银行问问,或许可以贷款。她去了,工作一年,只是个小企业,银行工资流水都没多少,又是外地户口,没有房产,被委婉地拒绝了。

隔了几天,老徐叫她进办公室,问她:"你想贷款?"

女孩点头,老徐推了推眼镜直言不讳:"我可以贷给你,你三年之内还我就行。"

女孩很吃惊,转念一想,世上没有免费的午餐,便问他:"有什么条件?"

"陪我一夜。"老徐点上一支烟,眯着眼睛吐了吐烟圈。

女孩的牙齿都快咬碎了,斩钉截铁地拒绝了他,她死命忍住才没有把烟灰缸砸在他头上。

5

"陪我一夜。一夜就好。"那个穿西装的男人说着,脑袋突然变成了河马,褐色的大嘴,怪异的鼻孔。

女孩吓得醒过来，才发现是做梦。

她披上外衣站在窗口，从那里望出去，是对面的公寓楼。楼层很高，密集拥挤，很多人租住在这里，怀揣着各种各样的梦想。她不知道男孩住哪一间，留在午夜的灯光已经不多了，在残酷的现实里，大多数人都宁愿把自己的夜晚交给虚幻的梦境。

她一想起男孩，心全是暖的，以前她也有过一个男朋友，他经常把她的短发揉得乱糟糟的，他帮她打饭，陪她去图书馆，和她一起考英语四级。后来他带她去酒店，他们在午夜时分生涩地做爱，她的心是荒凉而恐惧的，没有拥有和被拥有的感觉。

现在她才知道什么是爱，即使是暗恋，也是一种平静的焦灼的真实的幸福，让她觉得是不可触摸的想象，有一种深情在具体地流动。

她在夜里扼制不住自己强烈的想法，她想她或许可以答应老徐的建议。她冒出这个想法的时候，心居然平静了。

她第二天下班回来的时候又问了老板娘，铺子还没转出去，但是有两个人已经在洽谈了。她的小心脏扑通地跳，她喝了一口奶茶，黝黑的珍珠卡在喉咙里，有种虚弱的填充感。或许想要最快地筹到钱，只有那一个办法了。

她打了老徐的电话，他在那一头发出稳操胜券的笑声。

那一夜她不想去回忆，细节和过程都是陌生的麻木，她把老徐当成了那个男孩，幻想可以让感觉变得美好。她洗澡的时候安慰自己，她只是用年轻的身体做出一种交换，这跟搬运工出卖劳力、程序员出卖技术并没有本质上的区别,也没有什么低贱与高尚之分。

她在飘雨的清晨离开酒店,老徐像一头猪一样还在沉睡中。她的背包里揣着三万块钱,身体支付了利息,她写了欠条,三年还清。

6

女孩辞了职,开起了奶茶店。

店门上挂了一个崭新的招牌,叫萌动奶茶。

老板娘在隔壁卖衣服,无聊的时候还会过来传授一下她做奶茶的手艺。她看着女孩系着一条碎花头巾,朴素地站在日光里,纯净的笑脸上是无知无畏的勇敢,很像她年轻时的模样。

有时候老板娘在涂指甲油,还会叫女孩过来一起涂,她给她涂上黑色的指甲油,上面还点缀了几粒乳白色,像黑夜里的星光。

男孩第一次来新店的时候,女孩拿奶茶给他,他便看见了她的黑指甲,他笑了笑,递钱给她。

第二次的时候,男孩叫她:"老板娘。"她便说:"我知道,你要香芋味的。"

第三次的时候,突然下了大雨,男孩困在遮阳棚下面,喝着奶茶没法走。她在吧台前挪了挪,把木凳子擦干净,然后对他说:"你进来避避雨吧。"

他说谢谢,然后坐进来。他们坐在一起,空间突然变得狭小。他看着门外的雨对她说:"你做的珍珠很好吃,比以前的好吃。"她满足地笑起来,心怦怦地跳,雨不断打在屋顶上,像有很多人在吵闹,掩饰了她的慌张。

之后过了很久他都没有再来。七月了,天气越来越热,雨水也越来越多。

第四次他来了,脸色有些苍白,他排在队伍中间,一点一点往前挪。他取了奶茶,却不走,等人走光了,他才走上前去和她说话:"这几天生病了,室友帮我买了奶茶,我发现一个问题。"

"什么问题?"她心里一跳。

你给我的珍珠总是比别人的多。他笑,眼睛弯弯的,眉峰很明显,面容清秀。

她的脸腾地红起来,不再说话,低下头开始切杧果,他的目光一直跟随着她。

她扬头对他说:"我试着研究了一个新品——杧果西米露,你帮我尝尝?"

7

奶茶店的生意一天比一天好,很多人排队等号,每天要卖一百多杯,女孩雇了两个女大学生做兼职,生活在忙碌安宁中一天天向前飞奔。

自从女孩接手后,她在网上学了很多新技能,改良了奶茶的做法,增加了很多好喝的新品,原来糯米做的珍珠换成了木薯粉,更滑弹

■ 18℃的爱

■ 204

筋道。

　　某天下午女孩实在忙不过来了,就贴出了招聘全职店员的启事。

　　黄昏的时候男孩来了,他把招聘启事撕了,说:"我把老板炒了,我来应聘可以吗?"

　　女孩就一个劲地笑,眼睛弯成了一条缝,心里像开了一扇窗,蕴藏了许久的感情统统爬出来,在身体里飘来荡去。

　　渐渐地,很多来买奶茶的老顾客都会叫男孩老板,叫女孩老板娘。他们挤在奶茶店里,一个接单收款,一个忙碌制作。

　　后来他们开通了外卖配送,男孩戴着遮阳帽,穿上印着"萌动"字样的T恤衫,骑车送外卖。

　　女孩有时候会跟男孩发脾气,埋怨他动作太慢,顾客都催了几次啦。他们会像老夫老妻那样拌嘴,到最后男孩总会说,看在你每次多给我珍珠的分上,我就不跟你计较了。

　　第二年夏天,店门口的蓝花楹树又开了一串一串的花,树叶像轻柔的羽毛飘浮在空中。

　　女孩还清了三万块,拿回了欠条。她坐出租车回来的时候,听到电台正在放杨宗纬的《洋葱》:如果你愿意一层一层地剥开我的心,你会发现,你会讶异,你是我最深处的秘密……

　　她一边听一边痛痛快快哭了一场,把欠条撕成碎屑,抛向风中。

　　岁月变得安静美好。每天清晨他们备好充足的原材料,把店铺打扫得窗明几净,没客人的时候就坐在树下暖融融地晒太阳,女孩会靠在椅背上拿着手机念书给男孩听。

"任何不为人知的感情,在萌动之初,都极其微弱,却无比坚韧。它穿过黑暗,穿过孤独,穿过冰冷,穿过心脏,穿过体内冒着寒气的伤口……"

那天当她念到书里这句话的时候,忽然哽咽了,眼泪滚落在男孩的手上,他直起身子,把她搂进怀里说:"你当初就是这样暗恋我的吗?"

女孩就使劲掐他的手臂,把他掐得龇牙咧嘴像猴子一样跳起来。

好事的女装店老板娘会过来调侃男孩,说:"老板,什么时候结婚啊?结婚那天是不是每个老顾客都送一杯奶茶啊?"

男孩把眼睛瞟瞟女孩说:"关键要看老板娘愿不愿意嫁。"

女孩笑得甜蜜,说:"嫁不嫁别人都叫你老板了,一个老板能有几个老板娘呢?"

大家哈哈大笑,男孩把遮阳帽取下来,扣在女孩长长的头发上,然后问:"老板娘有红纸没?"

老板娘说:"干吗呢?"

他说:"我要写'东主有喜歇业三天'贴在门上啊。"

女孩听了,又追着他在树下打来打去。男孩说:"饶了我吧,我唱你最喜欢的歌给你听。"

然后他拉着她的手开始唱:

■ 18℃的爱

■ 206

  如果你愿意一层一层地剥开我的心,
  你会发现,你会讶异,你是我最压抑最深处的秘密。
  你会鼻酸,你会流泪,只要你能听到我的全心全意。

  女孩噙着眼泪看着他,树上有蓝紫色的花朵飘下来,轻轻地落在他们的脚边。

前女友存在的意义

1

刘夏逛家乐福,结了账,提了一大兜东西下电梯。

一个姑娘追上来拦住他,说:"不好意思啊,刚才我跟在你后面,我的东西被你结了账,在你环保袋里。"

刘夏说:"不可能啊,你的东西怎么会在我这,什么东西啊?"

姑娘是圆脸,此刻红得极像一个苹果,她说:"呃,你打开看看好吗?钱我会给你的。"

两个人下了电梯,蹲在角落里开始翻袋子,里面赫然躺着一包"七度空间"。

姑娘急忙塞进背包里,然后拿钱给他,刘夏有些尴尬,没有接。

到了商场门外,下了雨,刘夏的头顶闪过来一把花伞,姑娘说:"你开车还是乘地铁?"

姑娘叫夏末,北方人,那天她举着伞送刘夏去开车,刘夏又开着车

■ 18℃的爱

送她回家。

送别的途中到了饭点,夏末说:"今天不好意思,要不我请你吃火锅吧?我住的地方有家火锅很好吃。"

"是不是老憨火锅?"刘夏问。

"是啊,你怎么知道?"

刘夏说:"那你家离我家不远,说不定以前我俩还在火锅店见过。"

"啊啊。"夏末捂着嘴惊呼好神奇。

后来两人就坐在火锅店里,红油汤底和辣椒铺满了又圆又大的锅,刘夏点了王老吉,过了一会儿又嘱咐服务员,要一罐不加冰的。

他瞟了瞟夏末,两人同时想到了卫生巾的事情。夏末想辩解说我没来大姨妈我可以喝冰的,后来又想不对啊,跟一个刚认识的男人讨论来没来大姨妈真是太诡异了,于是她闭了嘴,打开了那罐常温的王老吉。

他们就是这样好上的。

刘夏的朋友聚会上,一群成都人逼他们讲恋爱经过,他们说了,大家就起哄,说一包卫生巾都能引发爱情啊?

其中一个单身男士说:"不行不行,明天我就去家乐福,说不定也会产生卫生巾奇缘,把我拔凉拔凉的光棍心焐热咯。"

大家哈哈大笑,彼时夏末羞涩地坐在刘夏旁边,刘夏一边笑一边给她倒可乐。

2

两个陌路人,突然变成互相依赖的亲密之人,爱情有时候真的很神奇。

两人互相交代恋爱史,刘夏以前谈过一个女友,后来分了,她去了新西兰留学。

他说的时候异常平静,看不出波澜。那时刚看完电影出来,他们晃悠在大街上,太阳晒得头发昏。

夏末握着他的手,她轻轻动了动手指,以示安慰,也以示理解。

"每个人都有过去,我们都是无数个过去堆叠成今天的自己,人如果都看以前,那都没活路了。"

夏末轻轻地说着,眼睛笑得弯弯的,睫毛的阴影投射在笑肌上,刘夏就忍不住吻住了她。

天空又蓝又远,刘夏孤独地生活了几年,现在他喜欢陪着夏末散步,去菜市场,或者逛超市。看着花花绿绿的东西拎在手上,就觉得生活丰满起来。

夏末大姨妈来的时候刘夏就去超市给她买卫生巾,"七度空间"拿在手上的时候,他自己都笑起来,想起第一次见面时的情景,心里涌出一丝甜蜜。

在华灯初上的冬日傍晚,夏末会做饭给刘夏吃。吐完沙的蛤蜊,腌制的腊肉,配上绿色蔬菜和汤,时间充裕的情况下,还会蒸一些

■ 18℃的爱

■ 210

面食。

刘夏要帮忙,她不让,把他推出厨房来,在里面煎炒烹炸,溢出浓浓的烟火味。

他们围在小桌子上吃饭的时候,刘夏就觉得很幸福。夏末是个踏实可爱的姑娘,她家境不错,但不虚荣矫情,买东西从不追求名牌而看是否适合自己。

生命的形态各不相同,有些人喜欢像鸟一样拼尽全力越飞越远,有些人喜欢收起翅膀蹲在小巢里体会平实的温暖。他偶尔会想起前女友来,她在新西兰,那个崇尚自然的国度,已经离他万分遥远了。

刘夏和夏末的感情逐渐像河底的沙砾沉淀下来,夏末直爽又有些内敛,她让刘夏感到了不张扬却浅淡的温暖。

刘夏胃出血住院的时候,她每天煲了汤送过来,请了好几天假照顾他。

刘夏在病房里喝汤的时候,夏末帮他洗袜子,她居然带了一个小盆,去洗手间洗完之后晾在病房的窗台边。风凉凉地吹进来,袜子轻轻地晃着,有清冽的香皂味在空气中飘浮,刘夏的眼睛就潮了。

人与人之间大多时候还是讲情分的。物质和欲望会让人眼花,但感情不会骗人。他们一天天如胶似漆,夏末的父母听女儿说有了男友,从北方杀到成都来考察,毕竟一旦结婚就是远嫁,父母多是忧心的。

还好刘夏的表现不错,工作稳定,相貌也不猥琐,年底可以付首付买房。准岳父母又约见了亲家,一顿成都的火锅吃得热火朝天,两个父亲喝起了小酒,片刻便称兄道弟,他们的恋爱也就获得了官方的正式批准。

3

年底领了奖金,刘夏和夏末准备去付个首付开始供房子。

看了好几天敲定了一个楼盘,那天下午两人喜滋滋地准备去签合同。

刘夏开车的时候接到朋友的电话,说李艾美回来了。他的手一滑,手机咚地掉在地上。

他开始心神不宁,坐在旁边的夏末都能感受到他的慌乱。

车还没开到售楼部,他就接到了李艾美的电话,他一脚刹车停在路边,犹豫了十秒钟,才接起来。

"刘夏你个瓜娃子,电话居然还没变,最近好吗?"李艾美的声音很尖细,夏末可以从手机里听见。

"挺好的。"

"快来吃饭,今天我狠狠敲了老朱一顿火锅。"

刘夏小心翼翼地问夏末:"去吗?"

夏末说:"去啊。"刘夏便掉转车头去了饭店。

他们到的时候大家正睁大眼睛竖直耳朵听李艾美讲新西兰奇遇记。

■ 18℃的爱

"四年了,四年耶,我硬是吃不惯新西兰的菜,当地人引以为傲的特色美食,我吃了之后问他们这就是你们的特色啊?Are you kidding me(你是开玩笑吗)?不要豁老子哦!"

她卖了个关子,等成功吊起大家的兴趣,她又开始说:"你们想象一下,他们有一个特色菜就是把灯笼椒泡在奶油里。甜!咸!辣!太怪了哟!老子遭不住了,一口进去差点没吐死。"

"还是我大成都好,火锅串串超爽!我跟新西兰人讲瓜娃子,他们根本不懂,问我啥意思,我说就是stupid(愚蠢)!然后有个新西兰妹儿就天天喊我stupid,我都被她喊笨啦!"

哈哈哈,大家都笑起来。李艾美一边说一边看了看夏末,又看了看刘夏。

刘夏没笑,他的眼睛看着她,她还是那个没心没肺的李艾美,当初非要去新西兰留学,他成全了她,也毫无意外地失去了她。她不久之后提出分手,他手握电话沉默无言。那个夜晚像是发生在昨天,他在深夜裹紧被子依旧感觉到了冷,脑子里像漏了风,灌进来的都是她的脸。

现在她又鲜活地出现在眼前,像一朵开得极热闹的花,在国外浸泡了四年,四川人的直爽和乡音依旧难改。

夏末坐在旁边,跟他耳语,提醒他少吃辣锅里的菜,有胃病,得注意呢。

刘夏收回目光,低下头,一只手从桌子下面握住了夏末,他需要一些力量,又突然觉得对不起夏末,他的失态真是莫名其妙。

其间有人问李艾美,没拐个洋帅哥带回我们大中国吗?

她说:"算了吧,思想观念还是难契合,关键是饮食口味实在受不了,和一个爱人吃不到一口锅里,总觉得别扭。"她的目光在刘夏身上一闪而过。

火锅吃到最后,老朱问李艾美:"这次回来还要走吗?"

李艾美说:"不走了,年龄大了也累了,走不动了,我要在成都养我的老。"

刘夏听完她的回答,心里像有海浪在翻滚。

4

买新房的计划因李艾美的回来,突然被搁置了。

夏末没有提议继续执行计划,刘夏也没有提。他们的感情像一只风筝,突然被风吹断了线,飘在天上没着没落。

夏末下班还是给刘夏做好吃的,各种各样的菜摆在桌子上,依旧是喧嚣日常的生活。刘夏却越发沉默了,有份旧感情被挖出来,明晃晃地照射着新感情,这两份感情在激烈地厮杀,心乱如麻。

更让他混乱的是,李艾美经常发信息来。有时候是语音,有时候是信息,有时候是照片。

她在屏幕上笑得很美,头发留了四年,已经拖到了腰际,她离开他的时候,是短发,明媚的,娇俏的。她说光阴似箭,头发疯长,她的心却在感情中飘来荡去,异国他乡的艰辛,使她慢慢懂得,一份真挚的感情和家乡的食物一样总是让人留恋。

时间越久,她越想刘夏。想起那年那月,两个人心无旁骛,一起手牵手上英语培训班,在废弃的铁轨边背单词,背着背着就开始接吻,有大朵大朵的野花盛开在脚边。晚上各自躲在被子里用只有彼此才听得懂的英语讲电话,然后傻不拉叽地笑。

他陪伴她学会了一项语言技能,而她因为这项技能远走高飞。

李艾美单独约了他出来,头发烫卷了,像跳动的锦缎,火红的裙子使她光芒夺目。还是吃火锅,她说我得把这四年没吃的火锅全部吃回来。

白酒下了肚,她再也绷不住,眼泪鼻涕掉下来,她抓着他的手问:"刘夏,你们要结婚了是吗?刘夏,你想要什么结婚礼物?我记得你以前说,要是我们结婚,一定在那条废铁轨上举行一个最特别的婚礼……刘夏,我后悔了,我真的后悔了,我真的是一个瓜娃子,傻到家了……"

她的脸红得发烫,泪痕斑驳,火锅咕嘟嘟冒着气泡,像发酵的时间,刘夏的心被扯痛,却还是沉默。他想起夏末来,她从未在他面前哭过,她要么笑,要么就是安静地看着他,目光笃定,内心安然。

晚上他送李艾美回家,她已醉得一塌糊涂,她一直嚷嚷说:"龟儿子,我不准你结婚!不准哟!"

刘夏把她放在床上,盖了被子,她闭了眼睛,眼泪缓缓地流出来。

刘夏回家的时候脚步是飘浮的,他的脑子里一会儿是李艾美一会儿是夏末,她们是两朵花,都散发着香气,让他头脑发昏,不知所措。

到家的时候一片漆黑,夏末已不知所终,桌上是盖着盖子的饭菜,有一张纸条写着:刘夏,明知你不能留下,却依旧痴想。还是决定走了,如果旧梦能圆,亦是难得的幸福。我一直都相信,你会幸福,也一定要幸福。注意养胃,忌食辛辣。

刘夏读完,泪已流了满脸,才发现胃部已隐隐作痛,今晚又吃了火锅,他的心里生出了莫名的恐惧。

5

刘夏知道,他的胃经过了食物的灼烧和磨噬,已受不了火锅的辛辣。人逐渐成长,像一个容器,装的东西越来越多,却越来越冷漠茫然,可有些留在心底的东西越发珍贵。

他不允许自己错过。

他带着李艾美去了售楼部,三室两厅,明亮的大厨房,12楼,从窗口望出去,可以看见绵延的青山和丛丛桃花,还有一条河,水是绿色的,像碧绿的丝带在城市的脖颈上温柔地流过。

找了一个家装公司,做了设计图,橱柜是美式乡村风格,还做了一个中岛柜,一家人可以围在上面做菜做点心,也可以直接当饭桌用。

设计图打印了很多张,都是温暖的色调,生活的底色也许是单调的,但人们可以绘制出满园春色。

■ 18℃的爱

　　一切都搞定了,就等开工装修。刘夏说:"李艾美,谢谢你帮我挑选这些东西。"

　　李艾美笑:"谢个锤子哦,就算是我送你的结婚礼物吧。我真的很后悔,以前的眼光挺好啊,当初怎么要放弃呢。有句话说的,前女友的存在就是为了让现女友获得幸福,你就是这样欺负我的吗？不过,为了让我不后悔,我还是要再问你最后一次,你真的确定吗？"

　　"确定。以前我们都喜欢吃火锅,现在不行啦,就像你说的,已经吃不到一个锅里了。有些感情就像花朵,过了开放最美的时间,就凋谢了。"

　　李艾美无奈地耸耸肩:"那好吧,看来我真的只能去撩个洋帅哥了。我也希望有一天,有一个男人可以偷偷为我布置一个家。"

　　"会的,你一定会幸福的。"刘夏站在人群里与她告别,她把包包甩到背上,又没心没肺地冲他笑。

　　他们真的结束了。旧梦终难圆,谁都不会再在原地等谁了。刘夏终于明白自己的感情,已完全被一段卫生巾奇缘占据了。那些温暖踏实的感情隐藏在深处,平时看不见摸不着,可当她离开后,它们争先恐后地流淌出来,就像有了病灶的胃,让他疼痛。

　　那天黄昏,他站在她的公司门口,她出来的时候他跑上前去,掏出了一包卫生巾:"能给个机会让我一辈子帮你买卫生巾吗？"他的眼底透着傻气和真诚,夏末笑了,接过卫生巾的时候,又哭了。因为她看到卫生巾的下面,是一串钥匙,上面写着:春园小区 12 – 1。

刘夏抱住她说:"这是一个家,有一个专门为你定制的宽敞的厨房,是你之前跟我说过的美式乡村风格,请问你愿意成为女主人吗?"

■ 18℃的爱

■ 218

泥巴与爱情

1

在她二十九岁的时候,突然迫切地想要一个男朋友。

她太孤单了,没有爱情为伴,整天穿黑白灰的衣服,连大学时候的男朋友都不太想得起来,面目模糊。

她的身边只有泥巴。

虽然她每天下午才需要上班,但她早上会坚持在七点起床。

因为泥巴要上厕所。

她总是在泥巴很有规律的叫醒服务中醒来,迷迷糊糊地下床。不洗脸不刷牙,随便套上那件硕大的灰色棉布睡衣,围上粗棒针织成的黑色围巾,给泥巴拴上狗链,带它出门。

这个城市清晨的雾总是湿润厚重,像灰尘一样落满她的头发和肩膀。泥巴却不在意这些,它热衷于嗅闻地上的各种东西,特别是母狗的尿迹。

泥巴与爱情

她奇怪于它的憋尿能力,它总是把一泡尿分散在各个地方,草丛里、树脚下,以及车轮胎上。

她很喜欢泥巴,它是一只金毛寻回犬,三个月大时被她从狗舍买回来,那时候它很小很萌,稀疏的绒毛带着类似泥土的颜色。

她的收入不稳定,但足够养活她和泥巴。她跟一个咖啡馆合作,帮客人把头像画在石头上,制成项链或者摆件,有时候也在微信上接单。她还会帮一些餐厅和咖啡馆的客户画壁画,用丙烯颜料在墙上画出各种色彩明丽却带着淡淡忧伤的图案。

她一个人站在这个城市里,把生活过得太过静寂。

有时候她觉得自由舒适,没有情感的纠葛和占有,没有谴责与计较。但大部分时候还是无趣和孤单包围了她。

五岁的泥巴身型越来越大,渐渐失去了幼年时的天真活泼,她也是。曾经蓬勃如一只小兽,现在却常常一个人开着电视,侧卧在沙发上发呆。泥巴躺在她的脚边,下巴平稳地放在地上,眼睛微闭,呼吸浊重,像一个暮年的老人。整个房间的色彩灰暗,空气里弥漫着枯燥的气味。

在这个城市进入冬季的时候,她常常在镜子面前看自己,看得很久,当她在咖啡馆看到情侣坐在同一张沙发上,互相依偎着取暖时,她就觉得像浸在水里一样寒冷,就连泥巴温暖的毛发也不能驱走凉意的漫长,或许她真的需要一个男人了。

2

那个男人出现了。

她并不知道会是他。她和往常一样在咖啡馆画石头,他坐到她面前,把一张照片递给她。

他的手指细长,拇指上的月牙很明显,他说:"能帮我妈画一个摆件吗?"

照片上是一个五十多岁的女人,站在一棵红艳的枫树下,笑得很甜,皱纹像枫叶一样散开来。

她抬头看他,他的刘海略长,有一绺垂下来,遮住了他的眼角,他清瘦温和,眼睛明亮。

"可以啊,一周后取货。"她回答他,"但是,你能找一张照片吗?这张面部不清晰。"

"我看看手机里。"他低下头查看手机,和她隔着一张木桌,她能清楚地闻见他头发上洗发水的味道。

"这张行吗?"他拿给她看。

"可以,你发我吧。"他们互加了微信传照片。她觉得他不错,能经常把妈妈的照片留在手机里的男人已经不多了,他的心应该是柔软的。

他付了订金,却没有走,叫了两杯拿铁,一杯给她,一杯给自己,他依旧坐在她对面,看她画画。

她在画一对情侣,女孩的头靠在男孩的肩膀上,背景是蓝色的海岸,有几只海鸥掠过空中,云朵白而轻薄。

调色板里的颜料是深深浅浅的蓝,还有黑与白,她用纤细的笔头勾勒在灰色的扁圆形石头上,用细致的柔软触碰物体的坚硬。色彩在她手中,嫣然成画。

"我觉得女孩的衣服涂成洋红色会更好。"他突然说话,Espresso(浓咖啡)的香气弥漫在他们中间。

她微笑,却出乎意料地顺从了。她从一管洋红的丙烯里挤出一小粒,调了一点白色,然后稀释融合它们。要知道,她是一个有些偏执的人,曾经因为客户缺乏审美的要求而丢了订单。

画稿完成,她取了一个原木小架子把石头平稳地摆放在上面,整幅画因了那一点洋红而变得活泼起来。

他的目光从画上跳到她的脸上:"后天就是我妈生日,你能帮忙赶一下工吗?为了表示感谢,我能请你吃晚饭吗?"

她的脸微微发烫,对于陌生男人刻意的亲近,她因不知道如何回应而感到无所适从。但心底是喜悦的,这种感觉被她平静的外表隐藏,可她没法欺骗自己。

她跟着他走出咖啡馆的时候,下起了毛毛雨,天太冷了,地面很快被洇湿,她的刘海以及那条粗棒针黑色围巾上,都沾染了绒毛般的雨丝。

他说:"哎,天气太冷,我们去吃梨碳火锅吧,很暖和。"

她搓着手说好啊,他笑起来,面孔生动。

3

她赶了两天工,直到他的妈妈鲜活地跃然于石头之上,笔触和色彩以及面容都非常安然慈祥。她交货,他付尾款。

她以为他们的交集像一阵刮过屋檐的风,因空气的停滞戛然而止。可是并没有。

之后她便经常会在公交车上遇到他。她从咖啡馆回家,他在一个传媒公司工作,也是乘这趟公交车。

她上车的时候他已经坐在上面了,人少的时候会留出一个靠窗的位置。她跟他打招呼,然后坐进去,她的灰色羊毛长裙会厚重地擦过他的膝盖,在干燥的冬季发出静电的摩擦声。

在晃晃荡荡的车厢里,他们经常会因车子颠簸而肩靠肩。他会没话找话,跟她谈工作的艰辛,老板很难侍候,跟她说客户的脑洞很大,千奇百怪的想法适合去广告公司做一名策划,而不是当一个刁钻的客户。但好在,这一切都会被时间慢慢磨平。他说着,然后转过头看她,眼睛里闪烁着微小的喜悦。

她跟他谈论她的泥巴,它的智商在犬类排名第四,它很乖,会握手,会转圈,会咬着篮子跟着她去买菜。他微笑着听她说,然后发出赞叹。

她的表情依旧平静,心却越来越不受控制,活跃得像森林里的麋鹿。当她发现她居然对令人生厌的公交车开始有了期待,当她会在忙碌的间隙想起他的脸时,她很想跨出那一步。但她始终没有,她只是想想而已。每当她到站要下车的时候,她很想跟他说:

"有兴趣一起吃晚餐吗?"

"你不急着回家的话,我们去吃火锅?"

"我发现了一家味道很好的餐厅,想一起去吗?"

她在心里打着各种各样的腹稿,却一次都没有说出口。到站了,她跟他说拜拜,然后离开他,缓慢地,磨蹭地,从车厢里挤出来,下车,回头。他挪到窗口看她,跟她挥手,公交车冷漠地发动,玻璃窗逐渐被雾气模糊。

她回到家的时候便越发寂寞。泥巴每天都会把肚皮放在玄关冰凉的地砖上等她,警惕的耳朵一直在聆听她的脚步声,一见到她,它总是欣喜若狂,热情满满。可她还是寂寞,她搂着它的脖子,抚摸着它浓密的毛,心里有几万句话,却没法跟它说。

泥巴,你知道什么是爱吗?

泥巴,爱一个人就是这样无所适从吗?

泥巴总是沉默的,它用湿润的舌头舔她的手和脸,眼珠黑得像无声无息的夜。

直到有一天,他打破了这种浅显的关系,他说:"我真的很好奇,很想见见这条犬类智商第四的狗,可以吗?"

她欢快地说:"可以啊。"

4

爱情在她三十岁前的冬天照亮了她。

他说第一次看到身上只有黑白灰的她,就特别想给她涂上明媚的颜色。他说一个极其会运用色彩的女人,怎会如此清淡,清淡得让人怜惜。

她看着他笑,脸上的肌肉充盈着满满的欢喜。他们开始密切地交往,一起在这个城市寻找闲适的快乐,一起逛商场、看电影,说各种各样的话。

有一天她突然发现他其实是有车的,他搭乘的公交车也并不能直接到家。他每天都在之前的那个站台上车,等着她上来,陪伴她经过数个站台,然后再看着她下车。

期待,相遇,离别。他用了俗套的过程,来遇见她。

她一想到这个,心就暖得快化了。他在被她揭穿的那个夜晚亲吻了她,嘴唇带着冬日的干燥气息,像一只鸟,轻轻地啄住了她。她觉得身体突然变得很暖,血液快速流动,她的胸腔被潮水填满,充满了呼啸的快乐。

她的生活有了他,有了泥巴,一切都圆满了。

在飘浮着灰色云层的周末,他们会一起去买菜。他温热的手掌牵着她,泥巴叼着竹篮子挪动着肥壮的身躯紧随其后。

她的小区后面有一条小街,售卖着很多新鲜的蔬菜。他喜欢吃芥蓝和牛肉,她喜欢吃土豆和木耳,还有泥巴喜欢的胡萝卜。

他们把菜放进篮子里,泥巴的力气很大,它稳稳地咬紧竹篮,跟在他们身后,看他们在前面甜腻地恋爱。

她做牛腩土豆煲,把芥蓝跟木耳清炒,盛在白瓷盘里,热气飘出来,有了家的味道,他们吃得很舒畅,泥巴也满足地啃着胡萝卜。暮色四合,凉风翻飞,窗外传来各种油烟味,气温迅速降下来。

有时候他会回去,有时候他会留下来过夜。他留下来的时候泥巴就会被赶出卧室,它的铁灰色棉布狗窝会被放到客厅里,他说少儿不宜啊,这事不能让泥巴看到。

她就咯咯笑,有些害羞,又有些欢喜。冬日的夜晚太过寒冷,她没有买电热毯,说用了皮肤太干燥。他在深夜拥紧她,把她冰凉的身体一点一点焐暖,然后把头埋在她的胸前,轻轻地像小兽般噬咬她的皮肤。她陷落在他的温热里,心和身体都指向了同样的道路和光明,她说我爱你,他说你怎么知道我想说这三个字。他说话的时候嘴里的热气会跑出来,在月光下像一缕白色的飘浮的情意。

早上她还是会在七点准时醒过来,她轻轻起床带泥巴出门。当然,是洗漱过后才去的,她还会化点淡妆,涂上粉色的唇膏。

爱情让她整个人活了起来。她买了很多湖蓝、蜜粉、玫红的衣服,站在冬日稀薄的阳光里,像一株明媚俏丽的蔷薇。他说你美得让我这辈子都不敢离开,他说你千万别让其他男人看到你,他们会嫉妒死我的。她靠在他的臂弯里笑,清冷的阳光穿过来,成了富有力量的一束光。

他们经常腻在一起,越来越觉得谁也离不开谁。她画画的时候,他会把头靠在她的腿上,闭着眼睛假寐。他们一起缩在沙发上看电视,捧着一大盒土豆片,有时候她会拿着棒针打一条围巾,浅咖色,适合他。

泥巴逐渐孤单了,当它夜晚睡在客厅里的时候,总是把整个身子蜷缩起来,只有黑夜里微弱冰冷的光线与它做伴。

虽然她陪它玩耍的时间越来越少,但她的笑声越来越多,泥巴应该觉得这是好事情,它还是喜欢趴在地板上等她回来,它的忠诚深入骨髓。

5

发生那件事之前她还在想他们或许应该计划着走进婚姻了,那个漫长的冬天结束之后,春天的一切都带来了盎然的生机。她马上三十岁了,美丽的花朵当然应该在荼蘼盛开之前被珍视的人采摘。

那天她的心情很好,他下了班过来吃饭,却有些心不在焉。她在洗碗的时候,他突然对泥巴发了大火,她跑过去看,它把他放在茶几上的计划书全部咬碎了,纸屑七零八落地躺在地上。泥巴耷拉着头,轻轻摇着尾巴。

那天他没有留下来,他说要回去加班,出门的时候西装裤上沾满了泥巴浅黄色的毛。春天了,它开始剧烈地换毛,他生气地拍拍裤子,

泥巴与爱情

却没能把倔强的毛弄掉。

那夜她开始想他和泥巴之间的关系,却没能厘清。他们的存在并不矛盾,他们同样给予了她温柔的陪伴,同样是难以割舍的亲密关系。

后来他来的次数逐渐减少,走得很匆忙,也不再把陪伴她和泥巴去买菜当作生活的乐趣。他好像越来越讨厌它掉落的毛,每次出门都要用透明胶带把它的毛从衣裤上粘掉。

她看着他荒凉的眼睛,触碰到爱情的负面与矛盾,有些难过。但她有一次在他包里发现了购买房产的合同,她的心里又涌动出巨大的快乐,看来他是要准备跟她结婚的。

可是惊喜却一直没能到来,他们的关系开始疏离,他的目光在她身上停留的时间越来越短,她倚在他的怀里,能感觉他的灵魂像纸一样漂泊在风里,她又感觉到了寒冷。

每个陷在爱情里的人都会把对永恒的渴求放在灵魂之上,她站在春光的潋滟里,忽然迷茫。

还是他的母亲解开了谜团,她到家里来找她,却不进门,只站在楼道里,说对狗毛过敏。

她有些尴尬,但还是站在门口跟他的母亲说话。他的母亲要她离开他,扬着她曾仔细研究画过的一张脸。

原来他在新西兰深造的女朋友回国了,他们是要结婚的。

她不知道那是怎样的一个女人,他的母亲是喜欢她富裕的家境,还是喜欢她温顺的性格?那他呢?在她没有回国之前,为何又来招

■ 18℃的爱

228

惹她?

或许刚刚过去的那个冬季确实太过冷寂,所有孤独的人都会迷失。

令人伤心的是,他母亲对狗毛过敏。

她一个人坐在沙发上哭,声音喑哑,就像旧报纸被缓慢地撕裂。泥巴在她面前摇头晃脑,一双清澈无辜的眼睛疑惑地注视着她。她抱住它,眼泪像初春的雨滴,被它执着地用舌头舔干了。

狗毛和女朋友,这两件事像一床赶不上她成长的被子,盖住了头就盖不住脚,随便哪一件,都让她不能再跟他走下去了。除非他能丢下女朋友,除非她能丢下泥巴。

6

她等着他作决定,他也等着她作决定,他们都是胆怯而狡猾的,明知道结果,却把放弃的权利交给对方。

一个冬天,可以让感情燃烧到炽热;一个春天,也可以让感情降至冰点。

她还是做好吃的饭菜用便当盒装起来带给他,她把织好的围巾裹满他的脖颈,把他的嘴巴也蒙住。她还是和他做爱,却不是在家里,而是在酒店。她害怕泥巴一直疯狂更换的毛会粘满他的全身,会让他的母亲崩溃,也会戳痛他柔软的孝心。

他拥抱她的时候,总是沉默,只是使劲地吻她,把细长的手指插进她的头发里。

他的话越来越少,她却越说越多。她给他讲关于冬天的故事,在石头上画过的情侣,咖啡馆里来来往往的人。她说她决定买辆小车,再不等公交了。她说那些色调鲜艳的衣服并不能改变一个人苍白的灵魂。她说拥有过爱情的人很难再接受情感的匮乏,但好在这一切都会被时间慢慢磨平。

她说着说着便哭起来,他也哭了,泪水滑进口腔,濡湿了他们的亲吻。

那天他们在酒店门口分别,并没有郑重其事地告别,因为他们都以为还会再见。有时候感情就像沾满毒液的花朵,不会结果也能让人沉沦。尽管有一个归国的女人站在他们的关系里,但她并没有感到羞耻,因为在她的生命里,她是清清白白地遇见他的,她完整保留了她对于爱的忠诚与偏执。如果他想要从她的身体和灵魂以及未来里抽离,她会因疼痛而更难作出决定。

后来是他的女友来帮他们作了决定。他的女友在他们分别的第二天来找她,女友什么都不说,只是礼貌地请她帮忙给自己的婚房画一幅壁画。

她去了,看到他们的照片,才知道原来是他的女友。

她没有歇斯底里地暴跳而走,她放下背包拿出画具,开始安静地在墙上画画。

新房的墙壁很白,才装修完没几天,临近初夏的雨季,带着一点点

■ 18℃的爱

■ 230

潮湿,丙烯颜料一上去,就微微洇开来,像颤抖着的身体。

　　要画的那张照片是带着温和笑容的他,从身后搂住他的女友,细长的手指在她胸前交叉,她的两只手抓住他的手臂,发丝飞散,眼睛和嘴唇都溢满了温柔。背景是整片的向日葵花丛,橙黄的花瓣像等待收割的希望,又像不断燃烧的火苗,灼伤了旁观者的心。

　　她画得很仔细,足足画了四天才完工。窗外下起雨来,雨点粗暴地在玻璃窗上开出很多透明的花。她想起他说"你美得让我这辈子都不敢离开",其实这句话应该对画上的人说的。

　　她伫立在画前,有一个世纪那么久,终于,她伸出满是颜料的手,抹去了眼角最后一滴泪。

　　从此她再不见他。

　　她依旧穿着黑白灰的衣服,依旧会开着电视机坐在沙发上发呆,带着泥巴散步或者买菜。他们穿梭在清晨的薄雾里,穿梭在黄昏的暮色下,它会在她停下脚步时看着她,也会在她抬起脚步时跟随她。

　　她有世界上最忠诚的泥巴陪她,其实她并不孤独。

　　它用脆弱的温情给予她爱,像一个亲人,用它单纯的舌头,舔舐她心上溃烂的伤口。

　　她还是偶尔会在灿烂的阳光下泪流满面,但那只是她漫长生命里一截短暂的时光。如果爱情的疼痛是生活的必需品,她用最真实的情绪来品尝完它,然后再努力遗忘它,等到心上结了痂,像一粒褐色的花朵,便长出了坚硬的铠甲。

翠喜的爱情尊严

1

崔饶和翠喜是在村头五孔桥边的桑树下亲嘴的时候,被举着手电筒的老崔头发现的。

那年他们才十六岁,没待老崔头反应过来,他们拉着手飞也似的落荒而逃。

夜里的村落隐在黑暗里,像浓雾一样暧昧不明。他们顺着坑洼的田埂狂奔,掀着风穿过了矮小的花椒树,穿过了高高的谷草堆。

见没人追来,他们喘着气哈哈大笑。崔饶说:"翠喜,别慌,有啥事我扛。"

老崔头闲着没事整天就喜欢叨个烟杆从村头晃到村尾,崔饶和翠喜亲嘴的事,被他讲了八百遍。

第三天翠喜娘就找上了崔饶家的门。

崔饶是孤儿,他两岁时被抱到这个村,鳏居的崔爷收养了他,家里穷得叮当响。整个村都不富裕,靠左邻右舍也接济不过来,一亩三分地,勉强够吃饭,上高中的钱都是村里和学校左商量右商量才减免了三分之二,剩下三分之一只能靠爷俩编草墩、种菜、养鸡来凑。

农村里也不讲究,十八九岁结婚生孩子的都有,但翠喜娘不同意女儿和这个穷孩子好。翠喜爹死得早,翠喜是被称作村花的姑娘,喜欢她的男娃多的是,翠喜娘盼着她能直接找个城里人,一蹴而就地走上脱贫致富的道路,可现在不但没了光明,反而倒退着脱富致贫了,她必须得阻止。

翠喜娘跟崔爷吵了几天,讲了很多难听的话。后来六十五岁的崔爷索性不再回嘴,用长满老茧的手颤巍巍地编着草墩,留给她一个生硬无奈的背影。

崔饶放学回来跟翠喜娘说:"我一定会考上大学出人头地,风风光光地迎娶翠喜的!"

翠喜娘在黄昏的落霞底下翻着白眼:"我们村里疯跑的野狗倒是见得多,大学生十年没见过一个了,就凭你?"

翠喜跑来劝,涨红了脸生拉硬扯才把翠喜娘拉回了家。

翠喜娘的白眼在崔饶的脑海里日日盘旋,长成了尖锐的轻蔑,他咬着牙齿,在灯下翻开书本,夜夜苦读。

2

高中三年,是翠喜最幸福的时光。

翠喜的爱情尊严

她每天一个人出门,然后悄悄在岔路口等崔饶。

她坐在他旧旧的单车后座上,穿过大片大片的苹果林去上学,看苹果树在春天抽出粉白色的花蕊,在秋天缀满青红的果实。

她通常会为他准备好一袋洗好的果子,紫黑色的桑葚、红艳艳的鸡血李,或者切好的黄梨或苹果,然后坐在后座上伸长手喂到他嘴里。

崔饶有时候会轻轻咬住她的手指头不放,单车歪七扭八地驶上公路,翠喜就会害羞地捶他的背。

清晨的风像亲吻小鱼的波浪,柔软地淹没着他们的青春和爱情。傍晚回来的时候,晚霞被车轮甩在身后,崔饶会念他写的诗给她听:

> 你是
> 黄昏的野菊花
> 我恨自己不是
> 霞光
> 日子苦长
> 心如烈焰
> 爱和光亮无须指引
> 我们焚烧时间
> 燃成希望的灰烬

翠喜抱着他的腰,把头靠在他的后背上,他低沉的声线被风吹散,

■ 18℃的爱

■ 234

冻结成最美的时光。她扬起脸问,我们的未来会像现在这么美吗?

崔饶说,肯定啊,好好读书。

高考完的时候,他们终于松懈下来。那天他们带上干粮,偷偷骑车去宛水河玩。河水被太阳晒得发烫,他们踩着河里的石头,沿着河岸一直一直走了很远,路边开了很多凌霄花,伸着五片橘色的花瓣,像温柔的小喇叭。崔饶吻着翠喜,觉得天地美好得像梦。

他们很晚才回来,崔饶老远就发现家里灯火通明挤满了人。崔爷突发脑溢血被村民张罗着送到医院,却没能抢救过来。

崔爷的丧事办了三天,崔饶披麻戴孝跪在堂屋里,哭得眼泪干涸。翠喜被挤在人群外,她也哭,一直站到天黑,人都走光了,幽暗的灵堂简陋非常,土基房的灰落满了那口漆黑的棺材。她抱住崔饶,所有安慰的词句都变得苍白,两个年轻而悲伤的灵魂只能号啕大哭。

崔爷被葬在村后的山坡上,没钱打墓碑,只有垒起高耸的黄土。崔饶和翠喜从村口挖了很多疯长的凌霄花,在坟边围了一个圈。

十八岁的崔饶又变成了一个孤儿,他坐在空荡的房子里拿崔爷留下的旱烟抽,被呛得泪水四溅。

翠喜趁她娘睡着了,偷偷跑出来,她拎着一瓶苞谷酒,说喝了就能忘记伤心,两个人你一口我一口喝得东倒西歪。

他们倒在床上,他把头埋在她的臂膀里哭,月光移过来的时候,他看见她粉嫩的嘴唇、白皙的皮肤,还有小而饱满的胸。他们便开始亲吻,像两只孤苦的小猫,拼命汲取着对方给予的微温。最后崔饶笨拙地进入了她，翠喜疼得全身颤抖，她闭着眼睛，把指甲陷进他的脊背里。

那一晚，他们分别成长为男人和女人。

崔饶搂着她说，喜儿，我一定会娶你。蛐蛐在门口的草丛里叫，月亮很圆，挂在门外的桉树上，桉树叶被照得通体雪亮。

翠喜幸福地笑着说，好。

3

崔饶考上了上海的大学，翠喜落榜了。

整个村子都炸开了锅。这是十多年来，村里第一个考上名牌大学的人，连崔爷的坟上都快冒青烟了。

一直反对的翠喜娘没因翠喜的落榜而难过，她笑开了花，从村头一直走到村尾，见人就说，看看我家崔饶，他大学一毕业就要娶翠喜咯。

在那样一个年代，乡村闭塞，所有人都天真地以为，考上大学就得到了全世界。

村长出了面，召开村民大会给崔饶集了资，学校里也给了一些奖金，才攒够了学费和路费。翠喜帮崔饶收拾行李，提前好多天给他缝了一床新棉被。

她在崔饶走之前，经常掉眼泪，八月的炎热，蒸发着分离的愁苦。崔饶紧紧抱着她说，放心，四年很快就过去了，你等着我，毕业我们就结婚，我在这世上没有亲人，只有你啊。

翠喜说，好，我等着你。

后来崔饶就走了，从村里坐拖拉机到县城，然后坐客车到省城，再从省城坐火车去上海。他扛着那床新棉被，像扛着一个满含期盼的未来。大城市里群楼高耸，霓虹闪烁，他敞开胸膛摁下自卑去迎合它的坚硬与冷漠。

翠喜是在他走后两个月发现自己怀孕的，那时候已经怀了四个月了，她的肚子微微隆起，急得不知道怎么办，可她联系不上他，平时都是他打到村里小卖部的座机上找她的。

翠喜娘发现了端倪，怄了两天气。翠喜坐在菜园子里发了好久的呆，看着田埂外面的槐树上一只老麻雀衔了虫子回来喂三只小麻雀，它们棕黑色的羽毛欢快地扑棱着，她摸着肚子，眼泪流了下来。

后来娘俩一合计，想着都四个月了，就等着生吧。反正崔饶一毕业就要娶翠喜的，到时候四岁的娃娃都会打酱油了，更好。翠喜决定暂时不告诉崔饶，路途遥远，学业要紧，免得他分心。她要用坚韧的等待，赋予他宏伟的深情。

崔饶特别忙，上完课还要去兼职打零工，每晚累得筋疲力尽才回宿舍，他睡在床上就拿出翠喜的照片来看，她清纯的微笑像一道晨光，让他充满了力量。

他经常给她写信，把邮票正反面都涂上胶水，翠喜收到之后可以把邮戳抹了再重复利用。他也会写一些诗歌给她，她挺着大肚子坐在苹果树下一首一首慢慢地读，胎儿会踢她的肚皮，她就满足地笑起来，透过苹果树灰绿色的枝叶看向高远的天空。

第二年四月，她生下了儿子崔盼，十九岁的她，成了年轻的母亲。

4

四年后崔饶毕了业，都市虽繁华却带着现实的轻蔑，他拼了命想赶快站稳脚跟，然后把翠喜接过来。

为了找工作，他咬牙买了一个二手手机。她家里也装上了座机电话，他开心地打电话给她，说别着急，等一找到工作，安顿好就让她过来。

他四年没有见过她了，往返一趟太昂贵，金钱的窘迫阻隔了流淌的思念，她的音容笑貌只能靠照片和回忆，变得越来越模糊。

而翠喜盼这一天盼得太久，四年里他们三人过得困顿，为了带孩子，她没法去工作，和翠喜娘盘着地、种着苹果，每年十月苹果有收成，还要挤点钱出来寄给崔饶补贴学费。

现在他毕业了，他们就快要一家团聚了。她要带着孩子站到他面前，给他一个天大地大的惊喜。压抑和等待的感情会像洪流，带着无与伦比的幸福，给这场爱情冲刷出最完美的结局。

可有一天打电话，崔饶听到一个孩子在喊她妈妈，奶声奶气的呼唤，让他们相隔了空间和时间的感情，产生了疑窦。

他问她，谁家的小孩？她支吾着顾左右而言他。

■ 18℃的爱

■ 238

　　他挂上电话,站在阴暗的地下室,想着以前喜欢翠喜的那些男孩,想着翠喜这些年给他寄的钱,想着和他一样的毕业生挤在涌动的人群里高举着千篇一律的简历,顿觉人生灰得像多年未擦的窗台。

　　一旦有了嫌隙,感情就会长出失望的裂缝。崔饶的隔壁搬来一个女孩子,自从他帮她修了漏水的龙头,她看他的眼神就有点不一样了。

　　她给他介绍兼职,两个人经常去酒吧做酒水促销,晚上踏着月色回来,她绯红的脸映在月光下,像十六岁时娇羞的翠喜,他的眼神开始迷离得像雨夜的雾气。

　　那夜她主动吻了他,说喜欢他,她的声音软而细,让他血脉偾张。在精神和物质都无法得到满足的时候,性欲的满足就显得尤为重要。

　　他们纠缠在一起,地下室里泛着幽暗的霉味,未来的茫然无助在两个年轻身体的抚慰中被缓解、被消融。

　　之后崔饶的电话越来越少,翠喜每次打给他,他都说在忙。追逐城市的梦想和参与残酷的竞争需要铁石心肠,崔饶告诉自己,一定要赚很多钱回到村里,给崔爷修一座最华丽的墓碑,要让翠喜产生强烈的悔恨。

　　爱可以催人奋进,恨也可以。

5

　　崔饶毕业快半年了,一直没回来,村子里开始流言四起,说他在外面娶了新媳妇,说他当了大老板,二奶都有了。

翠喜的爱情尊严

翠喜娘天天咒骂,还指着崔盼的小脑瓜说,你爹不要你了。孩子扑进翠喜的怀里哭,翠喜望着屋外被大雪覆盖的菜地和灰褐色的苹果树,心生凉意。

她找两个亲戚借了钱,一个人背着背包去了上海。

一月的天气很冷,快过年了,春运时节的火车上挤得要死。她裹着厚厚的棉衣站在车厢里,有些激动,也有些忐忑。

实在站不住了,她就把背包当成凳子坐着,闭上眼睛,恍惚间看到了那个十六岁的少年,他穿着的确良的白衬衣,骑车带着她穿过一片又一片苹果林。风吹得清冽,白色的衣角像一面带着信仰的旗子,不停地拍打着她的手臂。

车厢里一直飘荡着腐烂而陈旧的气息,还有各种食物的味道,混合起来,让人恶心。她从包里掏出崔盼的照片来看,圆圆的小脸上有两坨高原红,眼睛圆而大,像极了他。

她要给他看看他的骨肉,她要当面问问他,当初的承诺还算不算数。

火车开了一天一夜,出了站台,大城市的陌生让她顿觉慌张,她坐错了公交车,搭错了地铁,问了很多人,几经波折才找到了他最后一次寄信的地址。

已是夜里十一点多了,上海没下雪,可是却冷得彻骨。她站在路灯下,掏出小镜子来看自己的脸,用冰凉的手指抹了抹头发,又使劲把衣服上的皱褶拽了拽,但没拽平。她放弃了,正要往房子里走,就看见了崔饶。

二十三岁的他成熟了好多,衣着跟城里人没有区别,他还是蹬着一辆单车,从路的那一头穿过昏黄的路灯回来,后座上却坐着另一个女孩。

她的脸好白,穿着大红色收腰的羽绒服,嘴唇也是同样的红色,看起来好好看。翠喜立刻躲到了树后面。

"冷吗?"崔饶停下车,问那女孩。

"好冷,这鬼天气。"

"走,进去我帮你焐焐。"

"脚太冷。"

"那就焐脚。"

"心也冷。"

"那就焐心。"

女孩咯咯笑,手挽着他的胳膊,把头靠在他的肩膀上。他们嬉笑着走进了房子的阴影里,过了好久,笑声还在翠喜的耳朵边回荡。一边是多年的光阴,一边是新鲜的伤口。

她慢慢蹲下来,在树下蹲了很久,一直蹲到腿脚发麻。她站起身,腿没有了知觉,温热的眼泪簌簌掉下来,片刻就失去了温度。

她买了最早的火车票,扬着一颗空洞的心,回了家乡。

6

翠喜常常会梦到他,从他们的青梅竹马,一直到崔爷死后的那些日子,还有那一天一夜的火车,轰隆隆地穿过冬季荒芜的原野,带着爱情希冀的热气而去,又带着爱情死亡的悲伤而回。

她想让自己恨,却恨不起来,她一想到他,心还是暖的。可他们这辈子都不会再见了吧,她把座机停了,她不想再跟他联系,也不想告诉他有孩子。让纯真的孩子成为索要虚假爱情的把柄,这背离了她的初衷,也背离了她的自尊。她失去了他,可孩子是她的能量、她的信仰,也是她的未来。

他们再无联系,再见已是八年之后,崔饶过了而立之年,他果然还是不负重望,先打了几年工,后来自己创业开了公司,刚好在互联网经济复苏的风头上,生意越来越好,人也越来越忙。

他没结婚,那个女孩在五年前就傍了一个大款,离开了他。他常常站在硕大而明亮的玻璃窗前,看着恢宏的城市,想起翠喜来。

是临近年底的时候,他衣锦还乡了,张罗着给崔爷立碑,还拿了二十万给村长,说给村里的小学重新盖幢新教室。

他不提翠喜,村长也不提,把今年新灌的香肠切来,把腌好的猪肉炒好。他坐在村长家喝酒吃肉,望着窗外的村落,家家户户掀倒了土坯房,新盖了砖房,刷着漂白色的墙漆。苹果树结了一树一树的果子,红而大,把枝条都压弯了。

■ 18℃的爱

■ 242

　　他吃完饭裹着围巾在村里散步,遇人便打招呼,大家都恭维他,说崔饶好出息啊。他想起当年翠喜娘的白眼,像河里的鱼肚皮,他得意地笑起来,想到她,心里钝痛。

　　其实他很想见她,想看看她找的男人是啥样子？会比他好吗？她的孩子也应该很大了吧？但他冷着心肠,不允许自己示弱。

　　冬季的白昼太短,微弱的太阳光很快掉落在山边。他走在长满苦艾的田埂边,看到水渠的对面,有一个半大的男孩在摘着苹果,边摘边念叨:

　　　　日子苦长
　　　　心如烈焰
　　　　爱和光亮无须指引
　　　　我们焚烧时间
　　　　燃成希望的灰烬

　　他被震住了,望着他的眉眼,像极了幼年的他。他疾步上前,从水渠边绕过去,想问他是谁教的,却见他用扁担挑着两筐苹果,已走出很远。

　　他跟着他,一直跟到了翠喜家。

　　三十岁的翠喜正坐在院子里给苹果分级,80、85、90的果径,她不用径圈,手一掂就精确地分到了纸箱里。她的皮肤黑了很多,五官褪去了青涩,在黄昏的微光里散发着柔和的美。

男孩喊她,妈,分完这筐就休息吧。

崔饶突然站在他们面前,翠喜手中的苹果咕噜滚到了地上,沾染了尘灰。

7

一切都真相大白。

崔饶多年的郁结被这个孩子的存在烧成了灰,这个村落的旧时光也在他们面前变得生动而鲜活。时间的河流成了悠远的牧歌,所有的过往虽斑驳陆离,但仍清晰可听。

崔饶抱着这个半高的男孩失声痛哭,一如多年前崔爷离开时的伤心,那个荒凉破旧的堂屋,以及堂屋里点燃的红烛,他耸动的肩膀,还有她瘦削的仓皇的脸。一切都带着刻骨的痛,让人想哭。

翠喜站在旁边,也泪流满面。

崔爷的碑在新年的前一天立了起来,凌霄花已经枯萎,只剩下黄绿色的枝条缠缠绕绕。挂红点香焚纸,崔盼跟着磕头,崔饶和翠喜喝了三杯祭酒,他们站在山头,听鞭炮声噼噼啪啪响彻山谷。

下山的时候,天空飘起了雪花,周围的远山雾蒙蒙的,崔饶问她,冷吗? 她愣了一下,笑着说,不冷。

崔饶是在冬月初走的,带着崔盼一步三回头。

翠喜不走。

■ 18℃的爱

■ 244

　　她说她的心已经在等了四年的时候死了。那一天一夜的火车，一个二十三岁从未出过远门的农村姑娘，蜷缩在肮脏拥挤的车厢里，光线明明灭灭，她心怀卑微，身处背叛，24小时，1440分钟，挥耗完了一生的爱情。

　　她说她还需要留一点尊严。

　　崔饶在她的门前求了她三天，喜儿喜儿地哭着喊她，她说带着小盼去吧，你能给他更好的生活和更广阔的未来。

　　崔饶和儿子走了，寒冬的风和翠喜的伤在他们身上穿插而过，五孔桥下的河水泛着泡沫绕着村子奔跑，村里的苹果全部摘完了，枝干被雪浸过，一天比一天灰暗萧瑟。

　　崔饶在上海给了儿子最好的安置和家园，可那些忧伤涂抹在他的骨缝里，让他一想起来就疼痛难当。

　　有些青春的景物是永世难忘的，比如那一夜流淌的月色、雪亮的桉树叶、橘红的凌霄花、轮子滚动的单车、倒退的晚霞、被轻咬的手指，以及风中的誓言。

　　而倔强的翠喜总喜欢坐在院子里看天空，像一粒拒绝发芽的种子。她听着她娘恨铁不成钢、有福不会享的唠叨与咒骂，只是轻轻一笑。

　　她翻出崔饶写给她的那些发黄的信笺，一页一页地读。

　　　你是
　　　黄昏的野菊花

我恨自己不是
　　霞光
　　……

　　远离城市的乡村越来越安静，光阴被打碎，当夜晚来临，她富有光泽的青丝就落上了一层霜。

- 18℃的爱

- 246

"废柴"不适合出轨

1

　　云翳蔽日,大雨将至。
　　我开着警车鸣着警笛张牙舞爪地追着前面那辆公共汽车。
　　下班高峰,群楼高耸下,车如长虹,道路拥堵,冷漠又疾恶如仇的人们根本不愿意给鬼号的警车让出一条路来。
　　操！我心急如焚,却也只得摸出一支烟来抽。
　　不知道我今天怎么了。
　　五十一岁了,再过几年面临退休,体会了沉浮,看惯了生死,也见过了生命的繁盛或荒衰,对生活的热度降至冰点。
　　每天早晨都会关注身体是否还会勃起,每天例行公事地吃着降压药,我经常会嗅到生命流淌的霉味,它酸涩、乏味,且平庸。
　　我开过三辆警车,现在这一辆,已经开了八年。它和我一样老旧,车门要三次才能关得上,发动机的混沌之声是它对这个世界无奈的嘶吼。

可苏樱樱却说它别有味道,就像老爷车一样有收藏价值,彰显着历史的沉浮。

我喜欢和苏樱樱说话,尽管经常话不投机。

90后的女孩,见到什么都会大呼小叫,看到街边一只脏兮兮的流浪猫都会觉得新鲜,什么东西都想据为己有,一旦失去什么,也会哭得地动山摇。

所以她刚才打电话给我,说她的包掉在了从杨武至石屏的短途公共汽车上,我就公车私用开着警车去帮她追。

我觉得自己疯了。

2

雨终于在乌云的不堪重负下来临。

当我把包完璧归赵的时候,苏樱樱惊得跳起来。

她说:"天哪,老马,你真了不起,不愧是警察叔叔。"

她打开包,里面五彩斑斓。她一件件拾出来,像一个强盗在清点赃物。化妆品、费列罗巧克力、挂着布娃娃的钥匙、钱包……

她拍着胸直蹦:"什么都没丢,我要报答你。说!想吃什么,姐请你!"

我说别逗了,小屁孩在叔叔面前充什么姐呢。心里却有愉悦的流光在闪烁。

■ 18℃的爱

■ 248

我最终没有接受她的邀请,因为老魏早做好饭了,刚才就打了两次电话来催。

我开着警车在雨中慢吞吞地回家,城郊的远山和两旁的路灯都在身后印成一团团灰蒙的墨迹。

苏樱樱的脸在我眼前晃。我怎么会认识她呢?

哦,她的小男友要跳楼的时候,是我出的警。当时她要跟小男友分手,理由是他有香港脚。

小男友在19层的天台上哭得要死要活,可她却坐在一旁拿出黑色的指甲油来涂。她说:"我都没要你负责,你怎么这么没骨气啊?警察叔叔你别拦他,他要是敢jump(跳),姐就跟着他jump。"

她说对了。

小男友高瞻远瞩地鸟瞰着这个城市的坚硬,又想象了肉酱的形成,终是没有勇气伸出脚去。

我带苏樱樱去做笔录时,她就缠着我要电话。

她有点像电影《线人》里那个叫桂纶镁的演员,一面清纯,一面狡黠。我说要我电话干吗,有事打110。

她噘起嘴:"你一大叔怕什么呀?难道姐会骗你?你得有自知之明,你已经年老色衰啦。"

也是,我一老头儿我怕什么啊。她看着我的大眼睛像无公害的新鲜蔬菜,我无法拒绝,就把电话给了她。

她也不常找我,偶尔骗我请她吃顿火锅,有搞不定的事情,就会打电话来,比如今天。

现在的女孩子跟从前真不一样啊。

老魏倒退三十年,也不会像苏樱樱一样青春无畏地喜欢什么就想方设法去争取。就像我和她的婚姻,是缓缓流淌的水到渠成,是口吻平常的顺其自然。

老魏是含蓄的,是矜持的,是噤若寒蝉的。那时候的家训,连跷二郎腿,都是大缺点。那个年代的观念,是上了枷锁的朱红色大门,你偷偷朝门外瞟一瞟,都是禁忌。

3

进到家门,灯火通明,透出腐朽而熟悉的油烟味。

我在门外抖了抖伞上的雨水,才踏进门去。

老魏在看电视,她头也不回地嘟囔:"一天瞎忙什么呢,赶紧吃饭吧,刚才热了一遍,还温着。"

儿子已经上了大学,远在上海。老魏和我就像两棵开始掉叶的树,每天都在数着剩下的叶片。我们对健康开始警醒,对生命开始看重,对未来开始惶恐。奔忙了大半生,终觉一事无成。

我打开扣着的饭菜,黄瓜炒蛋、白水青菜、小炒肉。我狼吞虎咽地吃着,心下却透出莫名其妙的黯然。

我居然还在想苏樱樱。

晚上睡觉时翻来覆去,惊醒了老魏。她踢我:"更年期了?"

■ 18℃的爱

■ 250

　　我哑然失笑:"赶紧睡吧。"夜在窗帘之外展开,风在吹,像梦一样绵绵不断。

　　过了两天苏樱樱又来了,她真像一个幽灵。可是如果她不来,我却心如悬旌。

　　她要我陪她看恐怖电影,理由是为了答谢我像蜘蛛侠一样舍己为人,舍命追包。

　　她用了两个"舍"字打动了我。其实不管她说什么理由,我都不会拒绝,从我认识她起,我都不太会拒绝她。

　　她肆无忌惮的青春就像一团火,而我像一捆丢在屋后长满了苔藓的废柴,需要燃烧和照亮。

　　可是,废柴终究是废柴,看恐怖片都可以睡着。

　　苏樱樱在电影院里抓住我的胳膊叫:"老马,老马,啊!啊!"把我的梦搅得支离破碎。

　　人老了,夜里的睡眠被时光夺走,任何乏味的节奏都会让我犯困。

　　后来苏樱樱就把大半个身子挂在我肩膀上,不准我再睡。她说你是警察叔叔,你要让人有安全感啊,这就是叫你陪我看恐怖片的目的嘛。

　　好吧,我装作屈服了,心却像打鼓一样跳起来。

　　我借着暗淡的光线斜眼望她,她真好看,生气的时候好看,开心的时候好看。短发烫成小卷卷,小嘴涂得红嘟嘟的,皮肤像会滴出水来。电影屏幕的光线不断在她身上变换,使她斑斓又夺目。

那一刻，废柴没有燃烧，但它被照亮了。

4

我和苏樱樱的见面频繁起来。

身为文员的她上班吊儿郎当，经常会在派出所门口突然出现，趁我不注意钻进警车里，让我带她出警看打架斗殴。或者在下班时缠着我，要跟我去打麻将。我说你怎么不去缠着男朋友，她说姐看不上那些嘴上没毛办事不牢的家伙啊。

在迟钝的生活节奏里，麻将是迈入老年的消遣。用智慧和金钱去博弈，也是一种对生命的刺激。我没能拦住苏樱樱，其实我不想拦她，因为有她在旁边，我会像安装了马达的战船，无往不利。

苏樱樱不会打麻将，她只知道什么叫"和了"。她总是忽闪着长睫毛一脸天真地期待我"和了"。看到激动人心时她会抢着帮我摸牌，一旦她摸的牌让我和了，她就会在桌子边旋转跳跃，像一只采到花蜜的蝴蝶，她喊：老马老马你最棒！我便得意地叫：老刘老李，愣着干吗，掏钱掏钱！

后来那些狡猾的同事只要见她来，就会摇摇头说你的聚宝盆来了，今天不打了。有些同事暧昧地笑起来，说老马你艳福不浅啊。

我觉得他们可能误会了，我急于跟他们辩解，但张张嘴又什么都没说出来。

我想应该和苏樱樱划清界限了，再这样下去，废柴和姑娘都会被

■ 18℃的爱

影响名节的。

所以,当她带我去迪厅的那天晚上,我在震得心脏发麻的音乐里对她说,以后我们不要见面了吧,我老了,跟不上你们年轻人的节奏。

当时苏樱樱正喝着玫瑰味的啤酒,明黄色的液体在酒杯里盘旋,折射出一摊清冷。她愣了下,说好啊,不见就不见,反正姐玩的地方多。

话虽如此,我知道她是生气的。她像一只气呼呼的小猪,喝完啤酒又要了威士忌,喝完威士忌又要了鸡尾酒。我拦不住她,我在她面前总是无能为力的。

后来我们喝得醉醺醺地出来,打不到出租车,就摇摇晃晃地互相依偎着在人行道上走。夜风吹过来有些凉,苏樱樱裸露的手臂爬满鸡皮疙瘩,我脱下外衣给她披上,她一下子抱住我的脖子哭起来。

"老马,我爱上你了怎么办?"

这句话像一记闷锤敲得我心头钝痛。多好的一个姑娘啊,为何会爱上一个老头呢?

我笑:"你看大夏天的,你穿短袖,我却穿着外套,区别多么明显啊。我一个老头,有什么爱不爱的。"

"你不老,你怎么会老!我不准你老!"她说完就把嘴凑过来,咬住了我的嘴。

我的意志是拒绝和反抗的,但我的嘴很不争气,它张开了,任由苏樱樱的舌头探进来。天地混沌冻凝,深夜的路灯荒凉成一张老旧的照片。

废柴终于被点燃,他没能抵挡住年轻而丰沛的诱惑。

5

虽然只是和苏樱樱亲了个嘴,但我觉得是时候和老魏摊牌了。

生活已然过成了一摊死水,再奋力地扑腾,都不会燃起希望。

从旭日东升到临近暮色,我从科员到副主任科员再到主任科员,从小马到马警官再到老马,人生之于我,只不过是职务和称谓上毫无意外地更迭。

这一生真短啊,短到我都没有为自己活过。工作是不得不工作,婚姻是不得不结婚,就像不得不吃饭睡觉一样。如果倒退二十年,我的血液肯定会沸腾成奔流的河。

我在知天命的年纪遇到了苏樱樱,我要对她负责,我要为自己活一次。她还那么年轻,她的大眼睛里有丰富又青涩的期待。

房子车子都可以给老魏,我可以住集体宿舍,我的工资也够用了,再多的身外之物都是负累。儿子也大了,他会理解我的。

什么都想好了,我在楼下停好车子,嗯,上去就跟老魏好好说。要说得委婉一点、诚恳一点,可再委婉再诚恳也是一种伤害啊。但是,五十多岁的老魏,她什么风雨没见过啊,跟我在一起也许她早腻烦透了。

走进楼道,居然忘记了单元门的密码。每天都要按一遍的,今天怎么努力都想不起来。试了几次,都是错的。又按了房门号,门铃响

■ 18℃的爱

了好几遍,老魏没在家,我只好站着等人经过。

抬头一望,门玻璃上映出了我的影像,头发越来越稀少,两鬓居然有点花白了,像冬日枝头的霜。眼角不笑也堆满了皱纹,厚厚的眼袋浮起,胡楂七零八落。肚腩是什么时候出现的?可能是由于开车和打麻将坐得有点多了,像一个软趴趴的气球,毫无个性地鼓着。

那一刻,所有的盘算都像一个大写的讽刺啊。老马你几岁了啊,每天在用的密码都会忘记,指不定哪天就老年痴呆了啊。在年轻的姑娘面前,居然不害臊地畅想未来。你能给她什么未来?是心有余而力不足的夫妻生活,还是需要搀扶的伤感的灰色晚年?你敢去跟她爸说,嗨,哥们儿,我要娶你的女儿?

我突然心如死灰,像一条被踩瘪的虫。

老魏扯着嗓子叫我:"死老头,站这儿发什么呆?"

我回头,她气喘吁吁地拎着两袋菜走过来。我帮她接过一袋,她扶着我的手臂一边向里走,一边欣喜地跟我说:"儿子今天打电话来,他找到女朋友了呢,放暑假就带回来给我们瞧。"

"啊,儿子都谈恋爱了。"我木然地接话。

"当然啦,儿子都二十一岁啦,你以为你还年轻啊?"

你以为你还年轻啊。

这句话像刀子一样刮过我的脸,我有点站不稳,觉得小腿发麻。老魏扶住我,急着吼:"死老头,叫你多锻炼多锻炼,一天天地打什么麻将啊,看看,知道后果了吧!"

知道了，知道了。我什么都知道了。

所有的一切都是青春的倒影，我已经虚度了大半生，并且有着一具日渐衰老的身体。

我郑重地认真地陈述利弊，和苏樱樱告别。我想她可能会地动山摇地哭一场。

可她比我想象的坚强。

她只是眼底泛起了悲伤："老马，我们还会再见吗？"

"不会了吧。如果有下辈子，我希望早点遇见你，早点帮你舍命追包，年轻的老马，至少可以比上一次快半小时。"

她笑："我好后悔让你去追包啊，我就是那时候爱上你的。"

她吸着鼻子，小卷发一晃一晃地在太阳下泛着光泽，泪最终还是没有掉下来。

苏樱樱就这样走了。她不会再突然跳出来，嬉皮笑脸地缠着我。

光阴如暴雨，扑面而来，淋湿了我平庸的生命。我在光阴里萎缩、陈旧，变成一道遗憾的疮疤。

我又回到了从前的轨迹上，继续嗅着时光流逝的霉味，我的年龄像树的年轮，一圈又一圈地增加，它终将会组成葬礼上深情悼念的句句生平。

我不再惶恐，却总会在打麻将时，想起了从前坐在身边的姑娘。她在烟雾里跳跃着说，老马老马你最棒。

江上故人老啊，废柴终究是废柴，时光从不会因同情而倒流，就算

■ 18℃的爱

■ 256

肠子悔青,也不能再拥有那个叫作爱情的奢侈玩意儿。

如果有来生,我真的想为自己,活一次。

婚姻里的生死相斗

1

方孝平今天一早就有不好的预感。

他接水被烫到手,下楼脚崴得生疼,送完儿子去上班塞车塞得出奇严重。

开会迟到了50分钟,到的时候快散场了。一头汗坐下来没几分钟,就听见主持的领导说,今天的职工大会就开到这里,大家有什么意见可以畅所欲言。

然后他就看见他即将离婚的妻子王玫,意气风发地走上了主席台。

方孝平和王玫结婚15年,孩子十三岁。上个月他把离婚提上了日程,不说原因,就说过腻了,死命要离。一向和善的王玫不同意,只是懦弱地哭,哭得昏天暗地,哭得撕心裂肺。方孝平没有预料过,一个被生活磨砺得死气沉沉的中年妇女,眼泪居然可以像倾泻的洪水,漫

■ 18℃的爱

■ 258

无边际地淹没而来。

方孝平只得采取迂回之策,他不提离婚了,却整天鸡蛋里挑骨头,这里不如意,那里不称心。王玫拿出了奴仆的姿态,像海底捞培训过的员工一般,虚心地微笑着接受他所有的抱怨,生怕她还一句嘴,他就会凭空消失掉。

就这样过了半个月,他没想到平时在单位里说话都不敢大声的王玫,居然敢上主席台提什么鬼意见。

但今天的王玫异常淡定和冷静。她居然还化了妆,紧身裙裹住她略显丰满的臀部,洋红色的西装,高跟鞋带着风噔噔地走向主席台,平添了飒爽的风韵,比以前的不修边幅蓬头垢面好看得多。

方孝平和全公司300来号员工一样,饶有兴致地注视着她,有些不嫌事大的还在窃窃私语,期待王玫会提一下涨薪的大事,或者,给那个让人吃得想吐的食堂提提意见也不错啊。人人都翘首期盼着这位勇敢女同事的发言,能够让公司高层大刀阔斧地给大家的实际福利添块砖加片瓦。

可接过话筒的王玫却让全公司都吃了个大惊。

她的声音几乎是喊出来的,本就有话筒的扩音,再加上她使出全力的吼叫,使大家振聋发聩:"今天全公司人都在,各位领导也在,大家帮忙做个见证!佟晓芳你这个贱货,你想跟我男人结婚可以,明天打四十万给我,我立马签字离婚!"

全场哗然。这个老国企单位好多年都没这么热闹和令人兴奋了。

有些在会议中睡着的人一个激灵坐了起来，纷纷把目光投射到坐在会议室最左边的方孝平和最右边的佟晓芳身上，发出长长的"哦"的感叹声。这种感叹带着探人隐私的兴奋，还带着幸灾乐祸的鄙夷，连坐在台上的公司领导都始料未及，目瞪口呆。

2

方孝平恨极了王玫。

原来平时只会隐忍只会哭的懦弱女人，明面上发起狠来却聪明阴险又狡诈。她是从何得知他和佟晓芳的关系？她又是哪里来的不知羞耻、不要脸面的勇气？

现在全公司都知道他方孝平出轨了，而且睡的是一个女同事，他这个窝边草吃得真是太不光彩了。

紧接着各级公司领导就出面了。分管人事的副总、人事处、工会的领导纷纷赤膊上阵，轮番轰炸，他和佟晓芳的家都空前热闹起来。领导们的口才在此时也是分外凸显，滔滔不绝，语重心长。本就住在单位集资房的小区里，看热闹的同事和吃瓜群众也是有事没事就往他家的楼道里窜，生怕对剧情的走向漏了什么重要的新信息。对离异后一直独居的佟晓芳更是唾骂一片，单位上有男人稍微走近她一点，都被好事者拉得远远的，很多老婆在家都一再警告自己的老公，一定要离这个贱货远一点。方孝平和佟晓芳像古时候被吊在城门楼上的尸体，而且还是裸露的，被万人的口水持续鞭打着。

王玫却对周遭一切视若无睹。她学会了化妆,学会了穿衣打扮,好像要把这些年为了家庭无私奉献、辛苦又节俭的品质统统扔掉。她好像沉睡多年的人突然醒了一样,要把所有未尝试过的人生统统打进包里来,品尝、体验,反复咀嚼,融会贯通。

十三岁的儿子被送到了爷爷家,避开撕破脸的父母,避开好事群众,也避开这一切短兵相接。

3

事到如今,已经被全天下吊打鞭尸的方孝平还怕什么呢?要说前程,他一直是普通员工,连党都没入上,升职也是遥遥无期,还能怎样。

古时候抛妻弃子的陈世美死路一条,不是他无法迷途知返,而是返的结局不一定比不返的好。

痛哭流涕地回归家庭?认错、反省、浪子回头?已经走到了一条路的尽头,只能重新走一条新路,否则,永远不可能柳暗花明又一村。方孝平想通了,他拒绝了一切说客,既然都这样了,还能更糟吗?他与王玫谈判,儿子留给我吧,财产要怎么分,随你便!

王玫的眼神空洞而无神,她坐在沙发上修指甲,慢条斯理地说:"先把钱打过来,再谈离婚。"

方孝平气得把茶几上的水杯砸得粉碎。

晚上他约佟晓芳偷偷在酒店见面。

佟晓芳一见他就眼泪一把鼻涕一把地捶打他:"你个挨千刀的,现在全天下都在骂我们男盗女娼,都是你惹的祸!"方孝平抱住她,用温情摁住她的怒火,把头紧紧抵在她的肩膀上。

半晌,佟晓芳哭够了,才缓过劲来。

他们面临窘境。可是,把一面破碎的镜子粘合,再照出来的人影早已面目全非。回不去了呢,他虽与她苟且两年,可再不正大光明的感情,也是感情,也有黏度,也有羞耻地期待未来的权利。

方孝平饱含深情地与佟晓芳做爱。在谩骂的唾液之下,在舆论的重压之下,他们像困在浅滩的鱼,挣扎着接近涨潮的临界点,虽不再有偷偷摸摸的兴奋,反而倾注了患难与共的情义。他吻她,从头到脚;她回应他,从身体到灵魂,这场爱做得绵长又优雅,深刻又一往无前。

当他们汗津津地互相拥着对方时,现实把他们从梦境撕扯回来。落到实处的,就是王玫要的那四十万。

两人商量着凑钱。方孝平的基金股票存款,合起来有十万,佟晓芳有一套郊区的小房子,三十来万应该可以卖到。金钱如果可以换得自由之身,也算是用得恰到好处。对于佟晓芳愿意卖房来为他俩争取未来,方孝平庆幸这个轨没有白出,这个女人没有白爱。

4

当方孝平把四十万摔在王玫的面前时,她没有吃惊,也没有恼羞成怒。她一副胸有丘壑的样子,有条不紊地说出最后条件:如果想要儿子的抚养权,一是家中房产过户到儿子名下;二是方孝平去医院做结扎。办好,立即离婚,她会在协议中签字保证此生永不打扰他的新生活。

其他都还好说,对于结扎的事情,方孝平怒了,他觉得王玫真的丧心病狂地发了疯。

王玫睁大眼睛问他:"你不想要儿子了?你当年为了他连命都不要在车轮下护他,你四十五岁了还想老来得子吗?那个贱货比高龄产妇年龄还大,会不会下蛋都不一定!"说完她的眼泪又如万马奔腾,淋漓而下。

方孝平虽不想老来得子,但让他结扎却带着一种屈辱感,他无法说服自己。

接下来又是漠然的冷战。王玫睡主卧,他睡隔壁,两个人各怀心事,难以入眠。方孝平在深夜听到她起起落落,听到她咳嗽,听到她接水,听到她的拖鞋在客厅里发出嚓嚓的声响。曾几何时,两个共同构建未来的夫妻,也会在时光的折磨下恩爱尽失,形同仇敌。

在单位里,关于方孝平的出轨事件甚嚣尘上,大家茶余饭后喜欢从他穿开裆裤说到他步入中年;而对佟晓芳这个狐狸精角色更是渲染得极其精彩,甚至编造出不只方孝平一个男人的各种版本。

佟晓芳受不了了,方孝平也受不了。可谁也不敢辞职离开这个环境,他们早没有了闯荡社会的勇气。人已到了中年,求平求稳,不是二十出头的毛头青年,还那么不知天高地厚。

最后佟晓芳先妥协了,她叫方孝平去扎了吧。她也三十八了,只想安安静静与他度过余生，不想养孩子也不想瞎折腾。

尽管对王玫没了感情，可方孝平对儿子却是视若珍宝，想想也没有再要孩子的精力和必要了，好吧，为了耳根清净，为了挣脱败局，扎就扎了。

于是方孝平咬着牙去做了结扎手术。

5

看到方孝平的结扎手术单，王玫没有因得逞而笑出声。她冷着一张脸，眼角的皱纹平添了许多，脸色苍白，法令纹更加深了，妆也无法盖得住。她很守承诺，离婚协议书早已备好，条款写得清清楚楚，儿子的抚养权归方孝平，两套房产过户到儿子名下，并郑重地在协议上写好：王玫承诺此生决不打扰方孝平的生活。让方孝平吃惊的是，她连儿子的探视权都放弃了。好像与他有关的丝丝缕缕，她都要决绝地断得干干净净。

办理完过户手续和离婚手续，王玫就这样消失在方孝平的生活里，她简短地和儿子告了别，告诉儿子她要出差一段时间，还说要给他带最喜欢的礼物。后来方孝平才知道，她居然辞职了，临走前还到公司领导那里，说自愿与方孝平离婚，结束一切羞耻和喧嚣。

老国企待遇还行，生活养老的保障是没问题的，再过六七年满五十岁就可以退休的王玫，在婚姻的破败下选择远离这一切。这样的决断，让方孝平内疚了很久。

■ 18℃的爱

吃瓜群众并没有因为王玫的离开就让口舌戛然而止,任何谣言都有一个持续发酵的过程和兴奋点。大家又有了新的话题,如何管住自家男人,如何防火防盗防小三。

佟晓芳和方孝平的脸皮都已磨出了厚茧,他们大大方方地领了结婚证,还给部门同事和周围邻居发了喜糖。糖的甜蜜无法冲淡舆论,但时间可以。

半年以后,议论他们的人逐渐少了。事情已经不新了,何况人家结了婚,过起了安稳日子,连方孝平的儿子,佟晓芳也是待他如亲生,至少在周围邻居面前,那手工编织的一身又一身的新毛衣,也是鲜亮地穿在孩子的身上。

6

又到了一年年终,大家都喜气洋洋地领着单位发的米和油准备迎接新年。方孝平接到了一张寄来的投保单,是王玫给儿子准备的,投了四十万,从十四岁到三十五岁,除了每一年的红利,上大学、找工作,甚至结婚,都可以到保险公司领钱。

方孝平疑惑,王玫要那四十万的用途就在于此吗?他第一次拨打了远在外地的那个曾说永不原谅他的原丈母娘的电话,这才得知了王玫远走的真相。

原来方孝平与她提出离婚后,她得知自己患了肝癌,晚期。一个将死之人,还会在乎什么脸面、顾忌什么羞耻,当她跟踪方孝平查到他离婚的真正原因时,她便闹得人尽皆知,不想让方孝平和佟晓芳好过。但一步步走向死亡的人,善良和担忧吞噬了背叛的仇恨,她不仅仅是一个妻子,更重要的,她还是一个母亲啊。

一个女人遇到最悲哀的事莫过于在自己死后,另一个女人来睡自己的老公、住自己的房子、打自己的孩子、用自己的存款。但她无法控制死亡的逼近,也无法控制方孝平的心,更无法控制死后的一切人和一切事。她能在死前做的就是席卷老公和小三的钱,为儿子铺好后路、投好保险、护好房子,并且杀伐决断地绝了方孝平的种。

她深知方孝平虽薄情,可爱子如命,她无法预测佟晓芳鸠占鹊巢之后如果有了另一个孩子,会如何对待她的儿子,她必须使这个几率为零。王玫这些年的存款还有十多万,全部留给了自己的父母。她能做的,也仅仅如此,但也已经拼尽全力。

在她离开的第七个月,病魔让她的生命终结,她嘱咐母亲把她的骨灰撒在家乡的山林里,那里有很多绿油油的香樟树,可以为她遮风挡雨。

新的一年来临,旧时光在冬季里远逝,一切纠缠撕咬和满目疮痍烟消云散,迎春花也黄灿灿地开了起来。关于王玫勇闯职工大会怒斥小三的故事逐渐成了一个暗淡的传奇,这个老国企单位又新铺了路、新盖了房,食堂也在整改后陆续热闹起来。方孝平总是孤独地坐在午后的草坪上晒太阳,时不时掏出一张照片来眯着眼睛看,因光线的强烈,他的眼泪常常会喷薄而出。他永远无法忘记,王玫郑重其事地写

- 18℃的爱

- 266

下：王玫承诺此生决不打扰方孝平的生活。他也永远无法忘记，王玫拖着行李走的那一天，曾那样深情地拥抱了儿子一次又一次。现在才知道，那一次，竟是永别。

人生总是太纠缠，现实总是太苦涩，只因为人们想要的太多。贪婪的欲望和贪婪的爱，总是把人变得冷漠又残忍。可是我们总有一天会知道，有些情怀是用来疼痛的，有些爱是用来缅怀的，有些恨是用来温暖的。

奸情

1

王公正出狱了。

是冬天,榕树上的叶子掉了个精光,使他没有一丁点获得自由的美感。

付琴老早就在监狱大门口等他,带着给他买的棉外衣,还有他一直抽的那个牌子的香烟。

但他早戒烟了,监狱里不让抽,可见她有多久没有好好关心过他了。

他拿着一个塑料袋,提着简单的东西从铁灰色的大门里走出来。自由对他来说,已不是入狱时那个迫切的人生主题了,所以他连胡子都懒得刮。

付琴冲他笑,依旧有着美丽的风情。四年的光阴,使她的眼角堆满了皱纹,皮肤也没有以前紧致了。他对她的想念已变得麻木,可还

■ 18℃的爱

■ 268

是冒着一点热气，但他觉得她的笑容是虚浮的，没有发自内心。

王公正当年跟着狐朋狗友倒卖野生动物被抓，绝望的高墙使他心灰意冷，只有付琴和王小宝模糊的影像，还能钩住他微弱的意志。

他时常会想起刚结婚时她坐在他的单车后座上笑；她给他织毛衣，银色的棒针蓝色的线；她生王小宝的时候他是多么欣喜啊，他抱着这个弱小的婴儿，她冲他露出疲惫但明媚的笑容。那些过往随便挑一件来回忆，都能让时光低头。

现在他终于自由了，但他还能拾起生疏了四年的感情吗？他想问她，可他问不出口。当初他入狱的时候她就可以堂皇地提出离婚，可她没有，一直到现在都没有，那足以证明，她愿意给他们的未来一个机会。

付琴娴熟地开着福克斯载着他绕过大街小巷，风是凛冽的，带着久违的烟火味。

他入狱之前她还不会开车呢，那时候她是那么依恋他，每次出门都要叫他送，回家要叫他接，他还有些不耐烦，觉得娘儿们真烦。可现在，她已经在没有他的岁月里学会了独立生活。要一个女人坚强，其实是分秒钟的事；可她一旦独立，就很难再依赖一个男人了。

王公正有些胸闷，他迫切地想见到王小宝，那个可爱至极的虎头虎脑的儿子。

2

　　回了家,旺仔先迎上来欢喜地摇着尾巴。狗的忠诚远胜于人,他离开四年,它依然对他真诚热情得无以复加。
　　王小宝长高了不是一星半点,他都快抵到他的肩膀了。十三岁,却已有了成人的忧郁和冷漠。
　　王公正把他揽进怀里,抚摸他的脑袋,想找回四年前的亲热感,可一切都是徒劳,他挣扎开,说要做作业了,一溜烟跑进房间里。
　　付琴喊他:"嘿,爸爸回来了,你咋不叫人?"
　　虚掩的木门里,没有声音传来。半晌,王小宝像从牙缝里挤出来一个字:"爸。"
　　王公正的眼睛潮了。
　　那个成天缠着爸爸,要爸爸陪着踢球陪着游泳的孩子不见了,父亲变成了他的耻辱,让他在同学面前抬不起头来。
　　王小宝应该是恨的,他好像遗失了一件心爱的玩具,还因为这件玩具背负了本不该背负的歧视。
　　造孽。王公正在心里对自己说。
　　付琴去厨房做晚饭,他打量着家里的一切。纱窗换成新的了,挂全家福的地方换成了一幅十字绣,茶几上放着白色的瓷瓶,插着一大束正在怒放的百合。
　　一切整理得有条不紊,没有缺失男主人的灰暗感,母子俩过得坚强而平淡,这让王公正羞愧。

晚饭很快做好,付琴的厨艺越发精湛,水煮肉片、土豆丝、炒西兰花,还有一盘花生米是给他下酒的。王小宝几大口扒完饭又躲回房间里。白酒辛辣,王公正喝得五味杂陈。

"干一个吧。"他端起酒杯。付琴倒了一杯白酒轻触他的杯子,然后皱着眉头喝了。

"总算出狱了。"她叹了口气,头别过去,透过远处的万家灯火,伤感化成雾气浮上来,一语道破了艰辛。

所有的一切都让王公正悔恨,也让他积蓄了从头开始的勇气。他一定好好赚钱,拼尽后半生补偿他们娘儿俩。他给自己进行心理建设,一切都还来得及,亡羊补牢,为时未晚。

晚上王公正洗了澡爬上床,付琴先睡了。他钻进被窝从后面抱住她,被子散发着太阳晒过的皂味。半晌,她依然发出均匀的呼吸,没有一丝波澜。

王公正有点恼怒,荷尔蒙刺激着他,他憋了整整四年,早已无法克制,除了偶尔见过几个女警官,没有接触过其他女性。他狠狠扳过她的身子,开始粗鲁地亲她。付琴直起身,使劲一把推开他,他后背撞击在床头,发出嘲讽的空响。

"我很累,睡觉了。"

付琴翻过身重新睡下去,王公正不敢再继续。他还是带着心疼从心底畏惧她的,你说走就走了四年,回来就想和以往的日子无缝拼接,这他妈就是做梦。

他钻进被窝,把台灯摁灭,屋子在一片黑暗中释放出冰凉的寂静。

3

之后的几个晚上,付琴还是早早上床,用死猪的模样摆出一副别碰我的态度,王公正越想越不对劲。

监狱已给过他好好改造重新做人的机会,现在他出来了,他已悔不当初,他已痛定思痛,他没有什么花花肠子,只想好好过日子,在此地找回彼时的感觉,找回曾经的恩爱和温暖。可她的背像一道冰冷的墙,隔断了他的希望。

他趁付琴不在家的时候跟王小宝聊天。

"我不在这些年,你妈太辛苦,有没有人来家里帮帮忙啊?"

"谁愿意帮?一个劳改犯的家!"王小宝依旧嘴毒地发着火。

王公正站在窗口沉思,看到付琴从小区的甬道上走回来。她穿着玫红色的麻质大衣,灰色的羊毛围巾,头发是烫过的,三十九岁,风韵还可以撩拨人心。她一只手拎着菜,一只手在打电话,他看见她在笑,是那种一眼看去就被爱着被宠着的女人的笑。

她有外遇了!

王公正心里一惊。他把牙齿咬得咯咯响,现在哪还有像王宝钏一样苦守寒窑十八年的贞洁烈女啊?他凭什么就觉得这四年他不在家,她就能守得住?她又凭什么要守呢?

18℃的爱

他踱进卧室里,翻箱倒柜,没有发现什么蛛丝马迹,倒是翻到了他们的全家福,被放置在床底下最里面的箱子里。

他给她的婚姻就那么让她羞耻,让她没有回忆吗?王公正的头快炸了,他一定要找出奸夫把他千刀万剐!

4

王公正去父母家,二老说了一堆付琴这些年对他们的好,他听得心烦意乱。出来后,他打电话约雷明喝酒。

雷明是唯一去监狱里探望过他的朋友。出事之前其实他们也并不算太好,只是约着吃过饭喝过酒。有一次家里漏雨王公正在外地,还是雷明帮忙找工人来修补的。人心凉薄,只有遭遇逆境,人与人之间的亲疏真假才能一目了然。

王公正夹起肉片塞进嘴里,大口地喝着酒。

雷明说:"怎么啦?都出来了还不开心?"

"哥们,不瞒你,我媳妇外面有人了。"

"啊?不会吧?"

"八九不离十!"

"你想怎么处理?嫂子也不容易,你儿子也还小,要慎重啊。"

王公正眯起眼睛,不知道是在考虑他的劝诫还是考虑要如何处理。

"唉,先找着工作再说吧。"王公正把脸埋进灯光的阴影里。

几日后，王公正说朋友在珠海有个项目，他得去考察几天，以后谋个出路。他偷看付琴，她居然有一种如释重负感。

王公正走了，却没走远，他拖着行李在家对面的快捷酒店住了下来。

付琴早上送儿子上学，然后上班下班，接儿子放学，顺道买菜，生活规律得没有一丝弯曲的迹象。她根正苗红，没有男人跟她暧昧不清，没有男人与她苟且纠缠，王公正观察跟踪了几天，十分失望。

难道他误会她了？有几百只虫在他心里爬来爬去，却遍寻不到出口。

又待了两天，一无所获，王公正拖着箱子回家。付琴说："项目可行吗？我这几年也攒了几万块，如果可以干你拿去用吧。"

感动像水一样泄出来，王公正很想刮自己一耳光。他不在这几年，她独立抚养儿子照顾老人，以微薄的经济支撑着这个家，还能省吃俭用攒下钱来给他创业，这样的女人他还怀疑她出轨，简直可耻。

王公正收起飘浮的心，他想他真的该去好好找份工作了。

5

几天来一直下雨，却没有雪花飘下来。

天气湿冷，王公正叫雷明来家里吃火锅，他一个离异的单身汉，蛮孤单。

雷明拎着水果和酒，把屋外的湿气带了进来。旺仔蹿过去，冲着

■ 18℃的爱

■ 274

雷明摇头晃脑。雷明摸摸它的头说:"这狗真乖。"

站在玄关的王公正看到这一幕,身子像被电击。

旺仔不是随便见到生人就会示好的狗,它有着警惕灵敏的感官,就连经常来送水的工人,他都要汪汪地叫上好半天。

可它今天没有叫。

它太反常。

或许不是它反常,而是有些人,欲盖弥彰。

于是那天的火锅王公正吃得索然无味。

麻辣汤底在锅里咕嘟咕嘟地冒着气泡,付琴对雷明刻意地疏离,却时而有轻浅的笑容浮上来。王小宝对雷明比对王公正还亲切,脆生生地喊着雷叔叔。付琴夹菜给每个人,客气地叫大家多吃点,却唯独不夹薄荷给雷明。

一切都昭然若揭。

只有一个解释,他们已经好到她熟知他的饮食习惯的程度了。

王公正的心在暖融融的场景里没入了冰天雪地,风顺着半开的窗子灌进来,带进了几片雪花。

终于下雪了,冷到极致,雨已散发不了人生的郁结,生命总有些不能承受的重量,会让人疯狂。

6

王公正在出狱之后有了坚定的人生主题。

奸情

捉奸。

他要不动声色地亲自逮住他们两个,然后把雷明揍个半死,让他为此付出代价,知道什么叫朋友妻不可欺。他舍不得揍付琴,但他也要告诉她,他被判入狱都没有这么心痛过。

人一旦有了目标,不管是宏伟还是狭隘,都会让人精神振奋。

王公正跟付琴说他出去找工作,每天都很有规律地早出晚归。

他暗暗跟踪,暗暗等待,他不相信奸夫淫妇会知耻会按捺会收敛。

夜总是漫长的,但黎明总会来临。

他终于在一个大雪天看到付琴四点就从公司出来,她的脸色焦急,看样子应该是临时请假。

王公正坐在出租车里,雪地路滑,车子开得很慢,他怕看到那一幕,又怕看不到,他指挥司机跟紧福克斯,疼痛夹杂着兴奋。

福克斯穿过大街小巷,最后停在一个建筑工地的平房外,好像是工地的临时宿舍。

她急急地走进一间宿舍内,关上锈迹斑斑的铁门,窗帘也嗖地被拉上。

王公正鬼鬼祟祟地下了车,他的心脏好像豁开了一个口子,被冰雪塞满了。被背叛的愤怒和耻辱,牢狱的辛酸和卑污,失去了爱情和亲情的难堪和苦涩,一股脑地滚成了巨大的雪球,砸中了他。

他从包里掏出了一根买来的警棍,悄悄绕到平房背后的夹缝。那里的雪化了,稀释了铺满的泥土,刚好够一个人挤进去。他踩过泥泞走到那间宿舍的背面,有一个小窗,没有窗帘,他半蹲着偷偷往里瞅。

果然是雷明!

他半躺在床上,一只腿上打着石膏,付琴坐在床沿,她拉着他的手,在小声地哭。

"怎么这么不小心,从那么高摔下来?!"她的声音透着无限的心疼。

"没事,只是扭到脚而已。公司让我过来管这个工地,没想到才过来几天,这脚就不听使唤,还让你担心成这样。"他用手帮她抹去眼泪。

王公正火冒三丈,雷明粗黑的手擦过付琴的脸颊,像擦过他的心。他背靠墙壁,把警棍攥得死死的,他想他得成全雷明,好事成双,他要把狗日的另一只腿也打折!

他转身欲绕到前门,鞋子却陷在泥泞里,拔不出来。他伸手扯着裤腿,却又听见付琴的声音:"都怪我,这些年为了帮我们娘儿俩,你吃了多少苦。我公公心梗,要不是你半夜帮忙送医院,早没命了。小宝上初中要不是你又找人又花钱,哪能上这所学校……我却一拖再拖。我真对不起你!"

"唉,怎么又扯这个?老王也不容易,他才出来,没工作没前途,又背着个坐牢的案底,你要是突然跟他摊牌,你要他怎么办?那不是一点希望都没了吗?他当初听信朋友的话卖野生动物,还不是为了让你和小宝过得好一点?他虽然怀疑却也只是怀疑,暂时还是瞒着他。我有什么不能等的?我爱你,不差这点时间。"

整个世界都静止了。

王公正的鞋子被拔了出来,却再也挪不动腿。他们的话一字一句地穿透风雪敲在他的心上,他瞬间被击溃。

雪花顺着石棉瓦的房檐憔悴地落下来,冰凉了他血脉偾张的身体。他蹲下来坐在湿泥里,警棍颓丧地掉在地上,他身体僵硬了,直到泪流满面。

不知过了多久,天地被大雪压得一片混沌。他站起身,跟跟跄跄地走出来。他的皮鞋踩在雪地上,发生脆弱的声响。付琴的车已经不见了,他面无表情地一直走到大街上。

这个城市大雪纷飞,四处高楼林立,像一个无声无色的世界。它接纳他,包裹他,待他走过半生,却始终没能给他拥有的感觉。但这个世界是爱他的,至少它用湿滑的泥泞,勒住了他冲动的心。

出租车辗过皑皑白雪,收音机里正在播放陆游的诗:"双鬓多年作雪,寸心至死如丹。"王公正看着倒车镜里自己已有些灰白的双鬓,拼命克制住眼里的潮气。

其实一切都在四年前偏离了轨迹,即便自己再有耿耿寸心,都控制不住物是人非了。他想起在狱中读到的一句佛语:"远离颠倒梦想,究竟涅槃。"

王公正回到家,他摸摸旺仔的头,在它的碗里放满狗粮。他踱到窗边,给那株绿萝浇足了水。他又走到小宝的房间,用螺丝刀把那个松动的书桌门拧紧。最后,他走到厨房,用近乎颤抖的声音对那个正在做饭的女人说:"我们离婚吧。"

■ 18℃的爱

■ 278

和气的婚姻才能生财

1

谢君君快下班的时候发微信语音给老公汪洋：

今天我临时要加会儿班，你下班去农贸市场买点土豆、黄瓜、豌豆和葱、姜。

土豆不要买长芽的，有龙葵素会中毒；黄瓜要买带刺会戳手的，那才新鲜；生姜不要买偏白的，要买黄的，白的是硫黄熏过的；冰箱里有肉，到家拿出来解冻；你接了小海再去买个 8K 素描本，明天老师要求带，你先帮他辅导作业，我一回来就做饭……

谢君君吧啦吧啦几大条微信语音，终于交代清楚了，她把头埋进办公桌上，开始做 PPT。

冬季的夜晚来得太早，黑幕像布一样盖过来，谢君君做完事火急火燎回到家准备做饭的时候，她差点惊到了。

她交代的一大堆菜啥都没见着，一餐桌的肯德基盒子正乱七八糟地欢迎着她。小海的作业本上一个字都没落下,见她回来,小海高兴地拿了一个汉堡递给她:"妈妈,专门给你留的双层鸡腿堡哦。"

正跷着二郎腿坐在沙发上看新闻的汪洋冲着她笑:"别担心,咱爷俩啥都能搞定。"

谢君君的心里腾地烧起一团八尺高的火:"搞定?你怎么搞定?就是用垃圾食品搞定你儿子?作业到现在一个字都没写?你看看现在都几点了,啊?!你还有闲情逸致看新闻?小家小事都管不好,你还有心思关心国家大事?你去一趟农贸市场会死啊!我天天买菜做饭我都不嫌累,偶尔叫你去一次你就这样?是的,你是大爷,你金贵,吃个肯德基都不会把盒子扔垃圾桶,我就是一老妈子,上班挣钱侍候完老板,我还要回来侍候你们爷俩!有谁关心过我?啊?在你们眼里,我连保姆都不是!旧社会的媳妇顾家顾男人顾孩子,人家命好不用上班。你有本事养我,我就辞职在家好吃好喝侍候你!……"

爷俩被她骂得瞬间呆滞,小海赶紧躲进房间做作业。汪洋火头也上来了,两人就站在那一堆肯德基残骸面前干嘴仗,从民生吃喝问题扯到人格保障与尊重,再扯到你爱不爱我这个问题,然后开始翻旧账。

汪洋抱怨:"我第一次见你爸,他不待见我,连发烟都舍不得发我一根。"

谢君君不甘示弱:"当年我生完小海奶水下不来疼得打滚,请个催乳师你妈还叽叽歪歪地嫌贵!"

"是因为你平时太大手大脚了,买件衣服就够我妈吃两个月!"

18℃的爱

"我买衣服用你钱了？我自己挣钱我想买啥买啥！别用你妈的价值观来要求我！"

"那你为什么要用你的价值观要求我妈？"

谢君君一时没想好怎么反驳，就岔开话题追讨到汪洋的前女友、前前女友、上学时候的暗恋对象，以及曾经看过一场电影的那个面目模糊的女生。

这场架吵得酣畅淋漓，一直吵到隔壁邻居来敲门，才鸣金收兵。

晚上他们背对背地进入梦乡，谢君君的脸上还挂着两滴泪，她想不通为什么一点小事他们的婚姻就立即进入白热化，曾经那些炽热到让彼此燃烧的深情，都哪去了？是日复一日地在农贸市场买菜时弄丢的，还是被堆积如山的家务事埋没的？

她躺在黑夜里，顿感悲伤，翻来翻去不知道什么时候睡着的。

2

他们以前哪会如此剑拔弩张呀？以前两个人说句让对方不高兴的话，都会后悔懊恼上好几天。

汪洋是学测量的，他说他这一生最成功的一次测量就是准确目测了谢君君的三围。

那时候他们正在热恋中，汪洋发了工资请她吃饭，他坐在桌子前一脸骚劲地用手托着下巴看着她，目不转睛。

谢君君咬着吸管说："出门在外请注意一下个人形象。"

汪洋说："一个男人如果不喜欢一个女人，就算把这个女人镶在眼珠上，他都不会多看一眼。"

这样的话很让人受用，把谢君君逗得哈哈笑。他们就从桌子下面拉着手，你挠挠我的手心，我抠抠你的手背，叽里咕噜地小声说着话。

"你看隔壁那一桌，怎么两口子各人吃各人的，脸都快埋进菜里了，话都不说一句呢？"

"你看你看，还有门口那一桌，男人一直在打电话，女人抱着孩子，一会儿喂果汁，一会儿捡皮球，一会儿喂辅食，一会儿上厕所，等忙完坐下来，桌上的残羹里早铺满冷硬的浮油，哪还有胃口啊？"

谢君君睁大眼睛问他："我们以后会这样吗？"

"怎么会啊，我们的感情能经受时间的考验，哪会这么俗气？"

谢君君就掐他的手指头，力道适中，带着娇嗔的温暖的喜悦的挑逗。

谢君君印象中最深刻的事情，就是有一次汪洋陪她去练车。那时她才考到驾照没多长时间，她开得很兴奋，在拐进一条主路的时候，突然从隔离带里钻出来一个小孩子，一头撞在车上。

谢君君傻眼了，惊心动魄的时候忘了踩刹车，汪洋在旁边喊她，她恍若失聪，后来他一把拉住手刹，狠命把车刹住了。

谢君君石化了般坐在车上。汪洋下车、飞奔，抱起倒在地上的那个孩子冲进车里，放在后座上，然后叫她过来抱着，他开着车往医院冲，神情坚毅而镇定。

■ 18℃的爱

■ 282

　　小孩子没有大碍,只擦破点皮。汪洋又给孩子办理住院手续,跟家属谈赔偿,跟交警做笔录。谢君君蒙了一样坐在医院门口的长凳上,看着自己一直在颤抖的腿,直到双眼酸痛。

　　那天发生的事像一个久远的梦,汪洋就是天神,在一个女人最恍然无助的时候,成为她最有力的支柱。那时候,什么甜蜜的话语都不及他雷厉风行、果断冷静的行动来得贴心暖肺。

　　后来他们结婚了,小海出生了,家长里短,婆媳纠纷,甜蜜的激情像一盏灯,被搁置在高空之中。开始时他们还经常仰头看一看,想一想,时间一长,仰望的姿势总令人脖颈酸麻,那盏灯渐渐布满了灰尘。理想的婚姻终于坠落在地,浸在琐碎的生活里,静寂失声。

3

　　谢君君觉得婚姻是平庸的,不及爱情来得惊艳和生动。

　　不知从什么时候起,谢君君开始在办公室向同事抱怨起汪洋——不浪漫不体贴不包容、懒惰、自私、情商低。

　　要想找一个人的优点蛮难的,抓错处挑毛病则是人与生俱来的潜力。

　　可人又是如此奇怪,在批评会上要你挑挑外人的毛病,总是挑得不痛不痒,在肚子里斟酌大半天才能找出一两个无伤大雅的缺点;可要在自己最亲的人身上找毛病,那家伙,针针见血,句句带刺,随便挑出五十个还意犹未尽。

和气的婚姻才能生财

同事王姐听得头皮发麻,喝着茶问她:"你家汪洋这么差劲?怎么不离婚?"

谢君君愣住了,好像从来没想过这个问题。自从她告别了灿烂的青春步入晦涩的生活,尽管鸡犬不宁,但她真没想过一刀切断,她总是在忍受在忍耐,在带刺的荆棘里充满精力地扑腾。

为什么呢?

那天她回来时想了一路,没想明白。

到家的时候汪洋又在跟他妈打电话,老太太在电话里又在催生二胎的事情,谢君君心里很烦。她想起她妈经常跟她说,女儿,婚姻里要学会忍让,家和才能万事兴。

家和,家怎么才能和?她觉得被别人干预、被生活磨蚀的日子怎么能和呢?

汪洋挂了电话把脸凑过来:"怎么样?咱们再生个老二?"

谢君君说:"生出来你用肯德基喂养?"

汪洋讨饶:"哎,咱们说正经事,别扯别的。"

"好,我们就说正经的,我们要还房贷车贷,还有钱再养一个吗?"

"小孩子用得了多少钱?省省就行了。再说,我不是还买着彩票的嘛,万一中大奖呢?"

"你就做梦吧!"谢君君把黄瓜放在砧板上,叮叮当当地拍着,不再理他。

那天吃完饭,孩子做完作业,两口子上了床,汪洋就没脸没皮地凑过来:"君君……女神……"

他一边挠她的背一边轻轻地喊她,像一只可怜的仓鼠。谢君君的心软了下来,她转过身来,就被他一个熊抱搂进怀里。

汪洋说:"我以专业眼光目测了一下,你最近的三围缩小了,我看看是不是真的。"

汪洋关了灯,那夜的月色很好,是满月,从窗口望出去可以看见夜航的飞机在月亮旁边平静地闪着灯。

4

谢君君觉得最近身体有点不对劲,她请假回家,买了一根验孕棒。一测就是两条杠,毫无意外。

完了,谢君君的心揪起来。她不想要二胎,她觉得女人有限的生命不是重复在奶孩子的事情上的。一想到要去做人流,她就觉得肚子疼得开始抽搐。

晚上汪洋回来了,一脸带笑,春风得意。他说:"老婆,有个喜事儿!"

谢君君忧心忡忡:"我也有个'喜'事!"

"那你先说我先说?"

"我怀孕了。"她不想跟他捉迷藏,别人谓之情调的东西,她现在根本没心情。

汪洋差点跳起来:"啊啊,太好了! 双喜临门啊,没想到好事一来就成双!"

"你到底有什么喜了?你也怀啦?"

"老婆,我马上就要升副经理了!工资会看涨!你不是担心养孩子吗?现在迎刃而解。"

谢君君感到男人和女人真的是不同的:男人升职想到的是加薪,是事业的腾飞和经济的增长;女人听到男人升职,想到的是永远干不完的繁重的工作,最重要的是,从此没有更多的时间给予妻儿。

谢君君觉得这个二胎更不能要了,她不能让自己越套越深。

她跟汪洋说要打掉这个孩子,汪洋急了,两人谁也说服不了谁,又为这个事吵得面红耳赤。

第二天汪洋的妈就杀来了,谢君君的妈也杀来,两个人战线前所未有地统一,要二胎!必须得要!怎么能扼杀我孙女?儿女双全最好,小海也能有个伴啊!你们两个以后一蹬脚走了,留下两个孩子,不就可以相互照应扶持!

家里吵吵嚷嚷一锅粥,谢君君心里更乱,好不容易才把两个老人安抚走,她开始动摇了。

夜里汪洋的手伸过来,抚摸她的腹部,他的手心是热的,带着熟悉的温度和力量。他在她的背后轻轻地说:"老婆,留下这个孩子吧。"

谢君君心乱如麻,她装作睡着了,不再说话。

■ 18℃的爱

5

隔天谢君君在街上遇到了大学的室友薇薇,她抱着一个胖乎乎的孩子,大概一岁多,穿着粉红色的连衣裙,头上别着一个粉色的夹子,可爱极了。

谢君君去捏孩子的小脸蛋,孩子懵懂地看着她,眼睛像未沾染尘世的露水般透明。两人聊起孩子来,一脸的喜爱。薇薇也是二胎,她说有机会还是生两个,以后我们不在了,孩子还有个亲人照应不是?

谢君君回来的时候,那团粉色一直在她脑子里晃悠。她在心里妥协于自己,算了吧,孩子在避孕的情况下都冒出来,这就是天意和缘分呢。

主意打定,她便轻松起来,开着车绕到菜市场买了很多自己喜欢吃的蔬菜和水果,又给汪洋买了他喜欢吃的猪蹄,给小海买了西瓜。

拎着两大袋东西进了门,汪洋躺在沙发上,眼皮也没抬,正聚精会神地拿着一个本子写什么。谢君君把东西放在厨房,看他那认真样,走过去歪头一看,气不打一处来。

汪洋在本子上写了很多串号码,桌子上扔着数十张散落的彩票。谢君君觉得汪洋真是走火入魔了,真以为天上会掉馅饼,并且能准确无误地砸到他吗?

他越来越像一个赌徒,总是在给自己进行虚拟的心理建设,把钱花在没有希望的泡沫之上,离脚踏实地地苦干实干越来越远。

汪洋居然还高兴地对她说:"今天不做饭了,我们出去吃,待会顺便去把这几组彩票买了,经我仔细研究,一定会中大奖!"

谢君君看着他,突然又不想生了,之前想好的一切都崩塌了,她开始暴跳如雷。

"这就是你当一个二胎爸爸的样子?以后你就教你的孩子别努力别辛苦了,学爸爸买彩票就好了,是这样吗?"

"你又发什么疯?好嘛,二胎的事情我们没有商量好,这可以好好商量呀。"

"好,商量啊,怎么商量?你为什么非逼着我生二胎,让我放弃我的大好时光?"

"孩子是我们共同的,我会负起责来!"

"你怎么负责?你只想到你自己,你可以不当那破副经理吗?你可以为了孩子放弃你的大好前程吗?你可以牺牲你的事业以后能有更多时间陪你的老婆孩子吗?为什么总是要我放弃,你从来都是索取?"

"我在事业上辛苦奋斗也是为了我们的这个家啊,为了你能过上更好的生活啊!你怎么能拿既定的生理结构来说事呢?男人不会生孩子啊,如果我可以生,我肯定义不容辞。"

"你是爱我,还是爱一个生育的机器?"谢君君号啕大哭起来。

"你能对我有点信心吗?"汪洋生气地把桌子上的东西扫在地上,粉色的彩票撒了一地。

■ 18℃的爱

■ 288

一条大河横陈于两人之间,婚姻如鲠在喉,遍布了争吵和无法妥协,突然不知道哪里是出口。

6

谢君君不想搭理汪洋,带着小海回了娘家,对这个婚姻逐渐心灰意冷。

他们冷战了几天,后来她经不住母亲一再唠叨,也想着再拖下去不行了,还是横下心把孩子打掉吧。她便在那个周末回来了,她想这次谁说也不听,孩子再不能留。

进了家门,没有一丝烟火气,汪洋不知道去哪了,她收拾好去医院的东西,换上宽松的衣服,发了微信让他回来。

她坐在沙发上,看到那个记着号码的本子,她嗤笑着扔在一边,突然百无聊赖地又捡过来,打开手机查那天的彩票中奖号码。

她一组号码一组号码地核对,突然发现有一组号码与开奖号完美地重合了,一个数字都不差!她查了下奖池,奖金不低于五百万!

谢君君的嘴张得大大的,汪洋说得不错,他居然真的中大奖了啊!

他知道吗?肯定知道啊,他每期都会看开奖结果。那他不是快气疯了吗?他肯定咬牙切齿地恨透我了!谢君君心头溢出懊恼,要是那天自己脾气没那么急,要是好好跟他说话,要是同意他的建议,他们高高兴兴地出门吃个饭,顺便买个彩票,那一切都会变了啊。五百万啊五百万,这不是五百块啊,她肠子都要悔青了。

汪洋快中午了才回来,他是用脚踢的门,咚咚咚地搞得动静很大。谢君君开了门,见他拎着大包小包进来了,肩膀上还挎着一个白色的编织袋,袋口露出一双黑色的鸡脚来。

五颜六色的菜堆满了厨房,那只鸡被卸下来,咕咕地叫着。

"你这是干啥?"谢君君看他这架势,蒙了。

"这几天我用我测量的专业眼光,好好考察了菜市场,发现里面还蛮有趣的。你看我买的这些东西,眼光很毒吧? 来来,你这资深专业人士评测一下,新不新鲜? 嫩不嫩? 好不好? 还有这只土鸡,别看熏得我一身鸡屎味,但人家说了,现杀现熬汤给孕妇喝,特别滋补特别香!"

谢君君心里荡起了成千上万的温暖,却不敢看他,嗫嚅着说:"那个,彩票,你知道了吗?"

"知道了,后悔死我了。"

"你不怪我?"

"开始我怪你啊,我也想不通,后来想想我岳母经常说的那句话,就想通了。"

"什么话?"

"家和万事兴。这些年我们俩天天怄气天天斗嘴,净为些鸡毛蒜皮伤筋费神。我从那五百万仿佛看到我这些年走过的路,不知道为了什么整天殚精竭虑,却从没有停下来好好地看一看身边的人。这些年你操持这个家不容易,我呢,总觉得男人要多挣钱,工作上起色不大,我寄希望在这些彩票上,想着万一中了不就可以让你过上更舒适更轻松的生活,你就不用再这么辛苦了?可是,家不和啊,能干好什么事呢?就像这彩票,要是我们不吵架,肯定就发财了。可话又说回来,就算真发财中大奖了,没有一个和气的家又有什么意义呢?"

谢君君的眼泪哗地淌出来,她知道她为什么从来没想过要离婚了,因为他和她的婚姻已然成了最安心的捆绑。负气也好,争吵也罢,她都不想反抗和逃脱。她想他也一样。

她上前揽住他的脖子,像一个孩子一样哭得很大声。她边哭边说:"我这些年火气太大,我觉得肯定是更年期提前了,我一点小事就会发飙,耐性越来越差,看不到你的优点你的好,老是挑你的刺。我太差劲了!"

"不差劲!我挑的老婆,我都说我眼光毒。你别哭啦,还有一个好消息告诉你。"

谢君君止住哭:"难道五百万的彩票你偷偷买了?"

"买个屁!要买了我早带你跟儿子出国 shopping 去啦!我跟公司递了申请,副经理我已经辞了,我还是干我原来的那个岗位。你放心怀二胎吧,我会挤更多的时间陪你和孩子的。"

谢君君又开始哭了,这次哭得更大声,她怎么觉得没中这五百万,心里却幸福得想死呢?

汪洋拍拍她的肩膀:"其实中不中这五百万根本不重要,只要一家幸福生活,五亿都换不来的。你就安心生小君君吧!"

"小君君？"

"我这汪洋已经有了大海，你再生个小君君出来，等我们老了就平分，一人一个孩子陪，这样就没啥可争的啦。"

谢君君的眼泪怎么都擦不干净了，她嘟囔，吵架真没意思。汪洋的眼圈也红了。他们恋爱两年，结婚八年，时光在爱情里奔波，在婚姻里沉淀，不为人知地凝结成琥珀，争吵和怨怼如惊雷暴雨般试图毁损它，却终是因为最初的爱而安然留存。其实能有勇气走进婚姻里的人，爱的力量的拉扯，总是超过怨恨的。

汪洋说别哭了别哭了。他挠挠她的肚皮，她掐掐他的手，回忆像暖阳倾泻而来，两个人相视而笑，哈哈哈，惊动了那只土鸡，它在袋子里扑腾了几下，然后咕咕地吵闹起来。

其实不是所有的爱情都能有缘走进婚姻，也不是所有的婚姻都能一帆风顺。人们总是捏着婚姻的命脉，挥霍着对方的情意，试探着忍耐的底线，挑剔着爱人的缺点，对于脆弱美好的爱情，给不出一份宽容和善意。

家和才能万事兴，老话老理谁都懂，但是真正努力去做的，又有几人呢？

- 18℃的爱

- 292

我站在爱情的孤岛上等你离婚

1

我现在身处的位置特别让我难受。

昏暗、逼仄,还带着樟脑丸和衣料纤维的混合味道。

我从来没想过我会在这里,至少在这之前我没这么想过。

可现在我窝囊地缩在这个角落,我能感受帆布衣服冷硬的触感,能听见自己因屏住呼吸而越来越快的心跳。

我很无力,什么都不能干,只能想点别的。比如我在大学就喜欢的柳娅,美丽的柳娅,三十岁的柳娅。她还会像个孩子一样,牵着我的手蹦蹦跳跳,像一头大眼睛的瘦削的毛驴。我喜欢看她开心,爱一个人,就是见不得她难过。

所以我才会在这里,躲在一个狭窄的衣柜里,大气都不敢出。

刚才她出差的老公突然在清晨回来了,我们都惊慌失措,好在我有应对突发状况的能力,我抓起衣服、拎着鞋子就钻进了这里。

我听见柳娅的老公在玄关换鞋的声音,门钥匙放在柜子上,发出咔嗒的声响。然后他在客厅里走动、喝水,脚步声离我越来越近。

他推门进来,朝床上喊:"还没起床?"

我听见柳娅故作睡眼惺忪的声音:"嗯……"

"我想你了。"他说。

然后床咯吱一响,传来细微的啃咬皮肤的声响,以及两个人暧昧的呼吸,虽然很轻,但我听见了。

我的心跳得厉害,我尽量克制住自己,不让自己因愤怒和嫉妒而从衣柜里跳出来。

"我好饿,想吃富春街的牛肉面。"柳娅说。

"我也饿,这里饿。"

这个像种马一样的男人边说边笑,太不要脸了!

"吃了再回来嘛。"柳娅还在哄他,我知道她想让衣柜里的我赶快脱身。

然后她开始穿衣服,那男人说:"最近练的瑜伽看来效果不错,蝴蝶骨迷死人了。"

"你才知道啊。"柳娅的声音好嗲,让我发疯。

我知道她的后背,两片薄骨在光亮的皮肤下面滑动,常常让我有触摸的欲望。我不允许除我之外的男人赞美它,可我对此无能为力。

他们走了,卧室里只留下一片残酒般的寂静。我从漆黑的衣柜里走出来,突至的光亮让我晕眩。

■ 18℃的爱

我穿戴整齐,迅速走出她的家,我不想被那个男人发现,我还不想死。但千丝万缕的草蛇灰线笼住了我,柳娅不是说她的婚姻千疮百孔吗?她不是说她水深火热渴望被拯救吗?

看起来一点也不像。

2

我是在半年前与柳娅重逢的。

她是我曾经的女朋友,大学校友。

当年为了追求她,我跟一个男同学打架,他用一把铁脚的凳子砸在我的背上,戳破了我的肩膀,至今还留有一个椭圆的疤。

那场架我输了,但赢得了柳娅的心。当时我甩甩额前的头发,带伤还装酷泡妞,请柳娅吃了三十串烤串。我的发型在晚风中凌乱,柳娅一直看着我笑,像一朵明媚的栀子花。

后来我们坚持逃课,坚持恋爱,坚持去小旅馆开房,也坚持吵着地动山摇的架。毕业后,我们开始彷徨不安,终于有一天在电话里哭着说了分手,为了现在看来不是理由的理由,就那样走散了我们的青春。

毕业已经八年,可柳娅像一枝未开的花,总是撑着一个花苞在我心里飘飘摇摇。

那天我刚结束我糟糕的婚姻,我前妻奔赴美国,一股子洋味儿地跟我说拜拜,坚定又洒脱,我在机场跟她做了最后的拥抱。

我痛恨我现在的冷漠,婚姻流离失所却没有太多的痛感。这个世界太宏大了,糟心的事变得微小且让人迟钝。我站在长水机场,望着灰蒙蒙的天空里飞机像大鹏一样起落,顿觉一片虚空。

然后我就看到了刚下飞机的柳娅,穿着吊带长裙鲜艳地从灰色的人群里走出来。

八年了,她像一个梦在空气里流淌,突然因失重而坠落在我的面前,撞开了所有爱情的细节和沉默又华丽的青春。

她的眼圈是红的,应该是在飞机上哭过。我喊她的名字,一出口就用尽了我满腔的热情。她看到我,露出微笑,像一只蝴蝶一样朝我走过来。

那天我的心就沦陷了。也许是因为刚走的前妻,也许是因为似是而非的八年,也许是因为柳娅的红眼圈。

坐在机场的咖啡厅里,她的眼泪掉得让我心痛。她说她跟老公出门旅行,却因争吵独自跑了回来。她说她的婚姻形同虚设,她的满腔爱恋已无家可归。

我坐在她的对面,准确地接住了她的悲伤。

那天我们聊了很多,本来我想多引导她回忆从前,可她说得更多的是她的现在。她控诉她的老公,从生活习惯一直分析到人格缺陷,直到太阳快落山,夏天的晚霞游荡在天边,我才把车从长水开向市区送她回家。

到她家门口的时候我们前男女朋友的关系一直没有变化,昆明傍晚的风也一直稳定地吹着,但她忽然说:"东平,你不上去坐坐吗?"

她说话的时候红润的嘴唇一张一合,像吐露着魔咒,我无法拒绝。

我到现在都没想明白,我那天是如何从一个前男友变成了她的奸夫的。

但她后背的蝴蝶骨真的很迷人,为了触摸和欣赏它,我不由自主地就把那根讨厌的肩带扒拉了下来。

3

我不知道这世上有没有像我们这样的人,清清白白的男女朋友非要分手;等有了婚姻,又来重续前缘顶风作案。

可如果能说清楚道明白,我想这就不是爱情了。我错过了这八年,我放弃了柳娅八年,这是我一生中巨大的错误,还好我有机会纠正它。

后来柳娅愤愤地说她要离开他,眼神像远处的青山,恍恍惚惚。

那天我们开着车去抚仙湖的时候,她的愤怒像蓬勃的棉花,表面膨胀但内心软弱,可我因她的决定而变得高兴起来。

昆明的天空蓝得让人心慌,抚仙湖西面的尖山平地拔起,琉璃万顷的湖水妖娆地动荡,对面是形如鸡蛋的孤岛,静寂地望着尘世中所有的人。

下午的阳光变得灼热,我们只得躲在人工沙滩上的太阳伞下面休息。

柳娅穿着鹅黄色的比基尼,小麦色的皮肤上泛着湖光。她眯着眼睛睡了一会儿,然后站起来扭着腰肢走向湖泊。她的蝴蝶骨在阳光下闪烁,因双臂的摆动而跟湖水一样动荡。

她穿过岸边的人群,走近水边的时候脚步变得迟疑。我坐起身来看着她的背影,阳光太刺眼,我的眼睛不得不眯起来。

她半蹲下来,然后大幅度地摆臂,像一只鱼一样跃入了水里,溅起浓白的水花。

三十岁的柳娅腰上还是有了些赘肉,但这并不影响我对她的热爱。我一直盯着水里的她,那个醒目的黄色像一片无根的浮萍,在湖面上起起落落,直至消失不见。

我突然觉得不对劲,赶紧爬起来,冲刺、下水,带着腥味的湖水瞬间淹没了我。我游到她沉没的位置,看到那片黄色在湖水里静止,不挣扎不反抗,静默地与这个世界对峙。

她是故意溺水的!我心下一凉,飞快地把她捞了起来。

柳娅倒在沙滩上,粗粝的白沙沾满了她光洁的后背,我使劲按压她的背部把呼吸道和胃里的水倒出来,然后为她进行人工呼吸。她的嘴唇濡湿且苍白,我的脸上有水滴下来,但分不清是头发上的水还是眼睛里的水。

终于,她醒了过来,咳嗽,然后大口地呼吸,最后伏在我身上,惊痛地哭泣。

围观的人群逐渐散去,我抱着她,突然恐惧这样一种失去。我惯常的冷漠消失了,柳娅让我的心灵有了温度。她对我说:"东平,我一定要离开他,我好难受。"

我说:"傻瓜,谁也不能剥夺你放弃婚姻的权利。"

她不说话了,在我怀里逐渐安静下来。太阳向西移去,日光被打成碎片落在湖面。抚仙湖的黄昏,像成人的世界,陷落在无边无际的茫然里。

4

从那时起我就期待着柳娅离婚。

这婚姻得有多糟糕啊,才能让这个女人痛不欲生?我必须拯救她,何况,我是那样爱她。

柳娅的老公经常出差,所以我们在一起的时间很多。她说他不同意离婚,他经常在夜里把她叫醒,睁着一双猩红的眸子说他离不开她。

她说起老公的时候喜欢抽烟,细长的"三五"被她用颤抖的双指夹紧,她微皱的眉头总是带着一丝焦灼,像因雨困在灰色屋檐下急等回家的人。

八年的时光,把明媚的女人变成了忧郁的困兽,我眼见这一切鲜明地发生,胸腔灼痛却又无可奈何。于是我们常常装聋作哑,奔腾而燃烧的情欲可以完美地蒙蔽一切不快乐。

我们像饥饿的野兽一起去寻找美食,像无知的孩子泡在震耳欲聋的酒吧;我们在夜里做爱,用对方身体的微温焐热荒芜的灵魂。

柳娅经常躺在我身后抚摸我肩上的伤疤,她的指腹冰凉,像蛇一样滑过那块椭圆的肉,还时不时伸过唇来亲吻它。她说东平,你是个傻缺,当年跟人家打架就看得出来。

我闭着眼睛笑,那一刻我觉得无比幸福。也难怪柳娅的老公死不撒手,拥有这样一个女人,是男人都不会撒手的。

我跟柳娅说:"要不我去跟他摊牌吧?"

柳娅很担忧:"不行!他是一个健身教练,以前学过武术,他会把你打死的。"

我脑海里浮现出健硕的胸肌和粗壮黑亮的肱三头肌,那个男人猥琐地站在黑暗里,我看不清他的脸,他的皮肤散发着傲慢的光芒。我想了想历史上奸夫的下场,想到西门庆,我的小腿就打了战,立刻放弃了那个愚蠢的想法。

我和柳娅就这样相爱了半年,她无数次溺在婚姻的海水里挣扎,我无数次伸长手想救她,可无数次被现实的火炉熔化。

其实我觉得当第三者是可耻的,但如果能够换来一份爱情的新生,可耻便是伟大的。我一直这样认为,直到那天清晨我终于可耻地缩进了衣柜里,经历了奸夫才有的经历之后,我便对自己失了望,我的生活充满龌龊。

那天清晨我从柳娅家出来,摇摇晃晃地走在路上,心里铺满了灰尘。

我觉得我有必要冒着生命危险和那个教练谈谈心了,奸夫是一个高风险的职业,我虽不是君子,但还算一个有情怀有底线的人,我实在

■ 18℃的爱

■ 300

不能再这样下去,我要拯救自己,也要拯救柳娅。

5

我趁柳娅不注意的时候,在她的手机里找到了那个男人的电话,我知道他叫林风。

那天我站在人行天桥上,看着车辆从我身下钻过,我在城市坚硬的庇护下佯装镇定地把电话打了过去。我说我想健身,我想练胸肌,我想变得强大。

那个熟悉的声音笑起来:"来我们健身房吧。"

我在衣柜里听过这样的笑,笑得刺耳又下流,让我恍了神。

我终于见到了他,在我交了三千块办了健身卡之后。

心里有点虚,但我知道他不知道我存在于柳娅的生命里,可他痴缠着柳娅,也羁绊了我的新生活。

我每次去健身房都在打量他,一边流着咸腥的汗,一边揣测着他的一举一动。我在寻找一个合适的机会,然后跟他说,嘿,哥们儿,我爱上了你的妻子,她也爱我,请你给条生路。

这样的措辞显然不太妥当,会轻易点燃他的愤怒,所以我想了好几天,都没找到合适的机会。

有天晚上健完身,他忽然叫住我:"去喝一杯?"

我望着他的平头和窄脸,以及 T 恤下面鼓鼓囊囊的肌肉,我说好啊,不醉不归。

我们在酒吧边喝酒边瞎聊,聊天聊地就是不聊柳娅,我是心虚不聊,他也闭口不提。我想如果没有柳娅,或许我会和他成为朋友。

后来大家喝得半醉,他开始聊女人:"虽然这个世界太操蛋,可还好有女人的存在,丰富了整个人生。但女人太麻烦,经常跟你反着干,呼之不来,挥之不去。"

我心生嫉妒,试探性地问他:"你结婚了吗?"

"结啦。你呢?"

"半年前离了。"

"恭喜啊,老兄,我也想离,可惜……"他耸耸肩无奈地笑了笑。

我有些吃惊:"为啥?"

"婚姻建立容易推倒难啊,你懂的,老兄。"他跟我碰杯,酒杯发出清脆的声音,让人烦躁。

那晚我们请了代驾,车子在凌晨辗过冷清的东风东路,路边有酒鬼把酒瓶砸向地面,在黑夜里满含愤怒。

司机先送他回了家,却不是我最熟悉的那条路,车子停在一个陌生的小区门口,一个穿着碎花长裙的女人挺着大肚子,她在凉夜里抖抖瑟瑟地等着这个醉酒而归的教练。

他下了车,喷着酒气跟我挥手,然后被那个女人搀扶着。

女人用尖锐的声音抱怨:"怎么又喝那么多!你能让我这个孕妇少操点心吗?"

他很不耐烦:"三更半夜的,别挑事!注意胎教。"

在车子重新启动前我瞥见路灯下女人裸露的小腿,因怀孕而变得又粗又肿。

6

我在第二天早晨酒醒之后就去找了柳娅,我因她的欺骗而愤怒,也想像酒鬼一样摔着酒瓶,然后大声地咆哮。

可我没有这么做,同病相怜的爱多过于恨。原来柳娅也是第三者,她如同我一般,在等待一个人离着并不能离的婚,给予着并不完整的爱情。

我在她的客厅里抱了抱她,我说傻缺,大家都是傻缺。

柳娅号啕大哭,她说她一直当他是她的老公,她的唯一,她心尖上的明月。事实上他虽不是老公,却也做了所有老公该做的事。

愚蠢的柳娅相信他会离婚。他站在情欲的高峰上,把承诺说得言之凿凿,情真意切。可当现实当头棒喝,他心生退缩,左顾右盼。几次三番地争吵与纠缠,又几次三番地和好与沦陷。

柳娅的家是他躲避麻木生活的避风港。而柳娅像一座孤岛,在风里雨里等待船只的靠近。她在他到来的深夜里经常睁着一双猩红的眸子说她离不开他,她也因他久未离婚而反复争吵狂奔。她在我这里寻求光明和救赎,甚至在湖水里想淹死自己,可一切都是徒劳。

当爱让黑暗成了永恒,柳娅积重难返,作茧自缚。而我,终不是那道拯救的光。

可谁能救得了谁啊？我最终还是愤怒了。

那天上午我在她家里暴走，把教练的所有东西扔在地上。牙刷、剃须刀、蛋白粉，还有各种各样的衣物，我把它们统统塞进一个大编织袋里准备扔掉。可我塞一件，柳娅拣出来一件。她跪在地上，泪流满面，我继续塞，她继续捡。

最后我终于放弃了。谁也拯救不了谁，或许，她根本不需要拯救。

柳娅是一座孤岛，我也是。这世上很多人都是孤岛，屹立在荒芜的水面，四周都没有路，与这个常态的世界隔绝，只能等待着船只三天两头地靠近。就算那是一条永远不会靠岸的破船，他们也同样会在起风的暗夜里对它敝帚自珍，从萧条到毁灭。

那天中午我离开了柳娅，肩上的伤疤突然隐隐作痛。

我们再也回不去了。我想起青春时期的柳娅，她看着我笑，像一朵明媚的栀子花。

人类并不乖啊，上帝给了两个人相爱的机会，可大家都处心积虑打乱了秩序。我爱着她，她又爱着他，他也可能爱着另一个她，在这看似灿烂的生活里打了一个又一个荒凉的死结。

我走在热烘烘的太阳光下，用双手使劲搓了搓脸，心灵的温度渐渐冷却。我不愿再做孤岛，我不能再装聋作哑，这并不是一个轻率的决定。因为我需要拯救，我需要一个新生活，来忘记与柳娅这段如柳絮般飘浮的时光。

■ 18℃的爱

■ 304

何必惹风尘

1

二十七岁的孙巧巧跟男友分手一个月了。

他又不是吴彦祖,也没有多舍不得,只是胸闷闷的,想起那些逝去的光阴,有些难过。

下班无聊,跟闺蜜去蹭别人的饭局。

一桌子的人,管他认识不认识,推杯换盏地交朋友,看起来生活很热闹。

席间有一个叫郑多的男人过来敬酒:"孙小姐,相逢就是缘。你喝饮料我干杯,随意,随意就好。"

三十多岁,身材健壮,眼神温和,穿着孙巧巧喜欢的衬衣和开衫毛衣,有些儒雅,又有些中庸。

她拿橙汁跟他干杯,他喝得脸红,酒量还不错。孙巧巧见多了席间劝女人喝酒的男人,一副唯恐天下不乱的样子,对他就有了点好感。

"你做什么工作?"孙巧巧好奇。

"你猜猜。"

"保安。"她故意说。

"啊,我很像保安吗?"

"哈哈哈,你更像茶室的老板。"

"这个行,好歹还是经商的。"他笑,又举起杯,"为了老板走一个。"

又是一轮觥筹交错。

散局了,孙巧巧住得近,在人行道等红灯。郑多走过来拍她的肩膀,吓了她一跳。

她问:"你喝了酒不用滴滴打车?"

"我没打过,想去那边站台叫出租。"

"哎呀,简单得很,有微信就行,来我帮你弄。"孙巧巧正无聊,热心病犯了。

过了红绿灯,街边有烤红薯在卖,香气扑鼻。

"想吃烤红薯吗?你应该没吃饱,我也是。"郑多笑。

"正合我意。"

两个人在路边吃烤红薯,天将黑,霓虹在坚硬的楼厦僻里啪啦地亮起来。

孙巧巧一边吃一边说:"其实,你或许是个公务员。"

"怎么看出来的?"他来了兴趣。

"在饭桌上察言观色,对每一个人都很恭敬谦卑。你没有锐气,深谙中庸之道,应该是普通干部那种。你酒量不错,另外,你像一只青蛙。"

"温水里的?"

"对。还有,你吃烤红薯的样子。"

"这跟职业也有关系?"

"你拿到红薯捧着又吹又拍。人家不是说,官场就是这样吗?"孙巧巧促狭地笑。

哈哈哈,两个人乐不可支,气氛亲昵。

郑多说:"眼睛真毒。年纪不大,怎么知道这么多?"

"你跟我爸很像,他干了一辈子基层公务员,跟你差不多!"

郑多盯着她,眼睛笑得弯弯的,车到之前,他们加了微信,他上车冲她说:"改天请你吃饭。"

"好啊。"她居然有点依依不舍。

2

过了几天,郑多约孙巧巧吃饭。

孙巧巧很高兴,她跟同事说:"原来说改天请你吃饭的人,不一定是敷衍呢。"

他开着一辆宝来来接她,是自助餐,有火锅,有烧烤,还有菜饭、甜点。

他很细心:"不知道你的口味,这里品种多。"

她甜滋滋地吃着冰淇淋,坐在他对面,看着他换了一件休闲西装,精神矍铄,很认真的样子,她的心就起了涟漪。

"你多大了?"

"属蛇。"

她掰着指头算了半天:"三十八哟,看不出来嘛。"

"要是二十八就好了。"他慢悠悠地说。

"怕什么,八十二的还娶二十八的呢。"她话一出口,自己都吓了一跳。她跟他这样说是什么意思嘛,是暗示他们的年龄不是问题,还是暗示她不介意他比她大。

他看着她,眼睛里像有一片海,起了风,浪不断地拍打着岩壁,气氛漫漶。

那天聊得正投契,郑多电话响,是领导要他回去加班,他唯唯诺诺地应了,感觉一部好电影被打断似的,面露遗憾。

"不好意思啊。"他一连说了好几次。

"没事啊,快年底了,你肯定能评上先进。"她咯咯笑。

之后他们经常在微信上聊天,好像有说不完的话。他不太发朋友圈,偶尔转发一些时事政治科技信息之类的动态。他叫她七巧板,她叫他大青蛙;他说她聪慧,她说他温暾。

他问:"温暾是不是很差劲?"

她说:"没有好坏之别啊,每个人的特性又不是为了迎合别人而生的。"

他便给她发了一个点赞的大拇指,她对着手机笑了,甜甜的,像恋爱。

年底的时候,他果然评上了先进,又约她吃饭。她说:"怎么都是你请,我请你吧,我年底发奖金啦。"

他说:"男人怎么能要女人请客?"

"直男癌是要被打的。"她恐吓他。

"直男被打是不是变弯了?"

哈哈,孙巧巧在电话里笑得喘不过气。

吃饭的时候是深冬了,两个人像认识了很多年。晚上走在人行道上,前方的红绿灯交替明灭,他们的影子拖在身后,有着惺惺相惜的意境。

孙巧巧喝了点酒,整个人很兴奋,一路上说个不停。商场外的大屏上正在放婴儿的奶粉广告,孙巧巧看到说:"以后你的孩子是不是叫郑少? 不好不好,挣得太少。后面再加个秋,就是明星。哈哈哈。"

"他叫郑成,八岁了。"他忽然认真地回答。

她停住笑,世界的所有声音戛然而止,她盯着他,呆住了。

3

郑多已经结婚了,家庭成员都健全,没有离婚,也没有丧偶。

孙巧巧那天跟他大吵了一架,哭着跑了。

她质问他:"你为什么不说?"

他说:"你也没问啊。"

"我不问,你是不是一直瞒着我?"

"我并不想瞒你。只是……只是……"他说不下去了。

孙巧巧回家哭了好久,后来冷静时想想,其实他们并没有什么啊。她也没跟他说过她有没有男朋友,结没结婚。可是,他们不正朝那个方向一直在走吗?她觉得好委屈,像一只在荒原被队伍抛弃的羚羊,还受了很重的伤。

她气愤之下删了他所有的联系方式。

可他讲话的样子,他笑的样子,他温和的样子,在她脑子里,阴魂不散。想起他问她温暾是不是很差劲,其实喜欢一个人的时候,所有缺点都可以有最妥当的借口。

每天晚上跟他发微信,讲一些毫无意义的废话,好像成了生活的一部分。

真让人难受。

这样冷了半个月,那些没有出口的情绪并没有得到挥发与宣泄。

下大雪的那天晚上,郑多来了,头缩在围巾里,面色暗沉。她一见是他就关门。他把手伸进来,被夹得哇哇叫。她不敢再关,他蹲在地上,摸着手直喊疼。喊着喊着,他突然说:"孙巧巧,我爱上你了。尽管我真的不想承认。"

她的眼泪流个不停,顷刻间缴械投降。

- 18℃的爱

- 310

他们热烈亲吻,唇齿交缠,内心懦弱但身体坚定,在那一刻,所有理智都靠边而站。他们在床上拥抱,仿佛能听见窗外大雪落地的声音,像一片纯白色的激昂的梦。

4

孙巧巧就这样成了他的情人。

可她并不想这样。

她和所有憧憬爱情的女孩子一样,都渴望一份正大光明的恋爱,那个男人站在身边遮风挡雨,他的身后不应该有多余的闲杂人等。世界上独一无二的一对,多美好。

可不知道为什么,就成了这样。

于是她盼望他能离婚,他们能有一个平庸但正常的未来。

他说好,我会努力。在她听来,就像改天我请你吃饭一样,是敷衍。

郑多的妻子陪着儿子在省城读书,周末才回来。

所以一到周末,他就像12点钟的灰姑娘,得变成一个女人的丈夫和一个孩子的父亲。他不是她一个人的爱人,她经常独自跑到他家楼下,看着那里溢出暖黄的灯光,就特别沮丧。

周日晚上他妻儿走了,他急匆匆地赶过来,有时会把热乎乎的烤红薯用衣服包了几层,叫她赶快吃。有时会带了一大束向日葵,插在屋里,盛开的橙黄色的花朵让她有了模糊的希望。

她还是在细枝末节里感觉到幸福,虽然浅薄,但她想她真的感受到了。

5

转眼就是一年多,孙巧巧家里催着找男朋友,她爸在单位里物色,说新考来的小伙子,出类拔萃。

她看了看照片,一点感觉都没有。那个温暾的中庸的没有锐气的郑多,总是倔强地站在她的心里。

婚始终没有离成。她不想跟他谈及那个话题,怕自己成为哭哭啼啼的怨妇,也怕自己良心上过不去,毕竟那是一个圆满的家,她是一个羞耻的存在。

可是她越来越渴望有一个家。

当郑多坐在客厅里看电视,她在厨房里切菜做饭,锅里飘出热气与香气,她就特别珍惜那一分一秒,电视的嘈杂与锅铲的声音,让她有一种家的恍惚。

他们很少出去玩,那天是她二十九岁生日,他们专门请了假,开车出城四十公里。那里有一个山涧,一池湖水边开满了黄色的野花,还有野生的鸢尾。他搭了帐篷,两个人坐在草地上看天空。风声很大,帐篷顶上的布条吹得呼呼作响。孙巧巧就想,要是那一刻成为永恒,该有多幸福啊。

回来的时候堵了车,四十公里开了将近两个小时,孙巧巧在车里

■ 18℃的爱

■ 312

睡着时,还紧紧攥着郑多的衣角。

爱情缥缈得像流动的云,他们把每一天都当作最后一天来过,便生出了相濡以沫的味道来。

6

放暑假的时候郑多就越发不自由了。

他的妻子似乎也有所察觉,他的电话短信便越来越少。

即将三十岁的孙巧巧感觉到有绝望浸入她的生活,未来似乎是有光明,但那只是坚硬的玻璃罩,把一切都罩得死死的。

那晚一个人去参加朋友的婚礼,看着新郎新娘喜盈盈的脸,她喝了很多酒,回来时实在忍不住,冒出了一个愚蠢的念头。

她从超市买了水果礼盒,借着酒胆无比英勇地杀到了他的家。

"郑老师,我上班没多久,感谢你耐心教了我好多东西。"她不顾他震惊的眼神,摆出一副学生的姿态。

他的妻子比照片上要苍老一些,热情地招呼她坐。他的儿子正在练钢琴,枯燥的曲子断断续续地弹,一个普通的家庭,与千万个家庭大同小异。

他坐在另一个沙发上,目光躲闪,脸色沉郁。

"老郑,把厨房里的梨和苹果削来给小孙吃,花生糖也端过来。"妻子口吻的如常,他忙得团团转。

孩子弹完曲子,坐在他旁边,搂着他的脖子撒娇,说想看电影,他用她从未听过的口吻宠溺地回答他。

她瞟着他的面孔,突然觉得他离她好遥远,远到隔了时间和空间,远到根本不可能走到一起。一场看似华美的相遇,却不能得到最完整的彼此,她看着眼前的一家三口,觉得自己做了一件荒唐事,又蠢又笨又无耻。

她吃了一块梨,滋味已索然。

怏怏地告辞,他送她下楼。在楼道里他抓住她的手,他的手心汗涔涔的,她狠狠甩开,早已泪流满面。

郑多想责备她的自作主张,可借着微弱的灯光,看见她的脸,泛着憔悴,让人心疼,还带着憧憬落空的茫然与绝望,他觉得自己太混蛋,责备变成了道歉:"对不起对不起。"

她抹抹眼睛,看着这个男人,他的爱像野地里的磷火,无根无源又诡异虚幻。他的温暾性格于事业如此,于爱情也如此,导致他在两个女人中间犹豫徘徊。每个人都太过自私,贪念太多,欲望太多,可她的青春却少得可怜,时光在手里根本抓不住,令人生恨。

一切早该结束了。她说:"我不想再这样下去,我们不要再见了。"

他也意识到了分别的来临,或许对他来说,这已是最好的结局。她没有对他死缠烂打或者恐吓要挟,亦没有因爱生恨你死我亡的狠辣,可他的心里却酸酸的,像吃了未熟的梅子,久久挥之不去。

于是他最后拥抱了她,轻轻地,带着若有若无的不舍,他难过地说:"请原谅我这个混蛋。"

■ 18℃的爱

　　她听了,叹了口气:"我也好不到哪儿去。"
　　这是他们最后的对话。孙巧巧后来想,爱情的愉悦到底是来自爱情本身还是来自对方？她无从验证,只是觉得,她的下一段感情就算稀松平常甚至庸俗到一地鸡毛,也一定会比这一段光明。
　　天宽地阔任鸟飞,心中有明月,何必惹风尘。

如果婚姻要靠孩子的性别来检验

1

十六岁的陈青青不知道隔壁班的张铭喜欢她。

那天她进教室的时候有个男生挡在门口，穿着简单干净的衣服。

"同学，麻烦让一让。"

张铭转过头来，痞痞地看了她一眼，依旧把着门，没有让的意思。

陈青青一下火了，她狠狠地在他脚背上踩了一下。

他疼得闪到一边，陈青青得逞后哈哈大笑，钻进教室。

后来每天放学他都不紧不慢地跟着她。

云南的小县城喧闹沸腾，一下雨街道就积满污水，他背着硕大的书包踩着雨水上前调侃她："哎，长这么瘦，力气挺大啊！"

陈青青便会恶狠狠地跺跺脚："还想再来一次？"

他吐吐舌头，跑了。

学校组织的一次作文比赛上，张铭写了一篇《我的母亲》，他说他来自贫穷的农村,从小靠母亲种地养猪才能坚持到今天。

这篇作文得了一等奖,他上台领奖的时候憨憨地笑着,陈青青才知道原来他叫张铭。

中考前张铭塞了一张纸条给陈青青就跑了,纸上除了他的电话号码,还有四个字:我喜欢你。

那是六月的雨季,陈青青看着他的背影堕入雨中消失不见,心里忽然有些怅然。

2

陈青青在中专学了三年旅游专业。

恰好有朋友在西安做旅游,说一个月可以赚一万块,邀她一起过去奋斗。

陈青青被说得心动,毕业后她买了火车票就过去了。

去了才知道被骗了,名义上是网络营销公司,其实就是传销。

她的手机、身份证和银行卡被没收,自由被限制,每天在屋子里坐着打各种各样的电话,有几个男人虎视眈眈地看守。

房间光线昏暗,烟味混浊呛人。

陈青青有些绝望,家里父亲早逝,只有没出过远门的母亲,谁能救她呢?

她只能乖乖地和其他人一样不停地拨电话,各种各样的腔调和口音在房间里此起彼伏。

她忽然想起了张铭。

那个电话号码居然清晰地印在脑子里。

她拨了出去,他一听是她,声音很激动。

"陈青青,你在哪?"

"西安。"

"在西安干吗?"

"上班。"

有人监听,她不敢暴露,要逃跑,她只能把希望寄托在他身上。

"张铭,你还记得毕业时递给我的纸条吗?你还喜欢我吗?"

陈青青艰难地问出口,心却跳得怦怦响。

"喜欢,我一直在想你,一直等你给我打电话……"

他的声音从听筒里清晰地传过来,陈青青哭了。

人在最脆弱的时候,一份简单的情意,便可以豁开巨大的光明。

他们经常在电话里聊天,公司期望她能骗更多的人来,而二十岁的姑娘却假戏真做地隔空恋爱,想想真是很诡异。

3

一个多月后,张铭实在压抑不住想念,坐火车来了西安。

传销公司听说又忽悠来一个人,很高兴。三个男人在火车站跟紧陈青青。

二十一岁的张铭家境贫困,中专毕业就开始工作,他长得很壮,褪

■ 18℃的爱

■ 318

去了少年的鲁莽,脸庞透出清毅。

他在涌动的人潮里狠狠拥抱她,迫不及待地说:"我想你。"

沉闷的风扑面而来,陈青青心情复杂,她贴在他耳边悄悄地说了处境。

张铭小声说:"我买票咱们马上走!"

陈青青说:"不行,没有身份证买不了票,何况有三个人盯着梢。"

"那我先跟你回去,我们一起想办法。"

他们乖乖地跟着传销回去了,陈青青心里又愧疚又感动。

爱情在传销窝点迅速升温,张铭装作被彻底洗脑了,他把所有的积蓄一万两千元全部交给传销,说要和女友一起为这份事业奋斗终生。

传销的头头们很高兴,渐渐放松警惕。

三个月后,他们谎称陈青青父亲病重,得回云南探望几天,张铭还说你们一定要给我保留营销主管的位置啊,我和女朋友过几天就回来了。

传销终于答应了,给他们买了车票,身份证和银行卡依旧扣压。他们重获自由,坐上火车时两个人相拥而泣,像做了一场混沌的梦。

陈青青感动地发誓:"我今生非你不嫁。"

张铭紧紧抱住她,火车呼啸着穿过隧道,光明若隐若现,两个灵魂互相依偎,意志坚定。

4

半年后他们商量着结婚。

陈母却极力反对。

张铭家太穷了,在同一个县城的农村里,一贫如洗。

陈青青坚信有双手就能创造未来,穷怕什么,他们患难已见真情。

她跟母亲说:"如果不同意我们在一起,我们就私奔。"

母亲在深夜叹气,却无可奈何。

她跟着张铭去了他家。

确实太穷了,家在半山坡上,土基房里家徒四壁,屋后有一个简易的猪圈,家里最值钱的就是一辆摩托车。

张铭有些难堪,陈青青握紧他的手笑:"挺好挺好,屋外视野开阔,风光秀美,很像半山别墅啊!"

张母拉着她的手左瞧右瞧:"铭儿你几辈子修来的,这闺女真好看。"

孝顺的张铭说:"我和青青会一起好好照顾你们的。"

清晨,他们爬到村后的山林里捡菌子,张铭拉着她的手亲吻她汗涔涔的脸。太阳从树的缝隙里透进来,陈青青觉得幸福像春风。他是她的英雄,他救了她,也爱了她,他们的爱情坚不可摧,会像早春一样扑灭寒冬。

陈母爱女心切,终于妥协。重阳节的时候,他们在县城的小酒楼

■ 18℃的爱

■ 320

举行了简单的婚礼。

　　陈母拿出积蓄给陈青青,她在县城的闹市盘下一个服装店。张铭说:"老婆,我一定会出人头地,让你过上好日子。"

　　他跟着远房亲戚去另一个县城,开始学着修公路。陈青青住在母亲家,两个人为了幸福生活辛苦打拼。

　　婚后第二个月,陈青青怀孕了。

　　婆婆从村里拎了母鸡来看她,拉着她的手说:"闺女,我会好好照顾你的。"

　　张铭每天晚上都要打电话来:"快让我听听我儿子的声音。"

　　"这么小,哪会有声音。"

　　"他动了没?踢你了?"

　　"你真傻。"

　　"第一次当爹,没经验啊。"

　　"也不知道他在肚子里好不好。"

　　"肯定好,我妈跟我说,你肚子那么圆,一定是个又胖又壮的儿子。"

　　两个人在电话里呵呵笑,温暖顷刻间吞噬了生活的艰辛。

　　陈青青的服装店生意不错,她怀着孕每天辛苦打理,偶尔还要上昆明进货。张铭创业不易,带了一些工人,除了支付工钱还要垫付材料费,公路验收之后才能拿到钱。陈青青就把银行卡交给陈铭,每个月赚的钱全部打进卡里给他。

陈母说生孩子还是得存点钱,陈青青就给自己留了一万块钱,日常生活都是靠着母亲的退休金。

日子艰苦,但爱让人有了希冀。

5

次年八月陈青青生下一个可爱的女儿。

张铭从护士手里接过孩子,表情沉郁。

公婆赶到了医院,一听是女儿,脸色大变。

婆婆小声嘟囔:"不是儿子吗?那肚子的形状,应该是儿子啊。"

陈青青愣了愣,不解地看着他们。病房里气氛有些尴尬,公婆坐了半晌,说受不了医院的气味,急匆匆地回了村。

张铭送他们出去。

隔了一会儿陈青青收到银行提款信息,他又支取了两千块。

张铭回来说家里没了生活费,取一点钱给他们用。他坐在床沿看着女儿发了呆,夏日的尾声里,陈青青突遇这一切变化,不知所措。

女儿满月后,张铭说要回村摆满月酒。他们带着孩子回去了,来家的宾客说着恭喜,婆婆牵强地扯起笑,公公和张铭喝得酩酊大醉。

夜里繁星满天,陈青青去屋外上厕所,听见婆婆跟张铭在房间说话:"铭儿,生不出孙子,人家要骂我们家绝户啊。"

张铭满脸通红地耷拉着头,一声不吭。

陈青青悄悄走到屋外,风吹动着满山的杨树,她的身体像没入了漫天风雪。

6

尽管如此,陈青青觉得他们的感情是真实而具体的,是经过患难而构建的,就算公婆重男轻女,也无法击溃他们奔向幸福的决心。

他们聚少离多,张铭脱离了亲戚出来单干,带了一群工人在各县接工程。

他压力很大,每个工人每天要支付150块的工时费,还有各种垫资。好在陈青青的生意很好,每个月都会寄一万多给他。有一次他接了个工程,资金很难周转,她又跟亲戚借了四万块打给他。

陈青青记得,最长的时候,他们分别了112天。店门口每天人来人往,县城的街道吹过阴凉的北风,陈青青看着路口,想起张铭来,面庞已有些模糊。

他回来时进了店,陈青青头也不抬地问:"新到的款式,喜欢可以试试。"

他喊她:"青青。"

她才抬起头来,愣了几秒,才反应过来是他。泪早就从眼眶里落得到处都是。

他笑着抚摸她的头发,他说还好吗,却没有问及女儿。她有些怅然,心里泛起悲凉。

他是孝顺的男人,最记挂的还是他的母亲。他偶尔带女儿出去逛一会,孩子太敏感,谁跟她亲她心里最清楚,不一会就要吵着回来找妈妈。

陈青青每次到昆明进货,都要给婆婆买很多衣服,然后给张铭买,最后给女儿买。要给母亲买,她总说不要浪费钱,人老了,穿得了多少呢?

陈青青想,只要多付出,再冷的心也能焐热了啊,可事实却并非如此。

女儿一天天长大,可公婆对孩子依旧不闻不问。

年底的时候服装店生意忙,陈母生病,陈青青要去昆明进货。实在没办法,她打电话让婆婆来帮忙带两天。结果婆婆说:"我没时间,家里的猪没人喂。"

陈青青拿着电话,全身冰凉。

孩子七个月的时候,陈青青又在县城开了一个分店,忙得没日没夜,她跟张铭念叨,他才劝说母亲把孩子接了回去。结果没两天就送了回来,婆婆给七个月的孩子喂了很多肥肉,孩子消化不了,上吐下泻。

张铭也回来了,孩子在医院输了七天液,全靠陈青青和母亲照料,张铭不会照料孩子,手忙脚乱,后来索性躲在一旁。

婆婆在送孩子回来那天就走了,她说:"一个小孩哪需要这么多人守着呢!"

张铭没说话,送母亲回家。

孩子住院七天,花了六千多,陈青青累得像个鬼。

回来后张铭闷闷不乐,她问他:"怎么了?"

他说:"女儿住院我妈掏了四百块,结果回去的路上还被偷了两百,她心疼死了……"

陈青青差点崩溃了,她撑着疲惫的身体跟他吵得天崩地裂。直至此刻,她才发现她一直努力支撑的感情和家,居然从未顾忌过她一点一滴的感受和付出,真是可悲。

7

他们至此嫌隙越来越大。

张铭对母亲言听计从,母亲说生女儿不好,他就觉得不好;母亲说没有儿子你抬不起头来,他就觉得抬不起头来。每次回来,他都很敷衍地抱一抱女儿。

陈青青的失望像滴落的墨汁,一点一滴把生活浸染成黑色。

陈母看在眼里,去跟亲家母商量,如果想要儿子,可以再生一个。

可亲家母却说:"头胎太有女儿相,招不来弟弟。如果要生,必须去做鉴定,是女儿就打掉。"

陈母气得跑回家,陈青青问张铭,他说:"母亲说得也对啊,只有一次机会,这样更有把握。"

她气得摔了电话,女人肚子里的孩子,不是拿来接受检验和侮辱的!

隔阂和冷漠一天天加剧。后来张铭赚了些钱,也不还亲戚那四万块,他买了一辆新车,开回村子里去,拿了钱出来翻修家里的房子和猪圈。婆婆眉开眼笑,看着儿子越来越出息,对媳妇和孙女就越来越不满。

陈青青知道的时候,心终于凉了。她想起张铭写的那篇作文,他一心一意都在回报母亲的爱,却始终忽视了对妻子和女儿的爱。

陈母为了孩子着想,反过来劝她:"夫妻过日子,多点宽容和谅解吧,再好好沟通沟通。"

陈青青听了,想等他回来彻头彻尾地谈一次,如果他还要她和女儿,那么她就好好地跟他继续往前走。

重阳节的时候张铭回来了,陈母带着女儿出去玩,留给他们好好谈话的空间。可他却忘了今天是重阳节,忘了这是他们的第三个结婚纪念日。

陈青青做了很多菜端出来,他在浴室里拖拖拉拉地洗澡。她忍不住翻看了他皮包里的手机,他在微信上跟一个女人说:重阳节快乐。言语暧昧,字字让她滴血。

他并非忘记,而是没有用心去记。

那个递纸条说我喜欢你的张铭,那个千里迢迢跑到西安找她的张铭,那个和她一起共患难的张铭,真的是不见了。

陈青青终于放弃了,她跟他提出离婚,他坐在餐桌前抽烟,家常菜肴持续发出香味,他不发一言。

■ 18℃的爱

他走之前说:"等我问下我妈再答复你。"

8

隔了两天婆婆气急败坏地打了电话来:"你要离婚可以,孩子我们家不要,抚养费我们也不会出一分!"

陈青青跟她无法沟通,她打电话问张铭:"这是你的决定吗?"

他说:"你别乱编派我妈,我妈那么爱孩子,怎么可能说出这种话!"

"孩子三岁了,你妈对孩子不管不问!你家的猪都比孩子金贵!你妈从没买过哪怕一瓶酸奶一件衣服一个玩具给她!从没打过电话问过她长得好不好,有多重有多高!这就是你妈爱孩子的独特方式?!"

陈青青一边哭一边咆哮,这是她第一次在他面前痛斥婆婆的不是,可这个孝子依旧站在母亲的立场。

委屈像潮水涌上来,她曾以为爱情可以战胜一切,却没想到这个连内裤穿多大尺码都不知道,需要她打点的张铭,不能为妻女出头,反而对重男轻女的母亲愚孝至此。

两个人又是一场大吵,结婚三年,所有的美好终成了雨天坑坑洼洼的水渍,只照出了残破的虚幻的光景。

有婆婆的阻拦,他们无法协议离婚,陈青青只能到法院起诉。

她不缺抚养费,她可以独立自强把女儿抚养成人,但他是孩子的爸爸,不管孩子是男是女,她都要让他知道,什么叫作责任!

三岁了,女儿从未叫过爸爸,亲近的时间屈指可数。她只会在他回来的时候喊他:"铭铭,铭铭。"她的眼睛里是比湖泊还纯净的懵懂天真,她怎能受到如此不公平的待遇!

当现世的情爱在陈旧的观念和家庭矛盾里消逝,陈青青终于明白婚姻不是削足适履的付出,就算曾经有着一腔热情,患难与共,他们也无法在生儿育女中同舟共济。她不能用余生自己的不幸福和女儿的被歧视来为这段婚姻买单。

她站在窗前,望着涌动的人群,想起当年坐在火车里相依相偎的那个男人。他曾是她的英雄,曾是她的天地,却给了她一个惨淡的结局。而她却无法恨他,她只能把当年的温情放在心头,当作一个从未消逝的梦。

在爱情的最初,谁能不天真呢?她以为能和他一起穿过黑暗的路途奔赴光明的生活,却在残酷的世事和变化里,终是离散。